Les Vampires de Manhattan

Melissa de la Cruz

Les Vampires de Manhattan

Traduit de l'anglais (américain)
par Valérie Le Plouhinec

Titre original :
Blue bloods
(Première publication : Hyperion Books for Children, USA et Canada, 2006)

Ce livre est dédié à mon père, Bert de la Cruz,
pur et dur dans tous les sens du terme,
qui a du sang de héros dans les veines.

Ce livre n'existerait pas sans l'amour,
le soutien, la perspicacité
et l'intelligence de mon mari, Mike Johnston,
à qui je dois tout.

La famille n'était pas simplement la somme des connexions engendrées par un vaste réseau de relations. [...] Une famille [...] c'était un nom, un patrimoine symbolique et matériel, et une forme de participation active à la société américaine [...] « qui décrivait une lignée dans sa totalité, passée, présente et future ».

Eric Homberger, *Mrs. Astor's New York*

You can't push it underground
You can't stop it screaming out
How did it come to this ?
You will suck the life out of me...
« Impossible de l'enfouir sous terre
Impossible de l'empêcher de hurler
Comment en est-on arrivé là ?
Tu me tueras en aspirant ma vie... »

Muse, *Time Is Running out*

Sur les cent deux personnes débarquées du Mayflower *en novembre 1620, moins de la moitié survécurent jusqu'à l'établissement de la colonie de Plymouth l'année suivante. Bien que personne n'eût péri au cours de la traversée, la vie après l'arrivée se révéla d'une difficulté extrême, particulièrement pour les plus jeunes. Presque tous ceux qui succombèrent étaient âgés de seize ans à peine.*

Les causes de cette stupéfiante mortalité sont, pour partie, la rudesse de l'hiver, mais aussi le fait que, contrairement aux hommes, qui bâtissaient les habitations et bénéficiaient du grand air et d'eau fraîche, les femmes et les enfants étaient confinés dans les recoins humides et surpeuplés du navire, où les maladies progressaient beaucoup plus rapidement. Après les deux mois du voyage, ils restèrent encore quatre mois à bord, le temps que les hommes bâtissent entrepôts et logements à terre. Les jeunes Puritaines s'occupaient quotidiennement des malades, s'exposant ainsi à un large éventail de maladies, notamment une affection fatale du sang que les documents historiques mentionnent sous le nom de « consomption ».

Myles Standish fut élu gouverneur de la colonie en 1622, et réélu annuellement pendant trente années consécutives. Il eut avec sa femme, Rose, quatorze enfants, une remarquable série de sept paires de jumeaux. Par extraordinaire, en quelques années, les effectifs de la colonie doublèrent grâce aux naissances multiples signalées dans toutes les familles survivantes.

Extrait de
Mort et vie dans les colonies de Plymouth, 1620-1641,
par le Pr Lawrence Winslow Van Alen.

Journal de Catherine Carver
21 novembre 1620
Le Mayflower

L'hiver a été rude. John supporte mal la mer, et nous avons toujours froid. Peut-être trouverons-nous la paix sur ces terres nouvelles, même si beaucoup estiment que nous ne sommes pas hors de danger. La côte que j'aperçois par l'écoutille ressemble à celle de Southampton, ce qui m'emplit de gratitude. Mon pays me manquera toujours, mais les nôtres n'y sont plus en sécurité. Pour ma part je n'accorde pas foi aux rumeurs, mais nous devons nous plier aux instructions. Il en a toujours été ainsi chez nous. John et moi voyageons comme mari et femme à présent. Nous avons l'intention de nous marier bientôt. Nos effectifs sont bien trop réduits, et pour survivre il nous faudra être beaucoup plus nombreux.

Peut-être les choses changeront-elles. Peut-être que la fortune nous sourira et que notre situation s'améliorera.

Le navire a jeté l'ancre. Nous sommes arrivés. Un nouveau monde nous attend !

C. C.

NEW YORK CITY

Le présent

Un

Le *Bank* était un bâtiment de pierre décrépit situé tout au bout de Houston Street, à la limite entre les gravats d'East Village et les régions reculées du Lower East Side. Ancien siège de la vénérable compagnie d'investissement et de courtage Van Alen, il avait une présence imposante, massive, dans le plus pur style beaux-arts : façade à six colonnes, fronton intimidant bordé de dentelures aiguisées comme des rasoirs. Il était resté vide, désolé et abandonné pendant des années, jusqu'au soir d'hiver où un patron de boîtes de nuit borgne était tombé dessus par hasard en sortant de *Katz's Deli*, où il venait d'avaler un hot dog. Il cherchait justement un local où présenter la nouvelle musique que mixaient ses DJ's : un son obsédant et sombre qu'ils appelaient « *trance* ».

Les pulsations de la musique se déversaient jusque sur le trottoir, où Theodora Van Alen, petite brune de quinze ans, les yeux bleu vif soulignés de khôl charbonneux, se tenait nerveusement au bout de la file d'attente qui s'étirait devant le club. Elle tripotait son vernis à ongles noir qui s'écaillait.

– Tu crois vraiment qu'on va entrer ? demanda-t-elle.

– T'inquiète, répondit son meilleur ami, Oliver Hazard-Perry, en haussant les sourcils. Dylan nous a garanti que ce serait du gâteau. Et, en plus, on peut toujours leur montrer cette plaque, là. C'est ta famille qui a construit cet endroit, tu te rappelles ?

Il sourit largement.

– Tu parles d'un scoop ! fit Theodora, narquoise, en levant les yeux au ciel.

En effet, l'île de Manhattan était indissolublement liée à l'histoire de sa famille. Aussi loin qu'elle pût remonter, celle-ci avait des liens avec le musée Frick, la voie rapide Van Wyck ou le planétarium Hayden, à quelques institutions (ou voies publiques majeures) près. Non que cela changeât quoi que ce fût dans sa vie. Elle avait à peine de quoi payer les vingt-cinq dollars de l'entrée.

Oliver la prit affectueusement par les épaules.

– Arrête de te tracasser ! Tu t'en fais trop. On va se marrer, promis.

– J'aurais bien aimé que Dylan nous attende, s'inquiéta Theodora.

Elle frissonna dans son long cardigan noir aux coudes troués, trouvé la semaine précédente dans une friperie de Manhattan Valley. Il sentait le moisi et l'eau de rose éventée, et la silhouette menue de Theodora se perdait dans ses plis volumineux. Elle avait toujours l'air de se noyer dans ses vêtements. Le gilet noir lui descendait presque aux mollets ; en dessous, elle portait un fin tee-shirt noir sur un sous-pull gris usé. Et, en bas, une longue jupe de paysanne qui traînait par terre. Telle une gamine des rues du XIXe siècle, elle avait les ourlets tout noirs à force de balayer les trottoirs. Aux pieds, elle portait ses baskets Jack Purcell préférées, les noir et blanc avec un trou réparé au chatterton sur l'orteil droit. Ses boucles noires étaient retenues par une écharpe perlée trouvée dans l'armoire de sa grand-mère.

Theodora était extrêmement jolie. Elle avait un visage doux, en forme de cœur, un parfait petit nez retroussé, la peau fine et laiteuse ; mais sa beauté avait quelque chose de presque surnaturel. On aurait dit une poupée de porcelaine dans des hardes de sorcière. Les élèves du lycée Duchesne trouvaient qu'elle s'habillait comme une clocharde. Sa timidité maladive et sa réserve n'arrangeaient rien car on la croyait bêcheuse, alors que ce n'était nullement le cas. Elle était calme, tout simplement.

Oliver, grand et mince, avait un visage pâle aux traits délicats sous une éclatante tignasse châtain, des pommettes saillantes et un chaleureux regard noisette. Il portait un long manteau militaire gris sur une chemise en flanelle et un jean troué. Bien sûr, la chemise en flanelle était de chez John Varvatos et le jean était un Citizens of Humanity. Oliver avait beau aimer jouer les jeunes rebelles, il n'en adorait pas moins acheter ses fringues à SoHo.

Tous deux étaient amis depuis le CE1 : un beau jour, la gouvernante de Theodora avait oublié de lui donner son déjeuner, et Oliver avait partagé avec elle son sandwich salade-mayo. Chacun finissait les phrases de l'autre et, quand ils s'ennuyaient, ils aimaient se lire à voix haute des pages prises au hasard dans le roman culte *Infinite Jest*. Tous deux descendaient des fondateurs de Duchesne et avaient des ancêtres qui remontaient jusqu'au *Mayflower*. Theodora comptait pas moins de six présidents des États-Unis dans son arbre généalogique.

Mais, malgré leur prestigieux pedigree, ils s'intégraient mal à Duchesne. Oliver préférait les musées aux matchs de crosse[1] ; quant à Theodora, elle ne se coupait jamais les cheveux et s'habillait dans les surplus.

Dylan Ward était un nouvel ami à eux. C'était un garçon au visage triste, avec de longs cils, des yeux de braise et une mauvaise réputation. On racontait qu'il avait un casier judiciaire et qu'il venait de se faire renvoyer d'une école militaire. Pour qu'il soit accepté au lycée Duchesne, son grand-père avait, paraît-il, soudoyé la directrice en finançant un nouveau gymnase. Dylan s'était immédiatement rapproché de Theodora et d'Oliver, en qui il avait reconnu des exclus comme lui.

Theodora se mordit les joues et sentit son estomac se nouer d'anxiété. Ç'aurait été tellement confortable de traîner simplement avec Oliver dans sa chambre comme d'habitude, à écouter de la musique et à zapper sur la vidéo à la demande ! Oliver aurait chargé une nouvelle partie de Vice City sur l'écran, pendant qu'elle aurait feuilleté des magazines de papier glacé en s'imaginant, elle aussi, en train de paresser sur un yacht en Sardaigne, de danser le flamenco à Madrid ou de déambuler, pensive, dans les rues de Bombay.

– Ça ne me dit rien de bon, dit-elle.

– Ne sois pas si négative, la gronda Oliver.

C'est lui qui avait eu l'idée d'abandonner le confort de sa chambre pour braver la vie nocturne de New York, et il ne voulait pas avoir à le regretter.

---

1. Sport d'équipe qui tient du hockey, du football et du basket-ball. La crosse est sans doute le plus ancien sport d'Amérique du Nord puisque ce sont les Indiens qui en ont inculqué les bases aux premiers colons européens. (N. d. T.)

– Si tu te dis qu'on entrera, reprit-il, on entrera. C'est une question de confiance en soi, crois-moi.

Juste à ce moment, son BlackBerry sonna. Il le sortit de sa poche et consulta l'écran.

– C'est Dylan. Il est à l'intérieur, il nous retrouve près des fenêtres à l'étage. Ça te va ?

– Je suis bien, tu crois ? lui demanda-t-elle, soudain prise de doute au sujet de sa tenue.

– Tu es très bien, répondit-il automatiquement. Tu es super, ajouta-t-il en pianotant une réponse avec son pouce.

– Tu ne me regardes même pas.

– Je te regarde tous les jours.

Oliver se mit à rire, croisa son regard, puis rougit curieusement et détourna les yeux. Son BlackBerry sonna de nouveau, et cette fois il s'excusa avant de s'éloigner pour répondre.

De l'autre côté de la rue, Theodora vit un taxi s'arrêter et un grand blond en sortir. Au moment où il prenait pied sur la chaussée, un second taxi surgit en trombe dans le sens inverse. Il fit une embardée brutale et sembla tout d'abord en mesure de l'éviter, mais au dernier moment le garçon se jeta devant lui et disparut sous ses roues. Le taxi ne s'arrêta même pas et poursuivit sa course folle comme s'il ne s'était rien passé.

– Oh, mon Dieu ! hurla Theodora.

Le garçon était touché, elle en était sûre. Il s'était fait renverser, il devait être mort.

– Tu as vu ça ? demanda-t-elle en cherchant frénétiquement des yeux Oliver, qui semblait s'être volatilisé.

Theodora traversa la rue en courant, certaine de trouver un cadavre, mais le garçon était debout face à elle. Sain et sauf.

– Tu devrais être mort, chuchota-t-elle.

– Pardon ? demanda-t-il avec un sourire perplexe.

Theodora fut un peu décontenancée : elle le connaissait du lycée. C'était Jack Force. Le fameux Jack Force. Ce genre de type : capitaine de l'équipe de crosse, premier rôle dans la pièce du club de théâtre, son mémoire sur les centres commerciaux publié dans le magazine *Wired*, tellement beau qu'elle n'arrivait pas à le regarder dans les yeux.

Peut-être qu'elle imaginait des choses. Elle avait seulement cru le voir plonger sous les roues du taxi, sans doute. C'était forcément ça. La fatigue, probablement.

– Je ne savais pas que tu étais complètement à l'ouest, lâcha-t-elle maladroitement (elle voulait dire qu'elle ne l'aurait pas imaginé fan de *trance*).

– Mais je n'y suis pas, en fait. Je vais là-bas, dit-il en désignant le club qui jouxtait le *Bank*, où une rock star en état d'ébriété avancée faisait passer plusieurs groupies gloussantes derrière le cordon de velours.

Theodora rougit.

– Oh, j'aurais dû deviner.

Il lui sourit gentiment.

– Pourquoi ?

– Pourquoi quoi ?

– Pourquoi t'excuser ? Comment est-ce que tu aurais pu deviner ? Tu lis dans les pensées, ou quoi ? demanda-t-il.

– Mais peut-être bien.

Elle sourit. Il flirtait avec elle, et elle flirtait avec lui. Bon, d'accord, c'était bien son imagination. Il ne s'était pas du tout jeté sous les roues d'un taxi.

Elle n'en revenait pas qu'il soit si amical. La plupart des garçons de Duchesne étaient tellement bêcheurs que Theodora ne faisait même pas attention à eux. Ils étaient tous pareils, avec leurs chinos Duck Head et leur nonchalance étudiée, leurs blagues nulles et leurs vestes de crosse. Elle n'avait jamais accordé à Jack Force plus qu'une pensée distraite en passant. Il était en première, sur la planète Tout-le-monde-m'aime. Ils avaient beau fréquenter le même lycée, c'est à peine s'ils respiraient le même air. Et, en plus, sa sœur jumelle était l'indomptable Mimi Force, dont le seul but dans la vie était de rendre les autres malheureux. « Tu vas à un enterrement ? », « Tu es SDF, maintenant ? », voilà le genre de vannes minables que Mimi lui balançait. D'ailleurs, où était-elle, Mimi ? Les jumeaux Force n'étaient-ils pas collés par la hanche comme des siamois ?

– Dis-moi, tu veux venir ? J'ai ma carte de membre, lui proposa Jack en dévoilant dans un sourire l'alignement de ses belles dents.

Avant qu'elle ait pu réagir, Olivier se matérialisa à côté d'elle. *Allons bon ! D'où sort-il ?* se demanda Theodora. *Et comment fait-il pour réussir tout le temps ce coup-là ?* Oliver avait un don pour apparaître subitement, pile au moment où on ne voulait pas le voir.

– Te voilà, ma chère, dit-il avec une nuance de reproche.

Theodora cligna des yeux.

– Tiens, Ollie. Tu connais Jack ?

– Qui ne le connaît pas ? répondit Oliver en l'ignorant

royalement. Tu viens, bébé ? ordonna-t-il d'un ton de propriétaire. Ils ont enfin ouvert les portes.

Il fit un geste en direction du *Bank*, où un troupeau d'adolescents habillés en noir s'engouffrait entre les colonnes cannelées.

– Il faut que j'y aille, dit-elle d'un ton d'excuse.

– Déjà ? demanda Jack, les yeux de nouveau pétillants.

– Pas trop tôt, intervint Oliver avec un sourire menaçant.

Jack haussa les épaules.

– À un de ces jours, Theodora, dit-il en remontant le col de son manteau de tweed et en s'éloignant.

– Quel pauvre type ! se plaignit Oliver tandis qu'ils rejoignaient la file d'attente.

Bras croisés, il prit un air contrarié. Theodora garda le silence, le cœur palpitant dans sa poitrine.

Jack Force connaissait son nom.

Ils avançaient centimètre par centimètre, se rapprochant lentement de la drag queen armée d'une écritoire qui fusillait tout le monde du regard derrière le cordon de velours. Ce clone d'Elvira toisait chaque groupe avec un mépris souverain, mais personne n'était refoulé.

– Bon, tu te rappelles : s'ils font des histoires, reste calme et sois positive. Il faut que tu nous visualises en train d'entrer, d'accord ? chuchota Oliver.

Theodora opina. Ils avancèrent, mais leur progression fut stoppée par un videur qui leva sa grosse patte.

– Vos papiers ! aboya-t-il.

Les doigts tremblants, Theodora sortit un permis de conduire au nom de quelqu'un d'autre, mais plastifié avec sa vraie photo[1]. Oliver fit de même. Elle se mordit la lèvre. C'était sûr, elle allait se faire prendre, et on l'enverrait en prison pour ça. Mais elle se remémora ce qu'avait dit Oliver. *Du calme. Confiance. Sois positive.*

Le videur passa leurs permis sous une machine à infrarouge, qui ne bipa pas. Il s'immobilisa, fronça les sourcils, leva les papiers à hauteur de ses yeux, leur lança un regard dubitatif.

Theodora s'efforçait de dégager un calme qu'elle ne ressentait pas, le cœur battant à tout rompre sous ses minces couches de vêtements. *Bien sûr qu'on me donne vingt et un ans. J'ai déjà fait ça. Ce permis n'a absolument rien de louche.*

Le gros videur le glissa de nouveau sous la machine. Il secoua la tête.

– Ça ne va pas, marmonna-t-il.

Oliver regarda Theodora, tout pâle. Theodora crut qu'elle allait tomber dans les pommes. Elle n'avait jamais été aussi tendue de toute sa vie. Les minutes s'étiraient interminablement. Les gens derrière eux dans la queue commençaient à manifester leur impatience.

Ce permis n'a rien de louche. Calme et confiante. Calme et confiante. Elle visualisa mentalement le videur leur faisant signe d'entrer, Oliver et elle pénétrant dans le club. *LAISSEZ-NOUS ENTRER. LAISSEZ-NOUS ENTRER. LAISSEZ-NOUS ENTRER. ALLEZ, LAISSEZ-NOUS ENTRER !*

Le videur leva les yeux, surpris, presque comme s'il l'avait

1. Les Américains n'ayant pas de carte d'identité, leur seule pièce d'identité est souvent leur permis de conduire, qu'ils obtiennent à seize ans. Il est fréquent que les adolescents utilisent de faux permis pour pouvoir acheter de l'alcool ou entrer en boîte avant l'âge légal. (N. d. T.)

entendue. Le temps semblait s'être arrêté. Et soudain, sans raison, il leur rendit leurs permis et leur fit signe d'avancer, exactement comme Theodora l'avait imaginé.

Theodora souffla longuement. Elle échangea avec Oliver un discret regard de triomphe.

Ils étaient entrés.

Deux

Juste à côté du *Bank* se trouvait un tout autre genre de club typique de Manhattan. C'était le genre de boîte qui n'existe qu'une fois par décennie : un point dans la galaxie mondaine vers lequel convergent les dieux de la publicité, de la mode et de la célébrité pour créer quelque chose d'unique et de spectaculaire. Dans la droite ligne de la tradition sacrée du *Studio 54* au milieu des années soixante-dix, du *Palladium* à la fin des années quatre-vingt et du *Moomba* au début des années quatre-vingt-dix, le *Block 122* jouissait du statut d'icône qui définit tout un mouvement, un style de vie, une génération. Le gratin des citoyens les plus beaux, enviés, célèbres et puissants l'avait élu comme point de chute, comme l'endroit où il fallait être. C'était leur habitat naturel, la mare où ils venaient s'abreuver ; et comme nous étions au XXIe siècle, l'ère des privilèges exorbitants, ils payaient même des sommes astronomiques pour être sûrs de se retrouver entre eux. Ils étaient prêts à tout pour tenir à distance les gens du commun. À l'intérieur de ce sanctuaire, à la table la plus convoitée, entourée d'un assortiment scintillant de mannequins mineurs, de stars du cinéma à peine pubères et de fils et filles de, était assise la jeune femme la plus fabuleuse de toute l'histoire de New York City : Madeleine « Mimi » Force. Seize ans tirant sur les trente-quatre avec une injection de Botox entre les yeux.

Mimi, c'était le succès en personne. Elle avait la beauté de la jeunesse dorée et les membres lisses, tonifiés à la gym Pilates, qui allaient avec son statut de reine des abeilles ; mais elle transcendait le stéréotype tout en l'incarnant dans son essence même. Elle s'habillait en trente-quatre et chaussait du quarante-deux. Elle mangeait n'importe quoi sans jamais prendre un gramme. Elle allait se coucher sans se démaquiller et se réveillait le teint clair, immaculé comme sa conscience.

Mimi était au *Block 122* tous les soirs, y compris ce vendredi. Avec Bliss Llewellyn, une grande Texane élancée récemment arrivée à Duchesne, elles avaient passé l'après-midi à se pomponner pour les festivités de la soirée. Ou plutôt, Bliss avait passé l'après-midi assise au bord du lit de Mimi, à pousser des cris d'admiration pendant que Mimi essayait toute sa garde-robe. Elles s'étaient décidées pour un petit haut Marni sexy-mais-genre-bohème-excentrique-avec-la-bretelle-qui-tombe-juste-un-peu-de-l'épaule, une micro-minijupe en jean Earnest Sewn et une étole pailletée en cachemire Rick Owens. Mimi aimait être accompagnée, et elle trouvait en Bliss la suivante idéale. Elle avait sympathisé avec elle uniquement à la demande de son père, dont le sénateur Llewellyn était un collègue important. Au départ, Mimi s'était irritée contre cette directive, mais elle avait changé d'avis en comprenant à quel point l'allure un peu chevaline de Bliss mettait en valeur sa sublime beauté. Et, s'il y avait une chose qu'elle aimait, c'était ressortir sur un fond adéquat. Adossée contre les coussins moelleux, elle regardait Bliss avec approbation.

– Tchin, dit cette dernière en faisant tinter son verre contre celui de Mimi, comme si elle avait lu dans ses pensées.

– À nous, acquiesça Mimi en sifflant le fond de son cocktail violet luminescent.

C'était le cinquième de la soirée, et pourtant elle avait la tête aussi claire qu'en commandant le premier. Ça la déprimait de mettre aussi longtemps à ressentir de l'ivresse ces temps-ci. C'était presque comme si l'alcool n'avait aucun effet sur son sang. Le Comité l'avait prévenue que cela arriverait, mais elle n'avait pas voulu le croire sur le moment. Surtout qu'elle n'était pas censée s'adonner aussi souvent qu'elle l'aurait voulu à l'autre solution, la plus puissante. Le Comité avait trop de règlements. C'était au point qu'il régissait pratiquement toute sa vie. Elle fit signe au serveur pour qu'il apporte une nouvelle tournée, en claquant des doigts si fort qu'elle faillit réduire en miettes la table basse en verre devant elle.

Quel était l'intérêt de sortir à New York si on ne pouvait même pas se soûler un peu ? Elle déplia ses jambes et les étendit langoureusement sur le canapé, posant les pieds sur les genoux de son frère. Son cavalier, dix-neuf ans, héritier d'une fortune pharmaceutique et actionnaire actuel de la boîte, fit comme s'il n'avait rien vu. À vrai dire, il était difficile de dire s'il était même conscient : affalé sur l'épaule de Mimi, il bavait.

– Arrête, la rembarra Benjamin Force en la repoussant brutalement.

Tous deux avaient les mêmes cheveux blond-blanc, la même peau sublime, les mêmes yeux verts aux paupières tombantes, les mêmes membres longs et graciles. Mais leurs tempéraments différaient du tout au tout. Mimi était aussi bavarde et enjouée que Benjamin – surnommé « Blackjack » pendant son enfance à cause de ses colères, ce qui s'était transformé en « Jack » à l'adolescence – était taciturne et réservé.

Mimi et Jack étaient les seuls enfants de Charles Force, le magnat des médias sexagénaire à la crinière argentée, propriétaire d'un réseau télévisuel en pleine ascension, d'une chaîne d'information câblée, d'un tabloïd à succès, de plusieurs stations de radio et d'un empire d'édition qui faisait son beurre avec des biographies de stars du catch. Son épouse, anciennement Trinity Burden, était une doyenne du circuit mondain de New York et présidait les comités de charité les plus prestigieux. Elle avait joué un rôle déterminant dans la fondation du Comité, dont Jack et Mimi étaient les plus jeunes membres. Les Force vivaient à l'une des adresses les plus convoitées de la ville, un hôtel particulier de grand luxe, parfaitement aménagé, qui couvrait un bloc entier, juste en face du Metropolitan Museum of Art.

– Allez, quoi ! bouda Mimi en replaçant immédiatement ses pieds sur les genoux de son frère. J'ai besoin d'étirer mes jambes. Elles me font un mal de chien. Touche ! exigea-t-elle en attrapant son mollet ferme pour lui faire sentir la tension du muscle sous la peau.

Le cardio-strip-tease, ça donnait des courbatures d'enfer.

Jack fronça les sourcils.

– Arrête, je te dis ! dit-il tout bas, de sa voix la plus sérieuse.

Mimi retira aussitôt ses jambes fuselées pour les replier sous elle. Ses talons Alaïa de dix centimètres esquintèrent au passage le daim blanc du canapé et laissèrent des griffures sales sur le coussin immaculé.

– C'est quoi, ton problème ? lui demanda-t-elle.

Son frère venait d'arriver, et il était d'une humeur massacrante.

– Tu as soif ? persifla-t-elle.

Jack était un tel bonnet de nuit, ces derniers temps ! Il ne venait presque plus aux réunions du Comité, ce qui aurait fait hurler leurs parents s'ils l'avaient su. Il n'avait pas de petite amie ; il avait l'air faible et épuisé, et il était indéniablement bougon. Mimi se demandait depuis combien de temps il n'avait pas fait de conquêtes.

Jack haussa les épaules et se leva.

– Je sors prendre l'air.

– Bonne idée, intervint Bliss en s'empressant de se lever. Je vais m'en griller une, expliqua-t-elle d'un ton d'excuse en agitant un paquet de cigarettes devant les yeux de Mimi.

– Moi aussi, dit Aggie Carondolet, une autre élève de Duchesne.

Elle faisait partie de la bande de Mimi et l'imitait en tout point, balayage à cinq cents dollars et air maussade compris.

– Vous n'avez pas besoin de mon autorisation, répondit Mimi d'une voix morose, alors que c'était tout le contraire de la vérité.

On ne prenait pas congé de Mimi : on était congédié.

Aggie fit une petite moue et Bliss sourit nerveusement avant de suivre Jack vers le fond du club.

Mimi haussa les épaules. Elle ne prenait jamais la peine de suivre les règles, et allumait ses cigarettes où et quand l'envie l'en prenait. Un journal à potins s'était un jour offert la joie de publier la somme à cinq chiffres des amendes qu'elle avait récoltées. Elle les regarda disparaître tous les trois dans la foule des corps qui bondissaient sur la piste de danse au son des paroles crues d'un groupe de rap.

– Je m'ennuie, soupira-t-elle en reportant finalement son attention sur le garçon qui ne l'avait pratiquement pas quittée de la soirée.

Ils sortaient ensemble depuis deux bonnes semaines, une éternité selon les critères de Mimi.

– Fais quelque chose, poursuivit-elle.

– Tu pensais à quoi ? murmura-t-il faiblement en lui léchant l'oreille.

– Hmmm, gloussa-t-elle en posant une main sous son menton pour sentir la pulsation de ses veines.

C'était tentant. Mais peut-être plus tard, pas là, pas en public en tout cas. Surtout qu'elle avait déjà eu sa dose de lui la veille... et que c'était contre le règlement... Il ne fallait pas abuser des familiers humains, blablabla. Il leur fallait au moins quarante-huit heures pour récupérer... Mais oh, il sentait merveilleusement bon... un soupçon d'after-shave Armani... et en dessous... charnel et vital... Si elle avait pu en prendre juste une petite bouchée... une toute petite... bouchée... Mais le Comité se réunissait en bas, juste en dessous du *Block 122*. Il devait y avoir plusieurs Sentinelles dans les parages, en ce moment même, aux aguets... Elle risquait de se faire prendre. Quoique... Il faisait sombre dans le carré VIP... Qui remarquerait quoi que ce soit dans cette foule ?

Non, ils l'apprendraient. Quelqu'un le leur dirait. Leur manière de tout savoir sur vous faisait froid dans le dos... C'était presque comme s'ils étaient toujours là, à regarder dans votre tête. Tant pis, la prochaine fois, peut-être. Elle allait le laisser récupérer de l'autre nuit. Elle lui ébouriffa les cheyeux. Il était trop mignon : beau et vulnérable, juste comme elle les aimait. Mais, pour le moment, complètement hors service.

– Excuse-moi une seconde, lui dit-elle.

Elle bondit de son siège tellement vite que la serveuse qui apportait un plateau de martinis-litchis sursauta. La bande groupée autour du canapé cligna des yeux. Ils auraient juré qu'une seconde plus tôt elle était assise, et voilà qu'en un éclair elle se retrouvait au milieu de la salle, à danser avec un autre – car, pour Mimi, il y avait toujours un autre, et puis un autre et un autre encore, tous trop heureux de danser avec elle... et elle sembla danser pendant des heures sans même que ses pieds touchent le sol. Une tornade blonde, étourdissante, sur des talons à huit cents dollars.

Lorsqu'elle revint à la table, le visage illuminé d'une lumière transcendante (ou était-ce simplement la crème pailletée Benefit High Beam ?), d'une beauté presque douloureuse à voir, elle trouva son cavalier endormi, effondré sur le coin de la table. Quel dommage.

Mimi s'empara de son téléphone. Elle venait de réaliser que Bliss n'était jamais revenue de sa pause cigarette.

Trois

Elle ne trouvait sa place nulle part. Elle ignorait pourquoi. Quoi de plus ridicule qu'une pom-pom girl socialement inadaptée ? Les filles comme elle n'étaient pas censées avoir de problèmes. Elles étaient censées être parfaites. Mais Bliss Llewellyn ne se sentait pas vraiment parfaite. Elle se sentait décalée, déplacée. Elle regardait sa soi-disant meilleure amie, Mimi Force, asticoter son frère tout en ignorant son cavalier. Une soirée typique avec les jumeaux Force : un moment ils se chamaillaient, l'instant d'après ils étalaient une affection à vous donner la chair de poule ; surtout quand ils faisaient ce truc de se regarder dans les yeux, où l'on voyait qu'ils se parlaient sans ouvrir la bouche. Bliss évita le regard pénétrant de Mimi et tenta de se distraire en riant aux blagues que lui racontait l'acteur à côté d'elle, mais rien dans cette soirée – pas même le fait qu'on leur ait donné la meilleure table, ou que le mannequin Calvin Klein à sa gauche lui ait demandé son numéro – n'était en mesure de la réconforter.

Déjà à Houston elle ressentait cela : l'impression bizarre de ne pas être complètement là. Mais au Texas c'était plus facile à dissimuler. Là-bas, elle avait une volumineuse chevelure bouclée et le meilleur flip arrière de l'équipe. Tout le monde la connaissait depuis qu'elle était un « p'tit bout d'chou », et elle avait toujours été la plus jolie fille de sa classe. Mais ensuite papa, qui avait grandi à New York, y avait ramené la famille pour briguer un siège vide au Sénat, et il avait facilement gagné l'élection. Avant d'avoir eu le temps de se rebeller, elle vivait dans l'Upper East Side et était inscrite au lycée Duchesne.

Bien sûr, Manhattan ce n'était pas Houston : les boucles et le flip arrière de Bliss ne disaient rien à personne dans sa nouvelle école, qui n'avait même pas d'équipe de football américain, et encore moins de pom-pom girls en minijupe. Mais quand même, elle ne se serait pas attendue à faire tellement plouc. Après tout, les grands magasins Neiman Marcus, originaires de Dallas, n'avaient pas de secrets pour elle ! Elle avait les mêmes jeans True Religion et les mêmes tee-shirts James Perse que tout un chacun. Mais, allez savoir pourquoi, elle s'était pointée le jour de la rentrée en pull Ralph Lauren pastel et kilt écossais Anna Sui (dans un effort pour ressembler aux filles représentées dans le catalogue du lycée), avec un sac Chanel hyper-clinquant en cuir blanc à chaîne dorée, tout cela pour se retrouver au milieu de camarades de classe sobrement vêtus de pulls marins minables et de pantalons de velours côtelé défraîchis. Personne à Manhattan ne portait de pastel ni de Chanel blanc (du moins pas en automne). Même cette fille gothique un peu cinglée, Theodora Van Alen, avait un chic que Bliss était incapable d'égaler.

Bliss connaissait sur le bout des doigts tous les Jimmy, Manolo et autres Stella. Elle avait étudié à fond la garde-robe de Mischa Barton. Mais il y avait quelque chose, dans la manière dont les New-Yorkaises arrangeaient le tout, qui la faisait passer pour une pauvre apprentie modeuse qui n'aurait jamais ouvert un magazine. En plus, il y avait l'histoire de son accent : au début, personne ne la comprenait et, quand elle disait « Saaaalut, tout l'monde », ils l'imitaient en se payant sa tête.

Pendant un moment, Bliss s'était sentie condamnée à la placardisation sociale pour le restant de sa vie de lycéenne, rejetée comme une paria au lieu de faire des ravages. Et cela, jusqu'à l'instant où les cieux s'étaient déchirés. Alors, la foudre avait frappé et un miracle s'était produit : la fabuleuse Mimi Force l'avait personnellement prise en main. Mimi était en première et avait un an de plus qu'elle. Elle et son frère Jack étaient les Angelina Jolie et Brad Pitt de Duchesne, un couple qui n'était pas censé être un couple, mais qui en était un néanmoins, et souverain s'il en était. Mimi dirigeait l'orientation des nouveaux ; elle avait jeté un regard sur la tenue de Bliss – cardigan pastel, bottines vernies, kilt écossais mal coupé, sac Chanel matelassé – et avait déclaré : « J'adore. C'est tellement nul que c'est génial. »

Et voilà.

D'un coup, Bliss s'était retrouvée dans la clique des branchés, qui se révélait d'ailleurs identique à celle de Houston : des garçons sportifs (sauf qu'ils faisaient de la crosse et de l'aviron au lieu de jouer au football américain), des filles uniformément jolies (sauf qu'elles participaient à des groupes de discussion et visaient les universités les plus prestigieuses), et le même accord tacite pour exclure les nouveaux arrivants. Bliss savait que c'était uniquement par les bonnes grâces de Mimi qu'elle avait réussi à infiltrer le saint des saints.

Mais ce n'était pas la hiérarchie sociale du lycée qui la dérangeait. Ce n'étaient même pas ses cheveux raidis une fois au fer (jamais elle ne laisserait le styliste de Mimi lui refaire ça. Sans ses boucles, elle s'était sentie trop mal). C'était le fait que, parfois, elle avait l'impression de ne plus être elle-même. Et cela, depuis son arrivée à New York. En passant devant tel ou tel immeuble, ou le long du vieux parc près du fleuve, elle était submergée comme par une sensation de déjà-vu, mais en plus fort – quelque chose d'incrusté dans sa mémoire la plus instinctive –, et elle se retrouvait toute tremblante. La première fois qu'elle était entrée dans leur appartement de la 77e Rue Est, elle s'était dit : *Me voilà chez moi*, mais ce n'était pas parce que l'appartement était à eux... C'était l'impression, jusqu'à la moelle des os, de s'être déjà trouvée là, d'avoir déjà passé cette porte, d'avoir dansé sur ce sol de marbre dans un passé pas si lointain. *Il y avait une cheminée*, avait-elle pensé en découvrant sa chambre. Et comme de juste, lorsqu'elle en avait parlé à l'agent immobilier, il lui avait répondu qu'il y en avait bien eu une en 1819, mais que le conduit avait été bouché pour des raisons de sécurité, « parce que quelqu'un était mort là-dedans ».

Mais le pire c'étaient les cauchemars. Des cauchemars dont elle ne sortait qu'en hurlant. Des cauchemars dans lesquels elle courait, dans lesquels quelqu'un la dirigeait, comme si elle ne se contrôlait plus. Elle se retrouvait, frissonnante et glacée, dans des draps trempés de sueur. Ses parents lui assuraient que c'était normal. Comme si c'était normal qu'une fille de quinze ans se réveille en s'époumonant assez fort pour s'étrangler, la gorge desséchée.

Mais pour lors, au *Block 122*, Jack Force se levait et Bliss fit de même, en s'excusant auprès de Mimi. Elle s'était levée sur une impulsion, juste histoire de bouger, de faire autre chose que simplement servir de public au spectacle de Mimi, mais en disant qu'elle allait s'en griller une elle se rendit compte qu'elle en avait vraiment besoin. Aggie Carondolet, l'un des clones de Mimi, se faufilait déjà à l'extérieur. Bliss perdit Jack de vue à mi-chemin dans la foule, et elle montra au vigile le tampon sur son poignet droit. Il était bien obligé de laisser les gens sortir et rentrer, vu les lois draconiennes sur le tabagisme qui avaient cours à New York. Bliss trouvait comique que les New-Yorkais se considèrent comme tellement cosmopolites, alors qu'à Houston on pouvait fumer n'importe où, même dans un salon de coiffure, sous le casque ; mais à Manhattan les fumeurs étaient relégués à la marge et réduits à affronter les éléments.

Elle poussa la porte de derrière et se retrouva dans un coin sombre entre deux immeubles. La ruelle entre le *Block 122* et le *Bank* était un bouillon de culture où s'affrontaient deux tendances : d'un côté, les branchés, paradant dans des fringues moulantes, chères, européennes, secouant leurs cheveux décolorés sur leurs vestes à imprimé zébré ; de l'autre, une masse informe d'enfants perdus dans leurs habits loqueteux et déguenillés. Les deux partis observaient une trêve un peu malaisée, séparés par une frontière invisible qu'aucun groupe n'avait jamais franchie. Après tout, c'étaient tous des fumeurs. Bliss vit Aggie, adossée au mur en compagnie de quelques mannequins.

Elle farfouilla dans son blouson à capuche Marc Jacobs (emprunté à Mimi dans le cadre de son relooking) à la recherche de ses cigarettes et tapa sur le paquet pour en sortir une. Elle la porta à ses lèvres en cherchant ses allumettes.

Une main tendue surgit de la pénombre pour lui offrir une petite flamme. Depuis l'autre côté de la ruelle. Pour la première fois, quelqu'un osait braver la ligne de division.

– Merci, dit Bliss en se penchant en avant pour tirer sur la cigarette, faisant rougir le bout incandescent.

Elle leva les yeux, souffla, et à travers la fumée elle reconnut le type qui lui offrait du feu. Dylan Ward. Un nouveau, comme elle, arrivé d'on ne savait où. Une exception à Duchesne, cet endroit qui semblait rempli de superbes androïdes et où tout le monde se connaissait depuis le jardin d'enfants et les cours de danses de salon. Dylan avait l'air attirant et dangereux dans le blouson de moto qu'il portait toujours, en cuir noir usé, sur un tee-shirt sale et un jean taché. La rumeur disait qu'il s'était fait virer de toute une série de lycées privés. Ses yeux étincelaient dans le noir. Il referma son Zippo d'un geste, et Bliss remarqua son sourire timide. Il dégageait quelque chose... quelque chose de triste, de cassé, de séduisant... Il ressemblait exactement à ce qu'elle ressentait. Il la rejoignit de son côté.

– Salut, dit-il.

– Moi, c'est Bliss [1], dit-elle.

– Bien sûr, répondit-il en hochant la tête.

1. Bliss en anglais signifie « extase, félicité, bonheur suprême ». (N. d. T.)

Quatre

Le lycée Duchesne était établi dans l'ancien manoir Flood, sur Madison Avenue, au coin de la 91e Rue, dans le quartier des écoles privées. C'était l'ancienne maison de Rose Elizabeth Flood, veuve du capitaine Armstrong Flood, le fondateur de la compagnie pétrolière Flood Oil. Les trois filles de Rose avaient reçu leur éducation de Marguerite Duchesne, une gouvernante belge. Lorsque toutes trois avaient perdu la vie dans le funeste naufrage du *SS Endeavor* lors d'une traversée de l'Atlantique, Rose, le cœur brisé, était rentrée dans le Midwest et avait légué sa maison à miss Duchesne, pour qu'elle y fonde l'institution de ses rêves.

Peu de changements avaient été apportés pour transformer cette habitation en école : l'une des conditions du legs était que tous les ornements et les meubles d'origine fussent soigneusement entretenus, si bien qu'en entrant dans le manoir on avait l'impression de remonter dans le temps. Un tableau de John Singer Sargent représentant les trois héritières Flood, en pied et grandeur nature, était toujours accroché en haut de l'escalier de marbre, accueillant les visiteurs dans le superbe hall d'entrée haut de deux étages. Un lustre en cristal baroque était suspendu dans la salle de bal, dont les hautes fenêtres donnaient sur Central Park, et le foyer était meublé d'ottomanes Chesterfield et de lutrins antiques. Les appliques en bronze doré avaient été électrifiées, et l'ascenseur Pullman brinquebalant était encore en état de marche (quoique réservé aux professeurs). Le grenier, une charmante pièce mansardée, avait été transformé en atelier d'art avec sa presse d'imprimerie et sa machine à lithographie, tandis qu'en bas les salons abritaient un théâtre dernier cri, un gymnase et une cafétéria. Le papier à fleurs de lys des couloirs était à présent masqué par des alignements de casiers métalliques, et les chambres du haut étaient devenues des salles de classe. Des générations d'élèves auraient pu jurer que le fantôme de miss Duchesne hantait encore le troisième étage.

Des photographies de chaque promotion tapissaient le couloir de la bibliothèque. Le lycée Duchesne n'avait pas toujours été mixte, si bien que la première photo, datée de 1869, montrait un groupe de six jeunes filles aux visages sévères, en robes de bal blanches, avec leurs noms gracieusement calligraphiés. Au fil des ans, les daguerréotypes représentant des débutantes du XIXe siècle laissaient la place aux photos noir et blanc de cygnes aux cheveux crêpés des années cinquante, puis à la joyeuse arrivée de garçons aux cheveux longs au milieu des années soixante, lorsque Duchesne était devenu mixte, puis enfin aux couleurs vives des photos actuelles de beaux jeunes hommes et de gracieuses jeunes filles.

Mais, en fait, il n'y avait pas grand-chose de changé. Les filles recevaient toujours leur diplôme de fin d'études en robe d'après-midi blanche de chez *Saks* et en gants blancs de chez

Bergdorf's, et on leur présentait la couronne de lierre et le bouquet de roses rouges réglementaires en même temps que leur certificat. Les garçons, quant à eux, portaient toujours en cette occasion un costume du matin impeccable et piquaient une épingle perlée dans leur cravate Ascot grise.

Si les uniformes prince-de-galles avaient disparu depuis longtemps, les mauvaises nouvelles, à Duchesne, étaient toujours annoncées par l'annulation du premier cours de la journée, suivie d'un appel déversé par les haut-parleurs crachotants d'une sono antique : « Réunion d'urgence à la chapelle. Tous les élèves sont attendus dans la chapelle immédiatement. »

Theodora retrouva Oliver dans le couloir devant la salle de musique. Ils ne s'étaient pas vus depuis le vendredi soir. Ni l'un ni l'autre n'avait évoqué la rencontre avec Jack Force devant le *Bank*, ce qui était hautement inhabituel puisque, normalement, tous deux disséquaient par le menu chaque situation inédite. Oliver affecta la froideur en voyant arriver Theodora. Mais cette dernière ne s'aperçut pas de sa réserve : elle courut vers lui et glissa un bras sous le sien.

– Qu'est-ce qui se passe ? lui demanda-t-elle en nichant la tête sur son épaule.

– Aucune idée.

Il haussa les épaules.

– Mais tu sais toujours, insista Theodora.

– Bon, d'accord, mais tu ne le répètes à personne.

Oliver s'adoucit, heureux de sentir les cheveux de Theodora dans son cou. Elle était particulièrement jolie ce jour-là. Ses mèches étaient détachées, pour une fois, et elle avait l'air d'un lutin avec son caban trop grand, son jean délavé et ses vieilles santiags noires. Il jeta des regards anxieux autour de lui.

– Je crois que ça a un rapport avec la bande qui était au *Block 122* ce week-end.

Theodora haussa les sourcils.

– Mimi et son escorte ? Pourquoi ? Ils vont se faire virer ?

– Peut-être, répondit Oliver en savourant cette idée.

L'année précédente, presque toute l'équipe d'aviron avait été renvoyée pour comportement illicite dans l'enceinte de l'établissement scolaire. Pour célébrer une victoire dans la prestigieuse régate *Head of the Charles*, les sportifs étaient retournés au lycée le soir et avaient saccagé les classes de l'étage, laissant des graffitis grossiers sur les murs et des traces de leurs activités de la nuit – bouteilles de bière cassées, tas de mégots et plusieurs billets de un dollar maculés de cocaïne – que le personnel de service trouva le lendemain matin. Les parents organisèrent une pétition pour exiger que l'administration revienne sur sa décision (certains trouvaient le renvoi trop dur, d'autres au contraire auraient voulu voir les élèves mis en examen, rien de moins). Le fait que le meneur, un terminale à la mâchoire carrée en route pour Harvard, soit le neveu de la directrice avait ajouté de l'huile sur le feu.

Sans savoir pourquoi, Theodora avait le sentiment que ce n'était pas pour une simple histoire de discipline que l'on convoquait tout le lycée dans la chapelle ce matin-là.

Comme il n'y avait que quarante élèves par niveau, ils tenaient tous largement dans la salle, où ils prirent place par ordre de classe : les secondes et les terminales devant, séparés par l'allée centrale, et les premières derrière eux.

La doyenne des élèves attendait patiemment près du podium, devant l'autel. Theodora et Oliver retrouvèrent Dylan au fond, à leur place habituelle. Il avait les yeux cernés, comme s'il n'avait pas dormi, sa chemise était horriblement tachée de rouge, et son jean noir était troué. Il portait au cou son éternelle écharpe de soie blanche à la Jimi Hendrix. Les autres élèves du banc se tenaient à distance respectueuse. Il fit signe à Theodora et à Oliver de prendre place à côté de lui.

– Qu'est-ce qui se passe ? demanda Theodora en se glissant sur le banc.

Dylan haussa les épaules et posa un doigt sur ses lèvres.

La doyenne Cecile Molloy tapota le micro. Bien que n'étant pas une ancienne de Duchesne, contrairement à la directrice, à la bibliothécaire en chef et à presque toutes les femmes professeurs – on racontait même qu'elle avait fait sa scolarité dans le public –, elle avait rapidement assimilé le serre-tête en velours, les jupes au genou en velours côtelé et l'accent de la haute qui caractérisaient les vraies filles de Duchesne. Cecile Molloy était un fac-similé parfait, ce qui lui valait l'approbation pleine et entière de la direction.

– Votre attention, s'il vous plaît. Mesdemoiselles, messieurs, calmez-vous. J'ai une bien triste nouvelle à vous annoncer ce matin. (Elle prit une profonde inspiration.) Je suis au grand regret de vous informer que l'une de nos élèves, Aggie Carondolet, est décédée ce week-end.

Il y eut un silence choqué, suivi d'un brouhaha confus. La doyenne s'éclaircit la gorge.

– Aggie était élève à Duchesne depuis le jardin d'enfants. Les cours ne seront pas assurés demain. Une cérémonie se déroulera dans la chapelle demain matin. Tout le monde est invité à y assister. L'inhumation aura lieu ensuite à Forest Hills, dans le Queens. Une navette sera mise en service pour emmener au cimetière les élèves qui souhaiteraient y assister. Nous vous demandons de penser à sa famille dans ces moments difficiles.

Encore un raclement de gorge.

– Des psychologues sont à votre disposition pour aider ceux qui en ressentiraient le besoin. Les cours se termineront à midi, vos parents sont déjà informés que vous sortirez en avance. Après cette réunion, vous êtes priés de retourner en classe pour reprendre vos cours en deuxième heure.

Suivit une courte prière (Duchesne était une école non confessionnelle), puis une dévotion extraite du *Livre de la prière commune*, ainsi qu'un verset du Coran et un passage de Khalil Gibran, lus par le délégué des garçons et la déléguée des filles, et enfin le flot des élèves sortit, en proie à une agitation retenue, une sourde excitation mêlée de nausée et de sincère compassion pour la famille Carondolet. Il n'était jamais rien arrivé de tel à Duchesne. Bien sûr, ils avaient entendu parler d'autres affaires – accidents de voiture dus à l'alcool, entraîneurs de foot portés sur les jeunes garçons, petites nouvelles violées par des terminales, psychopathes en imperméable brandissant des fusils automatiques et descendant la moitié des élèves –, mais c'était toujours dans d'autres écoles que cela arrivait : à la télé, dans les banlieues, ou dans des lycées publics avec leurs détecteurs de métaux et leurs sacs à dos en plastique transparent obligatoires. On ne laissait jamais rien de terrible se produire à Duchesne. C'était pratiquement dans le règlement.

La pire chose qui pût arriver à un élève de Duchesne, normalement, c'était une fracture de la jambe en skiant à Aspen, ou un mauvais coup de soleil attrapé à Saint-Barth' pendant les vacances de printemps. L'idée qu'Aggie Carondolet soit morte, bel et bien morte – et en pleine ville, en plus –, à quelques jours de son seizième anniversaire, était donc pratiquement inconcevable.

Aggie Carondolet ? Theodora ressentait un pincement de tristesse, mais elle ne connaissait rien d'Aggie, à part que c'était l'une des grandes blondes aux traits tirés qui gravitaient autour de Mimi Force comme des courtisanes autour de leur souveraine.

– Ça va ? demanda Oliver en pressant l'épaule de Theodora.

Elle hocha la tête.

– Ça craint vraiment, tout ça. Je l'ai vue justement vendredi soir, dit Dylan en secouant la tête.

– Tu as vu Aggie ? Où ça ?

– Vendredi. Au *Bank*.

– Aggie Carondolet était au *Bank* ? reprit Theodora, sceptique.

C'était aussi plausible que de tomber sur Mimi Force au supermarché.

– Tu es sûr ?

– Non, je veux dire, elle n'était pas vraiment au *Bank*, mais dehors, vous savez ? Là où tout le monde va fumer en bas des escaliers, dans la ruelle qui longe le *Block 122*, expliqua Dylan.

– Qu'est-ce que tu as fabriqué, d'ailleurs ? demanda Theodora. On est partis vers minuit et on ne t'a pas revu.

– Euh, j'ai rencontré quelqu'un, avoua Dylan avec un sourire penaud. Rien d'important.

Theodora hocha la tête et n'insista pas.

Ils sortirent de la chapelle et dépassèrent Mimi Force, qui se tenait au milieu d'un cercle d'amis attentionnés. « Elle était juste sortie fumer une cigarette... » l'entendirent-ils raconter en se tamponnant les yeux. « Et puis elle a disparu... On ne sait toujours pas ce qui lui est arrivé. »

– Qu'est-ce que tu regardes ? cracha Mimi en remarquant que Theodora la dévisageait.

– Rien ! Je...

Mimi rejeta ses cheveux par-dessus son épaule et eut un reniflement méprisant. Puis elle leur tourna délibérément le dos pour reprendre son récit du vendredi soir.

– Hé, salut ! dit Dylan en passant devant la grande Texane de leur classe, qui se trouvait dans l'attroupement. Désolé pour ton amie.

Il posa légèrement la main sur son bras.

Mais Bliss ne fit même pas mine de l'avoir entendu.

Theodora trouva cela bizarre. Comment se faisait-il que Dylan connaisse Bliss Llewellyn ? La Texane était quasiment la meilleure amie de Mimi. Et Mimi méprisait Dylan Ward. Theodora l'avait entendue le traiter ouvertement de « clodo » et de « déchet » lorsqu'il avait refusé de lui céder sa place à la cantine. Oliver et elle l'avaient prévenu lorsqu'il s'était assis, mais il avait refusé d'écouter. « Mais c'est *notre* table », avait sifflé Mimi, qui portait un plateau contenant quelques feuilles de salade autour d'un hamburger mal cuit sur une assiette en carton. Theodora et Oliver avaient immédiatement empoigné leurs plateaux, mais Dylan était resté intraitable, ce qui lui avait valu leur sympathie immédiate.

– Elle a fait une overdose, chuchota Dylan en marchant entre Theodora et Oliver.

– Qu'est-ce que tu en sais ? demanda Oliver.

– C'est la seule explication plausible. Elle s'est évanouie en plein *Block 122*. Qu'est-ce que ça pourrait être d'autre ?

Theodora pensa : rupture d'anévrisme, infarctus, coma diabétique. Tant de choses pouvaient vous emporter prématurément... Elle s'était documentée sur le sujet. Elle savait. Elle avait perdu son père toute petite, et sa mère était dans le coma. La vie était plus fragile qu'on ne le croyait.

On pouvait très bien s'en griller une dans une ruelle du Lower East Side avec des amis, boire des coups et danser sur les tables dans une boîte à la mode à un moment donné. Et être mort l'instant d'après.

Cinq

Ce qui était vraiment bien, quand on était Mimi Force, c'est que personne ne vous prenait à la légère. Lorsque la nouvelle de la mort d'Aggie eut fait le tour du lycée, sa cote de popularité s'envola vers des sommets historiques. Car à présent elle n'était plus seulement belle : elle était vulnérable, aussi. Elle était humaine. C'était comme quand Tom Cruise avait quitté Nicole Kidman et que soudain cette dernière, au lieu d'évoquer une amazone glaciale, sans vergogne et obsédée par sa carrière, s'était mise à ressembler à n'importe quelle divorcée plaquée à qui tout le monde pouvait s'identifier. Elle avait même pleuré sur le plateau du célèbre talk show d'Oprah Winfrey. Aggie était la meilleure amie de Mimi. Enfin non, pas exactement. Mimi avait beaucoup de meilleures amies. C'était le secret de sa popularité : beaucoup de gens se sentaient proches d'elle, alors que Mimi ne se sentait proche de personne. Mais tout de même, Aggie n'était pas n'importe qui pour elle. Elles avaient grandi ensemble. Patinage à *Wollman Rink*, leçons de savoir-vivre au *Plaza*, étés à Southampton... Les Carondolet étaient une vieille famille de New York. Leurs parents étaient amis. Leurs mères avaient le même coiffeur chez Henri Bendel. Aggie était une vraie sang-bleu, comme elle.

Mimi adorait cette attention, ces flatteries. Elle disait tout ce qu'il fallait dire, exprimait le choc et le chagrin d'une voix hésitante. Elle se tamponnait les yeux sans faire baver son eye-liner. Elle racontait avec attendrissement la fois où Aggie lui avait prêté son jean Rock and Republic préféré... *et ne le lui avait jamais redemandé !* Ah çà ! on pouvait dire que c'était une vraie amie.

En sortant de la chapelle, Mimi et Jack furent pris à part par un messager, un élève boursier qui servait de garçon de courses au bureau de la directrice.

– La dirlo veut vous voir, tous les deux.

Dans le luxueux bureau, la directrice leur annonça qu'ils étaient autorisés à prendre leur journée : ils n'avaient aucun besoin d'attendre jusqu'à midi. Le Comité comprenait combien ils étaient proches d'Augusta. Mimi en fut transportée de joie. Encore un traitement de faveur ! Mais Jack secoua la tête et expliqua que, si cela ne posait pas de problème, il allait se rendre à son cours de deuxième heure.

Lorsqu'ils sortirent des bureaux administratifs, les larges couloirs tapissés étaient vides. Tout le monde était en cours. Ils étaient pratiquement seuls. Mimi tendit la main pour lisser le col de son frère. Il se crispa à son contact.

– Qu'est-ce qui t'arrive, en ce moment ? lui demanda-t-elle avec impatience.

– Pas de ça, OK ? Pas ici.

Elle ne comprenait pas pourquoi il était si ombrageux. Les choses allaient finir par changer. Elle allait changer. Il le savait, mais c'était comme s'il était incapable de l'accepter, ou comme s'il ne pouvait s'y résoudre. C'était peut-être une étape normale dans le processus. Son père avait été très clair avec eux sur l'histoire de la famille, et leur rôle était gravé dans la roche. Jack n'avait pas le choix, qu'il le veuille ou non, et Mimi se sentait quelque peu insultée par son comportement.

Elle regarda son frère : son jumeau, l'autre moitié d'elle-même. Il faisait partie de son âme. Pendant leur enfance, ils n'avaient fait qu'un, ou tout comme. Si elle se cognait l'orteil, il pleurait. Quand il tombait de cheval dans le Connecticut, elle avait mal au dos à New York. Elle savait toujours ce qu'il pensait, ce qu'il ressentait, et elle l'aimait à un point effrayant. Il consumait chaque parcelle de son être. Mais récemment il s'était éloigné. Il se montrait distrait, distant. Il lui avait fermé son âme. Lorsqu'elle tournait la sienne vers lui pour sentir sa présence, il n'y avait rien. Une ardoise effacée. Non, plutôt comme une sourdine. Une couverture posée sur des enceintes stéréo. Il brouillait les ondes, masquait ses pensées. Il affirmait son indépendance. Troublant, c'était le moins que l'on puisse dire.

– On dirait que tu ne m'aimes plus, bouda-t-elle en soulevant son épaisse chevelure blonde pour la laisser retomber sur ses épaules.

Elle portait un petit pull en coton noir, rendu transparent par les néons du couloir. Elle savait qu'il voyait la dentelle ivoire de son soutien-gorge Le Mystère sous la maille fine.

Jack eut un sourire ironique.

– Ça, c'est impossible. Cela reviendrait à me haïr moi-même. Et je ne suis pas maso.

Elle haussa les épaules au ralenti, se détourna et se mordit la lèvre.

Il l'attira contre lui et la serra fort. Ils faisaient la même taille, leurs yeux étaient au même niveau. C'était comme se regarder dans un miroir.

– Sois sage, dit-il.

– Qui êtes-vous, et qu'avez-vous fait de mon frère ? plaisanta-t-elle.

Mais c'était bon d'être dans ses bras, et à son tour elle le serra très fort. Voilà qui était mieux.

– J'ai peur, Jack, chuchota-t-elle.

Ils étaient là-bas, ce soir-là, avec Aggie. Elle n'aurait pas dû mourir. Elle ne pouvait pas être morte. Ça ne pouvait pas être vrai, tout simplement. C'était impossible. *Dans tous les sens du terme*. Mais ils avaient vu son corps à la morgue, en ce matin froid et gris. C'étaient Jack et elle qui avaient identifié le corps : le numéro de Mimi était le premier affiché dans le téléphone d'Aggie. Ils avaient tenu ses mains sans vie. Ils avaient vu son visage, son hurlement figé. Bien pire, ils avaient vu les marques dans son cou. Impensable ! Ridicule, même. Cela ne collait pas. C'était comme si le monde marchait la tête en bas. Cela allait à l'encontre de tout ce qu'on leur avait dit. Pas un instant elle n'arrivait à donner un sens à tout cela.

– C'est une blague, pas vrai ?

– Pas une blague.

Jack secoua la tête.

– Ce n'est pas simplement un cycle précoce ? demanda Mimi.

Elle espérait contre toute raison qu'on avait trouvé une

explication rationnelle. Il devait y en avoir une. Ce genre de choses n'arrivait pas, point final. Pas à eux.

– Non. Ils ont fait les tests. C'est pire. Le sang... il a disparu.

Mimi sentit un frisson lui remonter le long de l'échine. Comme si quelque chose avait ricoché sur sa tombe.

– Comment ça, disparu ?

– Elle était saignée à blanc.

– Tu veux dire...

– Consomption complète.

Jack hocha la tête.

Mimi se dégagea de son étreinte et recula.

– Tu plaisantes. Forcément, tu plaisantes. C'est absolument *impossible*.

Encore ce mot. Ce mot qui avait surgi pendant tout le week-end, depuis le coup de téléphone du samedi matin : répété par leurs parents, par les Aînés, les Sentinelles, tout le monde. Ce qui était arrivé à Aggie était simplement impossible. Là-dessus, ils étaient tous d'accord. Mimi se dirigea vers une fenêtre ouverte, s'avança dans le soleil et savoura son picotement sur sa peau. *Il ne pouvait rien leur arriver.*

– Un conclave a été convoqué. Les lettres sont parties ce matin.

– Déjà ? Mais ils n'ont même pas encore commencé à changer, protesta Mimi. Ce n'est pas contre le règlement ?

– Situation d'urgence. Tout le monde doit être averti. Même les immatures.

Mimi soupira.

– Il faut croire.

Elle aimait bien faire partie des plus jeunes. L'idée que son statut de nouvelle recrue soit bientôt supplanté par une nouvelle fournée lui déplaisait.

– Je vais en cours. Et toi ? lui demanda-t-il en rentrant sa chemise dans son pantalon, geste inutile car, lorsqu'il se baissa pour ramasser sa serviette en cuir, les pans ressortirent de nouveau.

– Chez *Barneys*, répondit-elle en chaussant ses lunettes noires. Je n'ai rien à me mettre pour l'enterrement.

Six

En deuxième heure, Theodora avait éthique, un cours à double niveau ouvert aux secondes et aux premières qui avaient besoin de compléter leur cursus dans les matières générales. Assis au milieu de la salle, leur professeur, Mr Orion, un diplômé de Brown à cheveux bouclés et moustache tombante, petites lunettes à fine monture, long nez de Cyrano et un penchant pour les grands pulls trop larges pendouillant sur sa silhouette d'épouvantail, menait les débats.

Theodora trouva un siège près de la fenêtre et le tira vers le cercle qui entourait Mr Orion. Ils n'étaient que dix, l'effectif standard de leurs classes. Theodora ne put s'empêcher de remarquer que Jack Force n'était pas à sa place habituelle. Elle ne lui avait pas dit un mot de tout le semestre et se demandait s'il se rappellerait même l'avoir saluée le vendredi soir.

– Est-ce que quelqu'un ici connaissait bien Aggie ? demanda Mr Orion.

La question était hors de propos. Duchesne était le genre d'endroit dont, des années après le diplôme, un ancien élève tombant par hasard sur un autre à l'aéroport, ou en plein

Centre Pompidou, ou en ville chez *Max Fish*, lui payait immédiatement à boire et lui demandait des nouvelles de sa famille ; car même si l'on n'avait pas échangé une parole pendant les années d'école, on savait presque tout des autres, jusqu'aux détails les plus intimes.

– Personne ? insista M. Orion.

Bliss Llewellyn leva prudemment la main.

– Moi, dit-elle timidement.

– Voulez-vous partager avec nous quelques souvenirs d'elle ?

Bliss baissa la main, le rouge au front. Des souvenirs d'Aggie ? Que savait-elle vraiment d'elle, au fond ? Qu'elle aimait les fringues, le shopping et son tout petit chien.

Blanche-Neige. C'était un chihuahua, comme celui de Bliss, et Aggie aimait à l'affubler de tenues ridicules. Le chien avait même un blouson en vison assorti à celui de sa maîtresse. C'était à peu près tout ce que Bliss se rappelait. Connaissait-on vraiment les gens ? À vrai dire, Aggie était surtout amie avec Mimi.

Bliss repensait à cette nuit fatidique. Elle était restée un temps fou à discuter avec Dylan dans la ruelle. Une fois toutes leurs cigarettes terminées, il avait fini par rentrer au *Bank*, et elle était partie à regret retrouver le *Block 122* et les exigences de Mimi. Aggie n'était pas à la table à son retour, et Bliss ne l'avait pas revue de la soirée.

Les jumeaux Force lui avaient appris l'essentiel : Aggie avait été retrouvée dans le « dodoland », le cagibi où le club cachait les drogués qui perdaient connaissance. Le *Block 122* avait réussi à cacher ce sale petit secret aux journaux à scandale, grâce à des enveloppes considérables glissées aux flics comme aux journalistes. Dans la plupart des cas, les clients qui tombaient dans les pommes se réveillaient quelques heures plus tard avec plus de peur que de mal, et une super-anecdote à raconter à leurs copains : « Et alors je me suis réveillé dans un placard, les mecs ! C'est ce qui s'appelle un trip ! » ; ensuite, on les renvoyait chez eux intacts, ou à peu près.

Mais quelque chose avait mal tourné vendredi soir. On n'avait pas pu réanimer Aggie. Et lorsque l'« ambulance » (le 4 × 4 du patron de la boîte) l'avait déposée aux urgences de Saint-Vincent, elle était déjà morte. Overdose, avait supposé tout le monde. Après tout, on l'avait trouvée dans le placard, que voulez-vous ? Sauf que Bliss savait qu'Aggie ne touchait pas à la drogue. Ses vices de prédilection étaient les cabines de bronzage et la cigarette. Dans l'entourage de Mimi, la drogue était méprisée. « Je n'ai besoin de rien pour me défoncer, aimait-elle à roucouler. Je me défonce à la vie. »

– Elle était... gentille, se lança Bliss. Elle aimait beaucoup son petit chien.

– Moi, j'ai eu un perroquet, renchérit une élève de seconde aux yeux rougis, celle qui avait tendu des mouchoirs à Mimi dans le couloir. Quand il est mort, j'ai eu l'impression de perdre une partie de moi-même.

Et sur ce, la mort d'Augusta « Aggie » Carondolet devint le simple point de départ d'une discussion animée sur le fait que les animaux de compagnie sont des gens aussi ; après quoi on se demanda comment trouver des cimetières pour animaux en ville, et si le clonage de nos petits compagnons était le bon choix éthique.

Theodora avait du mal à dissimuler son mépris. Elle aimait bien Mr Orion et son approche décontractée de la vie, mais elle était écœurée par sa manière de laisser les autres transformer quelque chose de tragique – la mort d'une personne qu'ils connaissaient, qui avait à peine seize ans, qu'ils avaient tous vue se faire bronzer en terrasse, travailler son retour de squash au gymnase ou dévorer des brownies à la vente annuelle de pâtisseries (comme toutes les filles populaires de Duchesne, Aggie avait une histoire d'amour avec la nourriture qui cadrait mal avec sa minceur extrême) – en un sujet trivial, prétexte à parler des névroses de chacun.

La porte s'ouvrit et tout le monde leva la tête pour regarder entrer Jack Force, tout rouge. Il tendit son bulletin de retard à Mr Orion, qui l'écarta d'un geste.

– Asseyez-vous, Jack.

Jack traversa la salle d'un pas décidé jusqu'au dernier siège vide, à côté de Theodora. Il avait l'air fatigué et un peu chiffonné dans son polo froissé, sa chemise dépassant de son pantalon ample en lainage. Une légère décharge électrique traversa le corps de Theodora, une sensation piquante mais pas désagréable. Qu'y avait-il de changé ? Elle avait déjà été assise à côté de lui et il avait toujours été invisible pour elle, jusqu'à maintenant. Il ne croisa pas son regard, et elle était trop effrayée et trop gênée pour le regarder. C'était étrange de penser qu'ils étaient tous les deux là-bas ce soir-là. Si proches, au moment où Aggie était morte.

À présent, une autre disciple de Mimi déblatérait sur son hamster, qui était mort de faim lorsqu'elle était partie en vacances. « J'aimais tellement Bobo », sanglotait-elle dans son mouchoir tandis que le reste de la classe manifestait sa sympathie. Des récits de décès de lézards, de canaris et autres lapins tendrement aimés étaient encore au programme.

Theodora levait les yeux au ciel et gribouillait dans les marges de son cahier. C'était sa manière de s'isoler du monde. Lorsqu'elle en avait assez – des délires nombrilistes de ses camarades pourris gâtés, des cours de maths sans fin, des propriétés soporifiques de la division de la cellule –, elle se réfugiait dans le crayon et le papier. Elle avait toujours adoré dessiner. Des filles de dessins animés et des garçons aux yeux comme des soucoupes. Des dragons. Des fantômes. Des chaussures. Elle esquissait distraitement le profil de Jack quand une main se tendit et griffonna quelques mots en haut de sa page.

Elle leva les yeux, surprise, en couvrant instinctivement ses dessins.

Jack Force la regarda d'un air sombre en hochant la tête, tapotant le cahier de son crayon pour guider son regard sur ce qu'il avait écrit.

Aggie n'est pas morte d'une overdose. Aggie a été assassinée.

Sept

Lorsque Bliss sortit de ses cours, une Rolls-Royce Silver Shadow étincelante patientait devant les portes de Duchesne. Un peu gênée comme à chaque fois qu'elle voyait la voiture, elle aperçut sa demi-sœur de onze ans, Jordan, en sixième, qui l'attendait. Les petites classes aussi avaient été libérées en avance, même si les élèves connaissaient à peine Aggie.

La porte de la Rolls s'ouvrit sur une longue paire de jambes. La belle-mère de Bliss, anciennement BobiAnne Prescott, en survêtement moulant de velours rose (la fermeture Éclair descendue pour révéler son opulente poitrine), et juchée sur des mules à talons Gucci, sortit de la voiture et observa avec inquiétude les élèves rassemblés en petits groupes.

Bliss regretta, et pas pour la première fois, que sa belle-mère ne la laissât pas rentrer en taxi ou à pied, comme tous les autres élèves de Duchesne. La Rolls, le survêtement Juicy, le diamant onze carats, tout cela sentait tellement le Texas ! En deux mois passés à Manhattan, Bliss avait appris que la vraie richesse se cachait. Les plus fortunés de ses camarades de classe s'habillaient chez Old Navy et certains avaient peu d'argent de poche. S'ils avaient besoin d'une voiture, leurs parents faisaient en sorte que ce soit une Lincoln Town Car noire, élégante et discrète. Même Mimi prenait des taxis. Les démonstrations voyantes de statut ou d'influence étaient mal vues. Bien sûr, ces mêmes jeunes gens achetaient leurs jeans pré-tachés et leurs pulls effilochés à SoHo pour des sommes à cinq chiffres. C'était bien d'avoir l'air pauvre mais, en revanche, l'être pour de vrai était complètement inexcusable.

Au début, tout le monde avait pris Bliss pour une élève boursière, avec son sac Chanel qui avait l'air d'un faux et ses chaussures trop brillantes. Mais l'apparition quotidienne de la Rolls eut tôt fait de mettre fin à cette rumeur. Les Llewellyn étaient blindés, pas de doute, mais d'une manière vulgaire, caricaturale, risible... ce qui était presque aussi nul que d'être fauché, quoique pas tout à fait.

– Mes chéries ! s'écria BobiAnne d'une voix haut perché qui porta jusqu'au coin de la rue. J'étais tellement inquiète !

Elle attira sa fille et sa belle-fille dans ses bras maigres, pressa sa joue poudrée contre les leurs. Elle sentait le parfum calcifié, sucré et crayeux. La vraie mère de Bliss était morte à sa naissance et son père ne lui avait jamais parlé d'elle. Bliss n'avait aucun souvenir de sa maman. Lorsqu'elle avait trois ans, son père avait épousé BobiAnne, et Jordan était née peu après.

– Arrête un peu, BobiAnne, protesta Bliss. Tout va bien. Ce n'est pas nous qui avons été tuées.

Tuées. Pourquoi avait-elle dit ça ? La mort d'Aggie était un accident. Une overdose. Mais le mot était sorti naturellement, sans qu'elle y pense. Pourquoi ?

– Je préférerais vraiment que tu m'appelles « maman », chérie. Je sais, je sais. J'ai entendu. Cette pauvre petite Carondolet. Sa mère est sous le choc, la pauvre. Montez, montez.

Bliss suivit sa sœur dans la voiture. Jordan, stoïque comme d'habitude, prenait les démonstrations hystériques de sa mère avec une indifférence étudiée. Bliss et elle, c'était le jour et la nuit. Bliss était aussi grande et fine que Jordan était petite et trapue. Bliss était d'une beauté frappante, mais Jordan était banale au point d'en être presque laide, un fait que BobiAnne ne perdait pas une occasion de remarquer. « Aussi différentes qu'un cygne et un buffle ! » se lamentait-elle. BobiAnne passait son temps à tenter de mettre Jordan au régime et à lui reprocher son manque d'intérêt pour la mode ou les « exigences de la beauté », tout en portant aux nues l'apparence de Bliss, ce qui énervait encore plus cette dernière.

– Vous ne sortirez plus sans être accompagnées. Surtout toi, Bliss : plus question de partir en douce avec Mimi pour aller je ne sais où. Tu seras à la maison tous les soirs à neuf heures, dit BobiAnne en se mordillant nerveusement l'ongle du pouce.

Bliss leva les yeux au ciel. Juste parce qu'une fille était morte dans une boîte, elle était soumise au couvre-feu, maintenant ? Depuis quand sa belle-mère avait-elle ce genre d'inquiétudes ? Bliss sortait dans des soirées depuis la cinquième. C'est cette année-là qu'elle avait pris sa première cuite, à la Foire agricole ; la grande sœur de sa copine avait dû venir la chercher après qu'elle eut vomi et perdu connaissance dans la meule de foin derrière la grande roue.

– Ton père insiste, dit BobiAnne d'un ton anxieux. Allez, pas de rouspétance et ne me faites pas faire de mauvais sang, les filles, compris ?

La Rolls s'éloigna des portes de Duchesne, longea le pâté de maison et fit un demi-tour pour aller s'arrêter devant l'immeuble des Llewellyn, juste de l'autre côté de la rue.

Elles sortirent de la voiture et entrèrent dans un bâtiment digne d'un palais. L'Anthetum était une des adresses les plus anciennes et les plus prestigieuses de la ville. La demeure des Llewellyn occupait entièrement les trois derniers étages. BobiAnne l'avait fait aménager par plusieurs architectes d'intérieur, et l'avait même baptisée d'un nom grandiose : le « domaine *des Rêves*[1] », même si les seuls mots de français qu'elle connût tenaient sur une étiquette de vêtements (« Nettoyage à sec uniquement »). Chaque pièce de l'appartement était décorée dans un style flamboyant, chargé, et on n'avait lésiné sur aucune dépense, depuis les chandeliers sur pied en or dix-huit carats de la salle à manger jusqu'aux porte-savons incrustés de diamants du cabinet de toilette.

Il y avait le petit salon « Versace », rempli d'antiquités ayant appartenu à feu le styliste et que BobiAnne avait raflées à la vente aux enchères, rempli à ras bord de miroirs vieillis, de vaisseliers dorés à l'or fin et d'extravagantes sculptures de nus italiens. Il y avait aussi un salon « Bali », avec ses armoires d'ébène qui couraient d'un mur à l'autre, ses bancs de bois rustiques et ses cages à oiseaux en bambou. Chaque article était une authentique antiquité asiatique, rare et extrêmement coûteuse, mais au final leur accumulation faisait plutôt l'effet d'une braderie chez Pier Import. Il y avait même une chambre « Cendrillon », copiée sur les décors de Disney World, avec son mannequin portant diadème, la traîne retenue par deux oiseaux en verre filé accrochés au plafond.

---

1. En français dans le texte.

Bliss aurait volontiers rebaptisé l'endroit « domaine *de Merde* ».

Sa belle-mère était particulièrement agitée cet après-midi. Bliss ne l'avait jamais vue aussi nerveuse. BobiAnne n'avait même pas réagi lorsque Bliss avait laissé des traces avec ses chaussures sur le tapis immaculé.

– Avant que j'oublie : ceci est arrivé pour toi aujourd'hui.

Elle lui tendit une grande enveloppe de moelleux papier blanc, d'une taille et d'un poids impressionnants, comme un faire-part de mariage. Bliss l'ouvrit et trouva à l'intérieur une épaisse carte gravée en relief. C'était une invitation à se joindre au Comité de la banque du sang de New York. L'une des plus vénérables organisations caritatives de la ville, et l'une des plus prestigieuses ; seuls les enfants des familles les plus en vue étaient invités à être membres juniors. À Duchesne, on disait simplement « le Comité ». Tous ceux du lycée qui avaient un nom en faisaient partie ; être membre vous propulsait à un niveau social stratosphérique, tellement élevé que les simples mortels ne pouvaient qu'y aspirer, sans jamais pouvoir l'atteindre.

Les capitaines de toutes les équipes sportives en étaient, ainsi que les rédacteurs en chef du journal et de l'annuaire du lycée. Mais ce n'était pas une récompense honorifique, puisque des élèves riches comme Mimi Force, qui ne prenait part à aucune activité extrascolaire mais dont les parents étaient des New-Yorkais influents, composaient l'essentiel des membres. C'était snob, fermé et exclusif à l'extrême ; les jeunes membres ne venaient que des écoles privées les plus sélectes. Le Comité n'avait jamais publié de liste complète de ses membres : si l'on n'en faisait pas partie, on ne pouvait que tenter de deviner qui en était, le seul indice sûr étant la bague du Comité, un serpent d'or autour d'une croix.

Bliss avait cru comprendre qu'il n'y aurait pas de nouvelles admissions avant le printemps, mais le pli l'informait que la prochaine réunion était pour le lundi suivant, dans le salon Jefferson, à Duchesne.

– Pourquoi est-ce que je devrais m'inscrire à un comité de charité ? demanda-t-elle.

Elle trouvait tout cela idiot. Tout ce remue-ménage pour des collectes de fonds et des réceptions à préparer ! Elle était sûre que Dylan trouverait cela ridicule. Non qu'elle s'intéressât à ce qu'il pensait. Elle ne savait toujours pas bien ce qu'elle éprouvait pour lui. Elle se sentait vraiment mal de ne lui avoir même pas dit bonjour quand il lui avait tapé sur l'épaule tout à l'heure. Mais le regard implacable de Mimi était posé sur elle, et Bliss n'avait pas eu le courage de donner l'impression qu'ils étaient amis. Et d'ailleurs, l'étaient-ils vraiment ? Vendredi soir, en tout cas, oui.

– Tu ne t'inscris pas. Tu as été choisie, dit BobiAnne.

Bliss hocha la tête.

– Je suis obligée ?

BobiAnne demeura inflexible.

– Cela nous rendrait très heureux, ton père et moi.

Plus tard, ce soir-là, Jordan frappa à la porte de la chambre de Bliss.

– Tu étais où, vendredi soir ? lui demanda-t-elle, ses petits doigts potelés laissant des traces poisseuses sur le bouton de porte en plaqué or.

Ses yeux sombres la scrutaient d'une manière troublante.

Bliss secoua la tête. Sa sœur était tellement étrange ! Lorsqu'elles étaient plus jeunes, Jordan la suivait partout comme un chiot perdu en se demandant sans cesse pourquoi elle n'avait pas les cheveux bouclés comme elle, le teint clair comme elle, les yeux verts comme elle. Elles étaient amies, alors. Mais les choses avaient changé l'année passée. Jordan était devenue secrète et timide avec Bliss. Il y avait une éternité qu'elle ne lui avait pas demandé de tresser ses cheveux.

– Au *Block 122*, tu sais ? le club privé où vont toutes les célébrités. Ils en ont parlé dans *US Weekly* la semaine dernière, répondit Bliss. Pourquoi, ça t'intéresse ?

Elle était assise sur son lit de princesse, les papiers du Comité étalés sur la couette. Pour une association de bienfaisance, il y avait une infinité de formulaires à remplir, y compris une déclaration d'acceptation et l'engagement de s'y rendre pendant deux heures tous les lundis soir.

– C'est là qu'elle est morte, non ? fit Jordan d'un ton sinistre.

– Ouais, acquiesça Bliss sans lever la tête.

– Tu sais qui a fait le coup, pas vrai ? dit Jordan. Tu y étais.

– Qu'est-ce que tu dis ? demanda Bliss en reposant finalement ses papiers.

Jordan secoua la tête.

– Tu *sais*.

– Mais non, je ne vois pas du tout de quoi tu parles. T'as pas eu l'info ? Elle a fait une overdose. Et maintenant, dégage, tronche de vomi, dit Bliss en jetant un coussin vers la porte.

De quoi pouvait bien parler Jordan ? Qu'est-ce qu'elle savait ? Pourquoi sa belle-mère était-elle tellement affectée par la mort d'Aggie ? Et pourquoi fallait-il absolument qu'elle participe à un comité de charité ?

Elle appela Mimi. Elle savait que cette dernière faisait partie du Comité, et voulait s'assurer qu'elle serait bien à la réunion.

Journal de Catherine Carver
25 novembre 1620
Plymouth, Massachusetts

Ce soir nous avons fêté notre arrivée, sains et saufs, dans notre nouveau chez-nous. Les nouvelles sont réjouissantes : les habitants de cette terre nouvelle nous ont accueillis à bras ouverts et nous ont couverts de présents. Ils nous ont apporté du gibier, un oiseau assez gros pour nourrir un régiment, une abondance de légumes, et du maïs. C'est un nouveau départ pour nous, et la vue du pays verdoyant, des vastes étendues vierges où nous allons nous installer nous réconforte. Tous nos rêves ont été exaucés. C'est pour ceci que nous avons quitté nos maisons : pour que nos enfants puissent grandir en toute sécurité.

C. C.

Huit

À la fin des cours, Theodora attrapa le bus sur la 96e Rue, glissa son passe étudiant blanc dans la fente et trouva un siège vide à côté d'une mère de famille à l'air épuisé avec une poussette double. Theodora était une des rares élèves de Duchesne à prendre les transports en commun.

Le bus parcourut lentement les avenues et dépassa toute une série de boutiques de luxe sur Madison Avenue : un magasin baptisé en toute simplicité *Prince et Princesse*, qui habillait l'élite des moins de douze ans – robes de coton à smocks pour les petites filles, manteaux Barbour pour les garçons –, des pharmacies proposant des brosses à cheveux en soies de sanglier à cinq cents dollars, ou encore de petits antiquaires qui vendaient d'obscurs équipements de cartographie ou des plumes d'oie du XIVe siècle. Puis il traversa les abords verdoyants de Central Park en direction de l'ouest, vers Broadway, et le paysage se modifia – restaurants latino-chinois, boutiques moins snobs – pour aborder enfin la côte raide de Riverside Drive.

Elle aurait aimé demander à Jack ce qu'il avait voulu dire

en lui écrivant ce mot, mais elle n'avait pas pu mettre la main sur lui en sortant de la classe. Jack Force, qui n'avait jamais fait attention à elle ? D'abord il connaissait son prénom, et maintenant il lui écrivait des petits mots ? Pourquoi aurait-il voulu lui dire qu'Aggie Carondolet avait été assassinée ? C'était forcément une blague. À tous les coups il jouait avec elle, s'amusait à lui faire peur. Elle secoua la tête d'énervement. Ça n'avait aucun sens. Et même si Jack Force se croyait dans *New York District* et avait une intuition géniale sur l'affaire, pourquoi la partager avec elle ? C'est à peine s'ils se connaissaient.

Arrivée à la 100e Rue, elle actionna le signal et passa avec légèreté les portes automatiques. L'après-midi était encore ensoleillé. Elle remonta un bloc d'immeubles jusqu'aux marches taillées dans les terrasses paysagées qui délimitaient le trafic et menaient directement à sa porte.

Riverside Drive était un superbe boulevard de style parisien tout à l'ouest de l'Upper Manhattan : une large voie qui serpentait entre de dignes villas de style Renaissance italienne et des immeubles Arts déco majestueux. C'est là que les Van Alen s'étaient réfugiés au tournant du siècle dernier, lorsqu'ils avaient quitté leur domaine du bas de la 5e Avenue. La famille Van Alen, autrefois la plus puissante et la plus influente de New York, avait fondé la plupart des universités et des institutions culturelles de la ville. Mais, depuis plusieurs décennies, sa fortune et son prestige étaient sur le déclin. L'une de ses dernières possessions était l'imposant palais de style français, au coin de la 101e Rue ombragée et de Riverside Drive, où habitait Theodora. Bâti en belle pierre grise, il avait de grandes portes en fer forgé et des gargouilles qui montaient la garde au niveau du balcon.

Mais, à la différence des hôtels particuliers rénovés et pimpants qui l'entouraient, la maison aurait eu bien besoin d'une nouvelle toiture et d'un bon coup de peinture.

Theodora sonna.

– Je sais, désolée, Hattie, j'ai encore oublié mes clés, s'excusa-t-elle auprès de la bonne, qui avait toujours été dans la famille, aussi loin que Theodora puisse s'en souvenir.

La Polonaise aux cheveux blancs, en uniforme à l'ancienne, se contenta de grogner.

Theodora franchit derrière elle la large porte grinçante et traversa sur la pointe des pieds le grand hall sombre et étouffant avec tous ses tapis d'Orient (très anciens et très précieux, mais couverts d'une épaisse couche de poussière). La lumière n'entrait jamais dans la pièce car, même si les larges baies vitrées donnaient sur l'Hudson, de lourds rideaux de velours cachaient la vue en permanence. On trouvait partout des traces de l'ancienne opulence de la famille, des chaises Hepplewhite d'origine aux tables Chippendale massives, mais la maison, sans chauffage central ni climatisation, était une étuve en été et un nid de courants d'air l'hiver. À la différence du triplex des Llewellyn, où tout était soit une reproduction de prix soit une antiquité achetée aux enchères chez *Christie's*, chaque meuble chez les Van Alen était une pièce d'époque transmise de génération en génération.

La plupart des sept chambres à coucher étaient verrouillées et inoccupées, et des bâches de toile recouvraient l'essentiel des meubles de famille. Theodora avait toujours eu un peu l'impression de vivre dans un vieux musée grinçant. Sa chambre se trouvait à l'étage : une petite pièce qu'elle avait repeinte en jaune fluo dans un accès de rébellion, pour contraster avec les tapisseries sombres et l'atmosphère étouffante du reste de la maison.

Elle siffla Beauty, sa superbe chienne de chasse, qui vint amicalement la rejoindre. « Bon chien, bon chien », dit-elle en s'agenouillant pour prendre dans ses bras le joyeux animal et se laisser lécher la figure. Même si elle passait une journée pourrie, Beauty lui remontait toujours le moral. Un jour de l'année précédente, cette bête magnifique l'avait suivie chez elle depuis le lycée. C'était une chienne pure race, au pelage aussi noir et brillant que les cheveux de Theodora. Cette dernière, au départ, était sûre que ses propriétaires viendraient la chercher, et elle avait collé des affichettes « Trouvé un chien » dans le quartier. Mais personne ne l'avait réclamée, et Theodora avait fini par abandonner ses recherches.

Toutes deux gravirent l'escalier en bondissant. Theodora entra dans sa chambre et ferma la porte derrière sa chienne.

– Déjà rentrée ?

Theodora sursauta comme si un dard l'avait piquée. Beauty aboya, puis remua la queue et gambada gaiement à la rencontre de l'intruse. Sa maîtresse se retourna et trouva sa grand-mère assise sur le lit, l'air sévère. Cordelia Van Alen était une petite femme au physique d'oiseau ; on voyait bien d'où la jeune fille tenait sa silhouette délicate et ses yeux profondément enfoncés, même si Cordelia avait pour habitude de balayer les remarques sur la ressemblance familiale. De ses yeux bleus et vifs, elle fixait intensément sa petite-fille.

– Cordelia, je ne t'avais pas vue, s'expliqua Theodora.

Sa grand-mère lui avait interdit de l'appeler grand-mère ou mère-grand, ou même, comme elle avait entendu certains enfants le faire, mamie. Il aurait été bon d'avoir une mamie, une figure maternelle ronde et chaleureuse, dont le nom même aurait senti l'amour et les biscuits maison. Mais, à la place, tout ce qu'avait Theodora, c'était Cordelia. Une femme élégante, encore belle, qui devait avoir dans les quatre-vingts ou quatre-vingt-dix ans, Theodora ne se rappelait jamais. Certains jours, Cordelia faisait assez jeune pour passer pour une quinquagénaire (ou même une quadragénaire, si Theodora était honnête avec elle-même). Elle se tenait droite comme la justice, dans un cardigan de cachemire noir et un ample pantalon de jersey, les jambes délicatement croisées à hauteur de la cheville. Aux pieds, elle portait des ballerines Chanel noires.

Pendant toute l'enfance de Theodora, Cordelia avait été une présence. Pas parentale ni même affectueuse, mais une présence quand même. C'était elle qui avait fait modifier l'état-civil de Theodora pour qu'elle porte le nom de sa mère et non celui de son père. C'était elle qui l'avait inscrite à Duchesne ; elle encore qui signait ses mots d'excuse, vérifiait ses carnets de notes et lui versait une somme dérisoire en argent de poche.

– On est sortis en avance, dit Theodora. Aggie Carondolet est morte.

– Je sais.

Le visage de Cordelia changea. Un soupçon d'émotion anima un instant ses traits sévères : peur, anxiété, inquiétude même ?

– Tu vas bien ?

Theodora opina. Elle connaissait à peine Aggie. Bien sûr, elles fréquentaient la même école depuis plus de dix ans, mais cela ne faisait pas d'elles des amies.

– J'ai des devoirs à faire, dit Theodora en déboutonnant son manteau et en se débarrassant de son pull, avant de retirer une à une les couches de ses vêtements jusqu'à se tenir devant sa grand-mère en fin débardeur blanc et leggings noirs.

Theodora avait à moitié peur de sa grand-mère mais elle avait appris à l'aimer, même si Cordelia ne montrait jamais la moindre intention de lui rendre ce sentiment. L'émotion la plus palpable que Theodora pût détecter chez elle était une tolérance réticente. Sa grand-mère la tolérait. Elle ne l'approuvait pas, mais elle la tolérait.

– Tes marques ont empiré, remarqua Cordelia à propos des avant-bras de Theodora.

Theodora hocha la tête. De pâles traînées bleues s'épanouissaient en motifs compliqués, visibles sous la surface de la peau, à l'intérieur de ses avant-bras et jusqu'aux poignets. Ces veines bleues étaient apparues une semaine avant son quinzième anniversaire. Elles ne lui faisaient pas mal, mais elles la démangeaient indéniablement. C'était comme si soudain elle se mettait à sortir de sa propre peau... ou à *entrer* dans quelque chose, sans savoir précisément comment.

– J'ai l'impression qu'elles sont pareilles, répondit Theodora.

– N'oublie pas ton rendez-vous chez le Dr Pat.

Theodora acquiesça.

Beauty s'installa sur son édredon pour regarder par la fenêtre le fleuve qui scintillait derrière les arbres.

Cordelia se mit à caresser sa fourrure lisse.

– J'ai eu un chien comme celui-ci, dit-elle. J'avais à peu près ton âge. Ta mère aussi en a eu un.

Elle eut un sourire mélancolique.

La grand-mère de Theodora lui parlait rarement de sa mère, qui, techniquement, n'était pas morte. Elle était tombée dans le coma alors que Theodora avait à peine un an, et depuis elle était restée dans cet état. Les médecins s'accordaient sur le fait que son activité cérébrale était normale et qu'elle pouvait se réveiller d'un moment à l'autre. Sauf qu'elle ne l'avait jamais fait. Theodora lui rendait visite tous les dimanches au Columbia Presbyterian Hospital et lui lisait des pages du *Sunday Times*.

Theodora n'avait aucun souvenir de sa mère, sauf celui d'une femme triste et belle qui lui chantait des berceuses dans son petit lit. Peut-être se rappelait-elle cette expression triste parce que c'est ainsi qu'elle était à présent, dans son sommeil : ses traits avaient quelque chose de mélancolique. Une femme ravissante, à l'air accablé de tristesse, aux mains repliées, les cheveux blond platine déployés sur l'oreiller.

Elle aurait aimé poser à sa grand-mère plus de questions sur sa mère et son chien ; mais l'expression lointaine avait disparu du visage de Cordelia, et Theodora sut qu'elle n'obtiendrait plus aucun détail pour aujourd'hui.

– Nous dînerons à six heures, dit sa grand-mère en quittant la pièce.

– Oui, Cordelia, marmonna Theodora.

Elle ferma les yeux et s'allongea sur le lit, appuyée contre Beauty. Les rayons du soleil traversaient les volets. Sa grand-mère était une énigme. Theodora regretta, et pas pour la première fois, de ne pas être une fille normale, avec une famille normale. Elle se sentit très seule, soudain. Elle se demanda si elle aurait dû parler à Oliver du mot de Jack. Elle ne lui avait jamais rien caché de la sorte. Mais elle se disait qu'il la traiterait d'idiote pour avoir marché dans une blague aussi bête.

C'est alors que son téléphone sonna. Le numéro d'Oliver s'afficha dans le menu des SMS, comme s'il avait su exactement ce qu'elle ressentait en ce moment.

« TU M MANQUES BB. »

Theodora sourit. Elle n'avait peut-être pas de parents, mais au moins elle avait un véritable ami.

NEUF

Les funérailles d'Aggie Carondolet avaient été préparées comme une réception mondaine de premier ordre. Les Carondolet étaient une prestigieuse famille new-yorkaise, et le décès prématuré de leur fille était du pain bénit pour les journaux à scandale. « UNE LYCÉENNE DE BONNE FAMILLE TROUVÉE MORTE EN BOÎTE DE NUIT. » Ses parents avaient haussé les épaules, mais ils n'y pouvaient rien. La ville était obsédée par la beauté, la richesse et la tragédie (la taille des gros titres étant directement proportionnelle à la quantité de beauté, de richesse et de tragédie). Ce matin-là, une armée de photographes montait la garde aux portes du lycée, à l'affût de la bonne photo de la mère éplorée (Sloane Carondolet, reine du bal des débutantes en 1985, très digne) et de la meilleure amie effondrée, qui n'était autre que la fille-la-plus-branchée-de-la-ville, la gracieuse Mimi Force.

En voyant les photographes, Mimi se félicita d'avoir craqué pour le costume Dior Homme par Hedi Slimane. Ç'avait été toute une affaire de le faire coudre sur mesure en une nuit, mais ce que Mimi voulait, Mimi l'obtenait. Il était en satin noir, avec des lignes nettes et sévères. Elle ne portait rien d'autre, à part un collier de chien en onyx. Elle serait sublime dans les journaux du lendemain, le soupçon de tragédie ajoutant encore à son glamour naturel.

Dans la chapelle de Duchesne, les places étaient attribuées en fonction du rang, comme pour un défilé de mode. Bien sûr, Mimi était sur le premier banc. Elle était assise entre son père et son frère, tous trois formant un trio élégant. Sa mère, retenue pour trois mois en Afrique du Sud par un safari de chirurgie esthétique (des liftings déguisés en vacances), n'avait pas pu rentrer à temps et c'était donc Gina Dupont, une belle galeriste et grande amie de son père, qui accompagnait ce dernier.

Mimi savait que Gina était en fait l'une des maîtresses de son père, mais cela ne la dérangeait pas. En grandissant, elle avait été choquée par la constance des aventures extraconjugales de ses parents, mais passé un certain âge elle avait accepté leurs relations pour ce qu'elles étaient : une nécessité pour la *Caerimonia osculor*. On ne pouvait jamais être tout pour l'autre. Le mariage servait à conserver la fortune familiale et à former une bonne équipe, tout à fait comme une bonne association d'affaires. On lui avait fait comprendre que certaines choses ne pouvaient être satisfaites qu'en dehors du mariage, certaines choses que même une épouse fidèle ne pouvait assurer.

Elle remarqua le sénateur Llewellyn et sa famille qui entraient par le côté. La belle-mère de Bliss se pavanait dans un long manteau de vison noir sur une robe noire ; le sénateur portait un costume noir à veste croisée ; Bliss était en pull de cachemire noir et étroit pantalon cigarette Gucci. C'est alors que Mimi remarqua quelque chose de bizarre. La petite sœur de Bliss était en blanc des pieds à la tête.

Comment pouvait-on porter du blanc à un enterrement ? Mais, en regardant autour d'elle, Mimi remarqua que presque la moitié de l'assistance était en blanc ; et qu'ils étaient tous assis de l'autre côté de l'allée centrale. Sur le tout premier banc, à la tête des endeuillés en blanc, se trouvait une petite femme ratatinée que Mimi n'avait jamais vue. Elle remarqua Oliver Hazard-Perry et ses parents, qui remontèrent l'allée pour aller s'incliner devant la vieille chouette du premier banc avant de retourner s'asseoir tout au fond.

Le maire et son escorte firent leur entrée, suivis par le gouverneur, sa femme et leurs enfants. Ils étaient tous en costume noir, correct et approprié, et prirent place derrière le banc de son père. Mimi se sentit étrangement soulagée. De leur côté de la salle, tout le monde portait les vêtements noirs ou anthracite qui convenaient à la situation.

Mimi était heureuse que le cercueil soit fermé. Elle ne voulait plus, jamais de sa vie, revoir ce hurlement figé. De toute manière, il y avait là une grosse erreur. Elle était certaine que les Sentinelles allaient trouver une explication parfaitement rationnelle, un élément du cycle qui expliquait la perte de tout ce sang. Car Aggie ne pouvait pas être morte. Comme le disait son père, elle n'était sans doute même pas dans ce cercueil.

La messe commença, et l'assemblée se leva pour chanter « Plus près de toi, mon Dieu ». Mimi leva les yeux de son livre de chants et vit Bliss quitter son siège. Elle haussa un sourcil. Lorsque l'aumônier eut prononcé les paroles de circonstance, la sœur d'Aggie prononça un bref éloge funèbre. Plusieurs autres élèves prirent la parole, y compris son frère, Jack, qui fit un discours émouvant, puis ce fut terminé. Mimi suivit sa famille qui quittait le banc.

La minuscule vieille dame aux cheveux blancs assise de l'autre côté s'approcha d'eux et tapota légèrement le bras de son père. Elle avait les yeux les plus bleus que Mimi eût jamais vus et portait un impeccable tailleur Chanel ivoire, ainsi que des rangs de perles autour de son cou ridé.

Charles Force sursauta visiblement. Mimi n'avait jamais vu son père ainsi. C'était un homme souverain, plein de maîtrise, avec une crinière de cheveux argentés, d'allure martiale et rigide. Le fardeau du pouvoir avait creusé les rides de son visage. On disait que Charles Force était la véritable autorité qui régissait New York. Le pouvoir derrière les puissants.

– Cordelia, dit-il à la vieille bique en inclinant la tête. Quel plaisir de vous revoir.

– Cela fait trop longtemps.

Elle avait les intonations sèches et nasillardes d'une vraie Yankee.

Il ne réagit pas.

– Une terrible perte, dit-il finalement.

– Extrêmement regrettable, approuva la vieille dame. Mais qui aurait pu être prévenue, néanmoins.

– Je ne suis pas sûr de vous suivre, répondit Charles, l'air réellement perplexe.

– Vous savez aussi bien que moi que nous aurions dû les avertir...

– Suffit. Pas ici, dit-il en baissant la voix et en l'attirant vers lui.

Mimi tendit l'oreille pour entendre la suite de la conversation.

– Toujours le premier à fuir la vérité. Vous êtes toujours le même, arrogant et aveugle..., disait la vieille femme.

– Et si nous vous avions écoutée et semé la peur ? Où en serions-nous ? lui demanda-t-il froidement. Nous serions tous tapis dans des caves à cause de vous.

– J'aurais fait en sorte que notre survie soit assurée. Au lieu de cela, nous voilà vulnérables une fois de plus, répondit Cordelia d'une voix rauque et tremblant de colère. Au lieu de cela, ils peuvent revenir, se mettre en chasse. Si j'avais eu autorité, si le conclave m'avait écoutée, s'il avait écouté Teddy...

– Eh bien, ils ne l'ont pas fait. Ils m'ont choisi pour chef, comme toujours, l'interrompit doucement Charles. Mais le moment est mal choisi pour réveiller les vieilles blessures et les vieilles rancœurs. (Il fronça les sourcils.) Avez-vous... Non, n'est-ce pas ? Mimi, Jack, venez par ici.

– Ah, les jumeaux. (Cordelia eut un sourire indéchiffrable.) De nouveau réunis.

Mimi n'aimait pas la manière dont cette vieille bique sénile la regardait, la jaugeant comme si elle savait déjà tout d'elle.

– Je vous présente Cordelia Van Alen, dit Charles Force d'un ton bourru. Cordelia, les jumeaux. Benjamin et Madeleine.

– Enchanté, dit Jack Force poliment.

– Pareil, grogna Mimi.

Cordelia les salua du menton avec suffisance. Elle se tourna de nouveau vers Charles Force et chuchota farouchement :

– Il faut sonner l'alarme ! Nous devons être vigilants ! Nous avons encore le temps. Nous pourrions encore les arrêter, si seulement vous trouviez dans votre cœur la force de pardonner. Gabrielle...

– Ne me parlez pas de Gabrielle, la coupa Charles. Jamais. Je ne veux plus jamais que son nom soit prononcé devant moi. Surtout pas par vous.

Qui était Gabrielle ? se demandait Mimi. Pourquoi son père était-il apparemment si nerveux ? Mimi était furieuse et contrariée de voir comment il réagissait aux paroles de la vieille.

Le regard de Cordelia s'adoucit.

– Cela fait quinze ans, dit-elle. N'est-ce pas suffisant ?

– J'ai été heureux de vous voir en forme, Cordelia. Bonne journée, rétorqua Charles d'un ton sans réplique.

La vieille bique fronça les sourcils et s'éloigna sans ajouter un mot. Mimi vit Theodora Van Alen la suivre, se retournant pour leur lancer un regard penaud, comme si elle était gênée du comportement de sa grand-mère. À raison, pensa-t-elle.

– Papa, qui était-ce ? demanda Mimi en remarquant l'expression épouvantée de son père.

– Cordelia Van Alen, répondit-il lourdement, sans rien ajouter.

Comme si cela expliquait tout.

– Comment peut-on porter du blanc à un enterrement ? ricana-t-elle en retroussant la lèvre.

– Le noir est la couleur de la nuit, murmura Charles. Le blanc est la vraie couleur de la mort.

Pendant un moment, il baissa les yeux sur son costume noir, l'air désemparé.

– Hein, papa ? Qu'est-ce que tu as dit ?

Il secoua la tête, perdu dans ses pensées.

Mimi repéra Jack qui rattrapait Theodora en courant pour lui parler, et tous les deux qui se lançaient dans une conversation intense à mots couverts. Mimi n'aimait pas cela du tout. Elle ne savait vraiment pas pour qui se prenait cette Theodora, qu'elle soit appelée à faire partie du Comité ou pas. Elle n'aimait pas la manière dont Jack la regardait. La seule autre personne qu'il regardât ainsi, c'était elle.

Et Mimi était bien décidée à ce que cela ne change pas.

Dix

Bliss n'avait pas supporté. Au beau milieu de la cérémonie funèbre, il avait fallu qu'elle sorte. Les enterrements lui mettaient les nerfs à vif. Le seul auquel elle eût déjà assisté était celui de sa grand-tante, et personne n'y avait été aussi triste qu'ici. Bliss pouvait jurer qu'elle avait entendu ses parents dire « Pas trop tôt » et « Elle a mis le temps » pendant les funérailles. Grand-tante Gertrude avait vécu jusqu'à l'âge vénérable de cent dix ans – on avait parlé d'elle à la télé – et, quand Bliss lui avait rendu visite dans son ranch la veille de sa mort, la vieille dame était aussi alerte que d'habitude.

– Il est temps que je m'en aille, je le sais, ma chérie, lui avait-elle dit. Mais nous nous reverrons.

Au moins, Aggie n'était pas dans un cercueil ouvert ; mais cela mettait tout de même Bliss mal à l'aise de penser qu'il y avait un cadavre là-dedans, à quelques mètres d'elle. Peu après leur arrivée, elle réussit à s'extirper de sa place à côté de sa belle-mère, qui était de toute manière très occupée à saluer toutes les autres mamans de Duchesne.

Bliss se dirigea furtivement vers la sortie. En chemin, elle croisa le regard de Mimi. Cette dernière haussa un sourcil et Bliss articula silencieusement : « Je vais aux toilettes », en se sentant un peu bête d'avoir à se justifier. Pourquoi Mimi la surveillait-elle de si près ? se demanda-t-elle tout en poursuivant son chemin vers la sortie. Elle était pire que sa belle-mère. Cela devenait agaçant. Elle se glissa discrètement par la porte de derrière, et se cogna dans une autre personne qui essayait de sortir en douce.

Dylan portait un costume noir ajusté, avec une chemise blanche et une fine cravate noire. On aurait dit un musicien des Strokes. Il lui sourit.

– Tu vas quelque part ?

– Euh... Fait chaud là-dedans, fit-elle sans conviction.

Il hocha la tête, méditant sur sa déclaration. Ils ne s'étaient même pas vraiment reparlé depuis le vendredi soir, dans la ruelle entre les deux boîtes de nuit. Elle avait eu l'intention d'aller le trouver, ne serait-ce que pour s'excuser de l'avoir ignoré la veille. Non qu'il y eût matière à s'excuser, en fait. Après tout, ils avaient juste passé la soirée à discuter. Ce n'était pas comme s'ils étaient amis ou quoi que ce soit. Rien d'important.

Sauf que ça l'était. Ce soir-là, il lui avait tout dit sur sa famille et sur sa haine de l'internat dans le Connecticut. Elle lui avait parlé de Houston, raconté comment elle allait en cours dans la Cadillac décapotable de son grand-père, ce qui faisait bien rigoler tout le monde. Cet engin était un vrai paquebot, avec des ailerons et tout. Plus important, elle lui avait confié combien elle se sentait mal dans sa peau à Duchesne, et avoué qu'elle n'aimait même pas Mimi.

Cela l'avait libérée d'être aussi honnête avec lui, même si

elle l'avait regretté aussitôt rentrée chez elle, traumatisée par la peur qu'il trouve le moyen de répéter à Mimi ce qu'elle lui avait confié, quand bien même elle savait que c'était impossible. Mimi était dans la clique des branchés. Dylan traînait avec les exclus et les ratés. Et les deux sont inconciliables. S'il avait ne serait-ce que tenté d'approcher Mimi, elle l'aurait tué d'un regard avant même qu'il ait ouvert la bouche.

– Tu veux sécher ? lui demanda-t-il.

Ses cheveux noirs étaient plaqués en arrière, et il remuait les sourcils d'un air tentateur. Sécher un enterrement ! Ça, c'était une idée intéressante. Toute l'école était censée être à l'office. C'était obligatoire. Le seul cours que Bliss eût jamais séché, c'était la gym, un après-midi où ses copains et elle avaient décidé d'aller voir un film d'horreur pour ados. La journée avait été marrante : le film était encore pire que prévu, et ils étaient rentrés au lycée sans se faire prendre.

En fait, à Duchesne, on avait le droit de sécher deux fois par semestre : cela faisait partie intégrante du « programme académique flexible ». L'école comprenait que, parfois, le stress prenne le dessus et que les élèves aient de temps en temps besoin de faire l'école buissonnière. C'était étonnant de voir à quel point même la rébellion était prévue dans le règlement, à quel point tout était bien empaqueté dans la rigueur et la logique de l'établissement.

Mais, à sa connaissance, personne n'était autorisé à sécher un enterrement. C'était une transgression majeure. Surtout pour elle, qui était censée être une des meilleures amies d'Aggie puisqu'elle faisait partie de la même bande.

– Allons-y, dit Dylan en tendant la main pour prendre la sienne.

Bliss commençait à le suivre lorsqu'une autre silhouette sortit de la chapelle.

– Où tu vas ? demanda Jordan Llewellyn à sa sœur en lui vrillant ses grands yeux dans le crâne.

– T'es qui, toi ? fit Dylan.

– Dégage, tronche de fesse, l'avertit Bliss.

– Faut pas y aller. C'est dangereux, dit Jordan en regardant directement Dylan.

– On y va. Elle est dingue, dit Bliss en regardant d'un œil mauvais sa sœur, qui ressemblait à une première communiante, en blanc des pieds à la tête.

– Je vais le dire ! menaça Jordan.

– Vas-y ! Dis-le à tout le monde ! rétorqua Bliss.

Dylan eut une petite grimace méprisante et, sans un mot de plus, Bliss le suivit par la porte de derrière et descendit vers le rez-de-chaussée.

Une femme de service leva les yeux sur eux depuis le local de la photocopieuse, juste en face de l'escalier.

– Qu'est-ce que vous fabriquez ici ? demanda-t-elle en posant une main sur sa hanche opulente.

– Adriana, soyez sympa, sourit Dylan.

La femme de service secoua la tête, mais elle lui rendit son sourire.

Bliss appréciait que Dylan ait des relations amicales avec le personnel. Même si ce n'était que de la politesse, c'était une bonne chose. Mimi traitait les femmes de ménage et les agents de service avec une condescendance glaçante.

Dylan entraîna Bliss par la porte latérale ; ils dépassèrent les bennes à ordures et quittèrent l'école par la porte de service. Bientôt ils étaient libres et descendaient la 91e Rue.

– Qu'est-ce que tu veux faire ? lui demanda-t-il.

Elle haussa les épaules. Elle respira l'air frais de l'automne. Voilà une chose qu'elle commençait vraiment à apprécier à New York. Cet air automnal, vif, propre, c'était le genre de temps que l'on n'avait jamais à Houston, où l'on passait directement de lourd à pluvieux. Elle mit les mains dans les poches de son trench Chloé qui lui frôlait les mollets.

– On est à New York, tout est possible, la taquina-t-il. La ville entière nous est ouverte. On peut aller voir une pièce burlesque ou un mauvais numéro de comique. Aller écouter une conférence sur Derrida à la New York University. Ou on peut aller faire un bowling sur les quais. Je sais ! Qu'est-ce que tu dirais de ce bar d'East Village où les serveurs sont de vrais moines belges ? Ou alors, on pourrait aller canoter à Central Park ?

– On pourrait aller dans un musée ?

– Oh, Madame s'intéresse à l'art. (Il sourit.) D'accord. Lequel ?

– Le Met, décida-t-elle.

Elle n'y était allée qu'une fois, et encore, seulement à la boutique, où sa belle-mère avait passé des heures à choisir des imprimés floraux en souvenir.

Ils prirent la direction de la 5e Avenue et arrivèrent rapidement au Metropolitan Museum. Les marches de l'entrée étaient couvertes de gens qui déjeunaient sur le pouce, prenaient des photos ou lézardaient simplement au soleil. Il régnait une ambiance de carnaval ; quelqu'un jouait du djembé d'un côté, un *ghetto blaster* diffusait du reggae à fond de l'autre. Ils montèrent l'escalier et entrèrent.

Le hall du musée fourmillait d'activité et de couleurs : écoliers en sortie de classe alignés derrière leur instituteur, étudiants en art marchant à grands pas, leur carnet de croquis sous le bras ; toutes les langues parlées par les touristes formaient un brouhaha digne de la tour de Babel.

Dylan glissa une piécette sous le comptoir de verre.

– Deux entrées, s'il vous plaît, fit-il avec un sourire innocent.

Bliss en fut un peu consternée. Elle vérifia le panneau : « Donation suggérée : 15 dollars. » Certes, il n'avait pas tort, c'était une suggestion, pas une obligation. La caissière leur tendit les badges ronds du MET sans un commentaire. Apparemment, ce n'était pas la première fois qu'on lui faisait le coup.

– Tu es déjà allée au temple de Dendour ? demanda Dylan à Bliss en l'entraînant vers l'aile nord du musée.

– Non, répondit-elle en secouant la tête. Qu'est-ce que c'est ?

– Stop, dit-il. (Il posa doucement les mains sur son visage.) Ferme les yeux.

– Pourquoi ? demanda-t-elle en riant.

Elle ferma les yeux, une main plaquée sur le visage, et sentit qu'il la tirait par l'autre main pour la guider. Elle avançait à pas prudents, tâtant l'air devant elle – ils étaient dans une sorte de labyrinthe, se dit-elle – tandis qu'il l'entraînait rapidement dans une série de virages serrés. Puis ils en sortirent. Même les yeux fermés, elle sentait qu'ils étaient dans un vaste espace vide.

– Ouvre les yeux, chuchota Dylan.

Elle battit des paupières.

Ils se tenaient devant les ruines d'un temple égyptien. La construction était majestueuse et primitive à la fois, en contraste direct avec les lignes nettes et modernes du musée. C'était absolument stupéfiant. Le hall était vide, et il y avait une longue fontaine horizontale devant le temple. C'était une œuvre d'art à couper le souffle, et l'histoire qu'il y avait derrière, le fait que le musée l'ait méthodiquement transportée et reconstruite de manière à ce qu'elle semble parfaitement à sa place dans un musée de Manhattan donnait à Bliss le vertige.

– Oh, mon Dieu !

– Je sais, dit Dylan, les yeux étincelants.

Bliss refoula les larmes qui lui montaient aux yeux. C'était la chose la plus romantique qu'on eût jamais faite pour elle, de toute sa vie.

Il la regarda droit dans les yeux, pencha la tête vers ses lèvres.

Elle papillota des paupières, le cœur battant à tout rompre, au bord de la syncope. Elle s'inclina vers lui, levant le visage pour se laisser embrasser. Il avait l'air doux et plein d'espoir, et il y avait quelque chose d'attirant et de vulnérable dans sa manière de ne pas pouvoir soutenir son regard.

Leurs lèvres se joignirent.

Et c'est alors que cela arriva.

Le monde vira au gris. Elle était dans sa peau, mais n'était plus dans sa peau. La pièce se resserrait. Le monde rétrécissait. Les quatre murs du temple furent soudain intacts, entiers. Elle était dans le désert. Elle sentait l'âcreté du sable dans sa bouche, la chaleur du soleil dans son dos. Mille scarabées – noirs et brillants, bourdonnants – s'envolèrent par la porte du temple. C'est à ce moment qu'elle se mit à hurler.

Journal de Catherine Carver
30 novembre 1620
Plymouth, Massachusetts

Aujourd'hui, Myles Standish a emmené une équipe vers Roanoke, plus bas sur la côte, pour apporter des remèdes, de la nourriture et de l'équipement à la colonie qui s'y trouve. C'est un voyage de deux semaines en bateau, et les voilà partis pour longtemps. Voir John partir avec eux m'a déchiré le cœur. Jusqu'à présent notre sécurité a été assurée, mais qui sait combien de temps cela durera ? Personne ne se risque à le prédire. Les enfants grandissent rapidement et réjouissent tout le monde. Il y a eu abondance de naissances de jumeaux. Les Allerton ont récemment donné le jour à des triplés. Susannah White, dont le mari, William, est également parti pour Roanoke, est venue me voir. Nous sommes convenues que la saison était bien fertile. Nous sommes bénis des dieux.

C. C.

Onze

Lorsqu'elle arriva, l'après-midi même, au cabinet du Dr Pat, situé dans une tour de verre et de chrome de la 5e Avenue, Theodora pensait encore à ce qu'avait dit Jack après les funérailles d'Aggie. Il lui avait demandé pourquoi elle avait ignoré son mot, et elle lui avait expliqué qu'elle avait cru à une blague.

– Tu trouves qu'il y a de quoi rire avec la mort d'Aggie ? lui avait-il demandé d'un air abasourdi.

Elle avait tenté de protester, mais sa grand-mère l'appelait et elle avait dû partir. Elle n'arrivait pas à oublier l'expression de son visage. Comme si elle l'avait profondément déçu. Elle souffla bruyamment sur sa frange. Pourquoi lui faisait-il tant d'effet ? Une femme émaciée en veste de renard la fixait depuis l'autre bout de la salle d'attente. Theodora soutint son regard avec insolence.

Cordelia avait énormément insisté pour que Theodora aille consulter le Dr Pat. Elle était plus ou moins dermatologue, et très renommée en tout cas. On se serait cru à l'intérieur d'un hôtel de Miami – le *Shore Club* ou le *Delano* – plutot que dans une salle d'attente. Tout était blanc : les tapis à longs poils, les murs carrelés, les tables laquées, les canapés en cuir, les chaises longues Eames en fibre de verre. Apparemment, le Dr Pat était LE Dr Pat, celle que tous les jet-setteurs, les stylistes de mode et les célébrités remerciaient pour leur teint fabuleux. Il y avait au mur plusieurs photographies de mannequins et d'actrices encadrées et dédicacées.

Theodora chassa Jack de son esprit et se mit à feuilleter les magazines sur papier glacé qui exaltaient les talents du docteur. C'est alors que la porte du cabinet s'ouvrit et que Mimi Force en sortit.

– Qu'est-ce que tu fais là ? cracha cette dernière.

Elle avait troqué son costume Dior contre une tenue plus « décontractée » : jean serré Apo à quatre mille dollars avec les rivets en platine et le bouton en diamant, gros pull Martine Sitbon et fins stilettos Jimmy Choo couleur beurre frais.

– Je suis assise, répliqua Theodora, quand bien même ce n'était visiblement pas ce que Mimi lui demandait. Qu'est-ce que tu as à la figure ?

Mimi la fusilla du regard. Elle avait le visage couvert de minuscules taches de sang. Elle venait de subir une dermabrasion au laser qui lui avait laissé la peau un peu à vif. Elle faisait cela pour dissimuler ses veines bleues, qui commençaient à s'estomper autour des yeux.

– Ça ne te regarde pas.

Theodora haussa les épaules.

Mimi sortit en claquant la porte.

Quelques minutes plus tard, l'infirmière appela Theodora et l'introduisit dans la salle de soins. L'infirmière la pesa et prit sa tension, puis lui demanda d'enfiler une blouse d'hôpital ouverte dans le dos. Theodora la mit et attendit quelques minutes l'entrée du médecin.

Le Dr Pat était une femme sévère aux cheveux gris. Elle regarda Theodora et l'accueillit d'un « Vous êtes très mince ».

Theodora opina. Elle pouvait manger n'importe quoi, vivre de gâteaux au chocolat et de frites, sans prendre un gramme. Elle était comme cela depuis toute petite. Oliver s'était toujours émerveillé de cette capacité.

– À manger comme ça, tu devrais être grosse comme une maison, aimait-il à répéter.

Le Dr Pat inspecta les marques de ses bras en suivant silencieusement du doigt les motifs qui s'y formaient.

– Avez-vous des vertiges ?

Theodora hocha la tête.

– Parfois.

– Par exemple, vous ne vous rappelez pas où vous êtes, où vous avez été ?

– Hmmm.

– Vous arrive-t-il d'avoir l'impression que vous rêvez, alors que ce n'est pas le cas ?

Theodora fronça les sourcils.

Je ne suis pas sûre de comprendre.

– Quel âge avez-vous ?

– Quinze ans.

– Tout à fait dans les temps, donc, marmonna le Dr Pat. Mais pas encore de flashs de souvenirs. Hmmm.

– Pardon ?

Soudain, elle se rappela ce fameux soir au *Bank*. Oliver était parti chercher à boire et elle en avait profité pour aller aux toilettes. En tournant le coin, elle s'était heurtée à un inconnu. Elle ne l'avait vu que l'espace d'un instant – un homme de haute taille, aux épaules larges, en costume sombre – mais, dans le noir, il lui avait lancé un regard furieux de ses yeux gris. Et puis il avait disparu, et il n'y avait plus eu qu'un mur aveugle à sa place. Cet homme avait quelque chose de lointain et d'ancien, et elle avait l'impression de l'avoir déjà vu quelque part, sans pouvoir mettre le doigt dessus. Elle ignorait si c'était une chose à raconter au Dr Pat et, dans le doute, elle choisit de s'abstenir.

Le médecin sortit un bloc d'ordonnances et y griffonna quelque chose.

– Je vais vous donner une crème pour masquer vos veines mais, croyez-moi, il n'y a rien d'inquiétant. Je vous reverrai au printemps.

– Pourquoi ? Il va se passer quelque chose au printemps ?

Mais le docteur ne voulut pas en dire plus. Theodora quitta son bureau avec plus de questions que de réponses.

Chaque fois qu'elle était bouleversée, Mimi allait faire du shopping. C'était sa réaction naturelle à toute expérience émotionnelle intense. Qu'elle soit heureuse ou triste, déprimée ou triomphante, il y avait un endroit où on était sûr de la trouver. Elle sortit comme une furie du cabinet, s'engouffra dans l'ascenseur capitonné, descendit au rez-de-chaussée et traversa Madison Avenue pour se réfugier dans le grand magasin *Barneys*. Mimi adorait *Barneys* ! *Barneys* était à Mimi ce que *Tiffany's* était à Holly Golightly dans *Diamants sur canapé* : un endroit où rien de grave ne pourrait jamais arriver. Elle adorait les lignes nettes des comptoirs, le décor de bois clair, les vitrines qui présentaient des bijoux minuscules, exquis et d'un prix exorbitant, la sélection pointue de sacs à main italiens. Tout était propre, moderne, parfait.

C'était un antidote puissant contre tout ce qui venait de se produire ; car, bien sûr, Aggie était toujours morte. C'était ce qui lui faisait le plus peur. Sa mort signifiait que le Comité leur cachait quelque chose. Qu'il y avait une chose qu'ils ignoraient ou que les Sentinelles ne leur disaient pas. Elle ne voulait pas les questionner, mais la réticence de son père à lui donner des réponses la rendait folle.

Et l'autre Van Alen, avec sa grand-mère flippante, qui se pointait comme ça au cabinet du Dr Pat ! Il y avait quelque chose qu'elle n'aimait pas chez cette fille, et ce n'était pas seulement parce que Jack semblait s'intéresser à elle. Une vague de répulsion l'avait submergée quand elle les avait vus tous les deux ensemble, et elle voulait exorciser les dernières traces de ce malaise qui lui avait donné envie de vomir. Elle aurait préféré que son frère arrête de traîner avec des secondes mal dégrossies comme Theodora Van Alen. Qu'est-ce qu'il lui prenait ?

Une femme en tailleur-pantalon impeccablement taillé s'approcha de Mimi avec déférence.

Voulez-vous voir ce que j'ai mis de côté pour vous, miss Force ?

Mimi acquiesça. Elle suivit son acheteuse personnelle au fond du magasin, dans le salon d'essayage privé réservé aux VIP et aux célébrités. C'était une pièce circulaire avec canapés en daim, petit bar et buffet bien garni.

Elle attrapa une fraise au chocolat sur un plateau d'argent et la mâchonna lentement tout en examinant les portants. Elle avait déjà terminé ses achats d'automne au mois d'août, mais cela ne pouvait pas faire de mal de voir si elle n'était pas passée à côté d'une tendance. Elle caressa une robe de bal dorée de chez Lanvin, une veste Prada déchiquetée et une robe de cocktail à fleurs Derek Lam.

– Je prends celles-là, dit-elle. Et qu'avons-nous là ? roucoula-t-elle en trouvant une petite chose en mousseline sur un cintre.

Elle l'emporta dans la cabine d'essayage, dont elle ressortit quelques minutes plus tard dans une robe ravageuse de Roberto Cavalli, en soie à imprimé léopard. Elle se contempla dans le miroir. La robe était fendue du col au nombril, révélant sa peau pâle comme l'ivoire, et se terminait dans un brouillard de plumes qui voletaient autour de ses mollets.

– *Bellissima.*

Mimi leva les yeux. Un bel Italien la regardait intensément, les yeux fixés sur son décolleté.

Elle se couvrit de ses mains et lui présenta son dos cambré. Son string noir dépassait à la taille.

– Vous m'aidez ?

Il s'approcha et glissa un doigt sous l'élastique du string, jouant avec la dentelle. Ce contact donna à Mimi la chair de poule. Il caressa le croissant de sa chute de reins, s'arrêtant juste à la limite du bas du dos. Il lui sourit dans le miroir et elle lui rendit son regard de braise. Il avait une vingtaine d'années, vingt-trois au maximum. Une Patek Philippe en or brillait à son poignet. Elle le reconnaissait pour l'avoir vu dans les pages « people » des magazines. C'était un fameux play-boy de Manhattan, dont on disait qu'il avait envoyé en thérapie la moitié des jeunes filles de la haute société new-yorkaise.

– C'est du gâchis de porter cette robe ici, dit-il en remontant lentement la fermeture Éclair.

Mimi recula d'un pas et arqua le cou en arrière pour observer la manière dont la robe couvrait à peine ses mamelons, la fente outrageuse sur le côté de la jupe.

– Alors, allons ailleurs, répondit Mimi, les yeux dangereusement étincelants.

Elle percevait le sang sous sa peau, goûtait presque la sève riche, succulente, qui coulait dans ses veines. Ce n'était pas étonnant qu'elle soit irritable et faible : avec toute la détresse provoquée par la mort d'Aggie, elle n'avait pratiquement pas eu une minute pour se trouver un nouveau garçon.

D'aucuns déconseilleraient sans doute à une jeune fille de monter dans la Lamborghini d'un inconnu. Mais en repliant les jambes dans le siège passager, ses sacs noirs de chez *Barneys* bien rangés dans le coffre, elle ne pouvait que se sourire à elle-même. Elle portait toujours la robe Roberto Cavalli.

Il fit rugir le moteur et appuya sur l'accélérateur, passant rapidement les vitesses pour faire crisser les pneus sur Madison Avenue. Il la dévora d'un regard de prédateur, puis passa le bras droit par-dessus son appui-tête et posa une main lourde sur son épaule.

Au lieu de protester, Mimi tira sa main vers le bas pour la poser sur son décolleté, envahie par un sentiment d'euphorie lorsqu'il pressa son sein à travers le fin tissu – tandis que de l'autre main il dirigeait adroitement la voiture sur l'avenue.

– Tu aimes, oui ? demanda-t-il avec un fort accent italien.

– Beaucoup.

Elle passa lentement la langue sur ses lèvres.

Il était loin de mesurer dans quoi il avait mis les pieds.

Douze

– Racontez-moi encore ce qui s'est passé.

Bliss était assise dans la chaise longue en cuir blanc du cabinet du Dr Pat. Ses parents lui avaient pris rendez-vous après son cauchemar de la nuit précédente, dont elle s'était réveillée en hurlant à pleins poumons.

– Hier, vous étiez au temple, l'encouragea le Dr Pat.

– C'est ça. L'aile égyptienne du Met, confirma Bliss. Il venait de retirer ses mains de mes yeux, et j'ai vu le temple.

Elle était installée dans une chaise longue Eames blanche en fibre de verre, dans une salle de soins. Elle ne savait pas exactement quel genre de médecin était ce Dr Pat. Le cabinet ressemblait à celui d'un dermato, mais elle avait aussi vu plusieurs femmes enceintes passer des échographies dans les autres pièces.

– Oui. Ça, vous me l'avez dit.

– Et alors... (Elle rougit.) Je crois qu'il était sur le point de m'embrasser. Je crois qu'il m'a embrassée, mais ensuite je ne sais pas : j'ai un trou. Je me suis retrouvée en train de me promener avec lui dans l'aile américaine, à regarder le mobilier.

– Et c'est tout ce dont vous vous souvenez ?

– Je me souviens de hurlements.

– Vous avez hurlé ?

– Non, quelqu'un hurlait. Au loin.

Bliss parcourut du regard le bureau du Dr Pat. C'était le bureau le plus propre, le plus blanc qu'elle eût jamais vu. Elle remarqua que même les instruments médicaux étincelaient, et qu'ils étaient artistement disposés dans des bocaux en verre d'Italie.

– Racontez-moi.

Bliss rougit. Elle n'avait pas prévu de révéler ce qui la perturbait tant. Déjà que ses parents la croyaient folle... que se passerait-il si le Dr Pat se rangeait à leur avis ?

– Eh bien, c'est très bizarre, mais soudain je me suis retrouvée devant le temple quand il était encore intact. En Égypte, je veux dire. Le soleil tapait et le temple... il n'était pas en ruine. Il était entier. Et moi, j'étais là. C'était comme si j'étais entrée dans un film.

Soudain, le Dr Pat sourit. C'était tellement inattendu que Bliss se surprit à faire de même.

– Je sais que ça a l'air complètement fou, mais je me suis sentie comme transportée dans le temps.

À présent, le Dr Pat avait carrément l'air de se réjouir. Elle ferma son carnet de notes et le mit de côté.

– Ce que vous traversez est parfaitement normal.

– Ah bon ?

– Syndrome de mémoire régénérative.

– Qu'est-ce que c'est que ça ?

Le Dr Pat se lança dans des explications élaborées sur les effets du « processus cognitif de restructuration cellulaire », un phénomène cérébral cataclysmique qui produisait cet effet de « distortion spatio-temporelle ». Sa démonstration passa complètement au-dessus de la tête de Bliss.

– C'est comme la sensation de déjà-vu. Cela arrive même aux meilleurs d'entre nous.

– Ah bon. Je ne suis pas folle, alors ? D'autres personnes ont vécu la même chose ?

– En fait, pas tout le monde, répondit prudemment le Dr Pat. Certaines personnes seulement. Des gens spéciaux. Vous auriez dû en parler plus tôt à vos parents. Vous avez une réunion de Comité lundi, non ?

Comment le Dr Pat était-elle au courant des activités du Comité ?

Bliss fit oui de la tête.

– Tout vous sera expliqué en temps voulu. Pour l'instant, n'y pensez plus.

– Donc je n'ai rien ?

– Absolument rien du tout.

Dans la nuit qui suivit, Bliss se réveilla avec un mal de tête à tout casser. *Où suis-je ?* se demanda-t-elle. Elle avait l'impression d'être passée sous un camion. Elle était sonnée, le corps lourd et comme gorgé d'eau. Elle consulta le réveil à côté de son lit.

Les chiffres clignotaient : 23 : 49.

Elle s'assit avec effort. Porta une main à son front, qui était brûlant. Le battement dans sa tête ne lui laissait aucun répit. Son estomac gargouillait.

Faim.

Elle sortit les pieds du lit et se leva laborieusement. Mauvaise idée. Elle avait la tête qui tournait et la nausée. Elle s'accrocha à l'un des piliers de son baldaquin et tituba jusqu'à l'interrupteur. Lorsqu'elle tendit le bras pour allumer, sa chambre s'illumina.

Tout était comme elle l'avait laissé : l'épaisse lettre et les formulaires du Comité éparpillés sur son bureau, son livre d'allemand ouvert à la même page, ses stylos bien rangés dans leur plumier, un magnet rigolo en forme de chapeau de cow-boy offert par ses copains du Texas, une photo encadrée de sa famille devant les marches du Capitole lorsque son père avait prêté son serment de sénateur.

Elle s'essuya les yeux et lissa ses boucles qui, elle le savait d'expérience, devaient pointer dans tous les sens.

Faim.

C'était une douleur sourde, lancinante. Une souffrance physique. Voilà qui était nouveau. Le Dr Pat n'avait rien dit là-dessus. Elle agrippa son estomac, prise de nausées. Elle sortit de sa chambre, enfila le couloir obscur et suivit les lumières tamisées jusqu'à la cuisine.

Leur cuisine en acier inox était sévère dans la lumière nocturne des suspensions. Bliss se vit reflétée sur toutes les surfaces : une grande fille dégingandée et blafarde avec des cheveux à faire peur.

Elle ouvrit la porte du frigo. Les bouteilles d'eau vitaminée, de San Pellegrino et de Veuve Clicquot étaient sagement alignées. Elle chercha dans les tiroirs : des fruits frais, coupés et rangés dans des Tupperware. Des yaourts bio au lait entier. Un demi-pamplemousse enveloppé de cellophane. Des boîtes en carton contenant des restes de nourriture chinoise.

Pas bon.

Ffffaim !

C'est dans le tiroir à viande qu'elle trouva ce qu'il lui fallait. Une livre de steak haché cru. Elle le sortit et déchira le papier brun. De la viande. Elle se gava de morceaux de bœuf haché sanglants, qu'elle dévora voracement en laissant le sang couler sur son menton.

Elle avala pratiquement tout d'une traite.

– Qu'est-ce que tu fais ?

Bliss se figea.

Dans l'encadrement de la porte, sa sœur Jordan, dans son pyjama rose, la regardait.

– Tout va bien, Jordan.

BobiAnne était soudain sortie de l'ombre. Elle fumait une cigarette dans un coin. Lorsqu'elle souffla, la fumée s'enroula aux coins de ses lèvres.

– Va te coucher.

Bliss reposa le paquet de viande sur le comptoir. Elle s'essuya les lèvres avec une serviette.

– Je ne sais pas ce qui m'a pris. J'avais faim.

– Mais bien sûr, ma chérie, acquiesça BobiAnne comme si c'était la chose la plus normale du monde que de trouver sa belle-fille en train d'engloutir une énorme portion de steak haché cru à même le frigo en pleine nuit. Il y a des tournedos dans le deuxième tiroir. Si jamais tu as encore un petit creux.

Et, sur ces mots, BobiAnne lui souhaita une bonne nuit.

Bliss médita là-dessus pendant un moment, se demandant si le monde était devenu fou. Le Dr Pat qui lui disait que ses expériences extracorporelles et ses voyages dans le temps étaient une « chose ordinaire », sa belle-mère qui ne cillait pas en la voyant couverte de sang dans la cuisine... Elle y réfléchit un bout de temps. Puis elle trouva le paquet de tournedos et les mangea aussi.

Consomption. Les symptômes comprennent une fièvre élevée, des évanouissements, des vertiges, une toux sanglante et l'accumulation de fluides dans les poumons. Pendant les premières années de la colonie américaine de Plymouth, la consomption aiguë causa nombre de décès. « Consomption complète » était le terme employé pour désigner une personne morte sans qu'il restât une goutte de sang dans ses veines. La théorie suppose qu'une infection bactérienne désagrégeait les plaquettes. Le sang fluidifié s'absorbait alors dans le corps, créant l'illusion que tout le sang avait disparu.

Extrait de

Mort et vie dans les colonies de Plymouth, 1620-1641,

par le Pr Lawrence Winslow Van Alen.

TREIZE

Le lendemain, toutes les classes du lycée furent de nouveau convoquées dans la chapelle, mais pour une raison moins sombre : il s'agissait cette fois d'une rencontre professionnelle. Même le décès prématuré d'une élève n'aurait su modifier le programme de conférences béton que l'école avait planifié sur l'année. Il était en effet dans la philosophie de Duchesne de donner aux élèves un avant-goût de toutes les carrières et voies qui s'offraient à eux. Ils avaient déjà rencontré un cardio-chirurgien fameux, le rédacteur en chef d'un prestigieux magazine, un P.-D.G. classé dans les cinq cents plus grosses fortunes, un célèbre réalisateur de cinéma. La plupart des adultes qui donnaient ces conférences étaient des anciens de Duchesne ou des parents d'élèves. La majorité des lycéens étaient heureux de cette pause d'une heure et demie, qui leur permettait de faire un petit somme sur les bancs du fond. C'était bien plus confortable que d'essayer de roupiller en classe.

Nous avons une bonne surprise pour vous, annonça la doyenne des élèves. Nous accueillons aujourd'hui Linda Farnsworth, de Farnsworth Models.

Une murmure d'approbation et de plaisir parcourut l'assemblée.

Farnsworth Models était le plus grand nom de l'industrie ultracompétitive du mannequinat. Sa conférence bisannuelle à Duchesne n'était qu'un prétexte pour dénicher la nouvelle couvée de mannequins aux aguets dans les rangs des élèves. C'était un fait, incongru mais indéniable, que Duchesne était une pépinière de talents pour le mannequinat à New York. Les élèves tortillaient souvent des hanches dans des clips vidéo, arpentaient les podiums à Bryant Park ou étaient aperçues dans des pubs télé et des magazines. Une proportion impressionnante d'entre elles apparaissaient dans les catalogues *J. Crew* et *Abercrombie & Fitch*. La duchesnienne type – grande, longiligne, aristocratique et bien américaine – était plus demandée que jamais.

Linda Farnsworth était une petite femme courtaude et habillée de manière plutôt ringarde, aux cheveux frisottés. Elle portait des lunettes demi-lune, et c'est d'une voix chevrotante qu'elle exposa les qualités et défauts de l'industrie du mannequinat. Elle en exalta les avantages (séances photo glamour ! voyages exotiques ! soirées fantastiques !), tout en insistant sur le dur travail que demandait la photo parfaite. Un clapotis d'applaudissements polis salua sa prestation.

Une fois la conférence terminée, Linda organisa un casting sur le palier du deuxième étage et invita tous les élèves intéressés à tenter leur chance. Pratiquement toutes les filles, et même quelques garçons, firent la queue pour voir si on les remarquerait.

Après l'éviction d'une poignée de déprimantes élèves de seconde, Mimi s'avança. Elle s'était habillée avec un soin particulier, en tee-shirt ajusté C & C California et jean taille basse Paige. Elle avait entendu dire que les mannequins devaient s'habiller de manière aussi neutre que possible pour les auditions, être une toile vierge sur laquelle publicitaires et stylistes pourraient facilement projeter leur inspiration. La veille au soir, elle avait laissé l'Italien épuisé dans son loft, alors qu'elle-même était revigorée et d'excellente humeur.

– Vous marchez jusqu'au pied de l'escalier et vous revenez, s'il vous plaît, lui indiqua Linda.

Cette dernière gloussa d'approbation en voyant Mimi piétiner d'un bout à l'autre du couloir et faire volte-face en bas de l'escalier.

– Vous avez les proportions idéales, ma chère, et des capacités naturelles. Tout est dans la démarche, vous savez. Dites-moi, aimeriez-vous être mannequin ?

– Bien sûr ! pépia Mimi en battant des mains, ravie d'avoir été choisie.

Il était temps qu'elle rejoigne enfin les rangs des beautés professionnelles.

Bliss passait juste après elle. Elle arpenta le couloir à grands pas en balançant les bras. La livre de steak haché qu'elle avait engloutie la nuit précédente la mettait mal à l'aise, même si manger l'avait réconfortée. Elle trouvait étrange que BobiAnne ait apparemment trouvé l'incident tout à fait normal.

– La démarche est un peu brutale, chérie, mais tu peux apprendre. Oui, nous avons besoin de toi à Farnsworth, décida Linda.

De joie, Mimi et Bliss se tombèrent dans les bras. Bliss vit Dylan les observer depuis le coin du grand hall. Elle lui sourit timidement. Il la salua en retour. Elle espérait qu'il n'avait rien remarqué d'inhabituel lorsqu'ils étaient au Met. Le Dr Pat lui avait expliqué que, lors du syndrome de mémoire régénérative, une partie d'elle-même restait dans le présent pendant que sa partie consciente remontait dans le passé. Les trous de mémoire ne duraient pas très longtemps : quatre, cinq minutes au maximum. Elle était bien embêtée que la partie capable de se rappeler si oui ou non ils s'étaient embrassés ait été absente à ce moment crucial. Elle ne savait même pas comment se comporter avec lui : ils sortaient ensemble, ou quoi ? Juste amis ? Elle enrageait de ne pas savoir où elle en était avec le garçon qu'elle aimait. Bon, alors voilà. Elle l'aimait bien. Elle l'aimait si bien qu'elle commençait même à se moquer de ce que penserait Mimi s'ils sortaient ensemble. Bliss regarda cette dernière avec un soupçon de ressentiment. Même si elle lui devait sa vie sociale et son statut actuels, elle rechignait à répondre de tout ce qu'elle faisait.

La sonnerie de reprise des cours retentit, et une fille affairée passa en courant devant le casting sans même jeter un œil sur l'attroupement. Theodora avait dormi pendant toute la conférence, vu qu'elle n'avait pratiquement pas fermé l'œil de la nuit.

Linda Farnsworth l'arrêta net, la tirant de ses pensées.

– Bonjour ! On peut savoir qui vous êtes ?

– Eh ben... Theodora Van Alen, répondit Theodora.

Pourquoi est-ce qu'elle faisait ça ? Elle ne pouvait pas avoir un peu plus d'assurance ?

– Je veux dire, je m'appelle Theodora, dit-elle en écartant fébrilement sa frange de ses yeux.

– Le mannequinat, ça vous intéresse ?

– Elle ? mannequin ? cracha Mimi depuis le coin où elle remplissait son contrat avec Farnsworth.

Elle regarda Theodora d'un œil torve.

– Chut, fit Bliss, gênée au point de réprimander Mimi, pour une fois.

Theodora les entendit. Elle baissa les yeux sur ses vêtements : un collant noir filé avec des échelles aux deux genoux (déjà suffisant pour la classer dans les délinquantes vestimentaires), une grande robe à fleurs informe qui blousait à la taille, des grosses chaussettes grises parce qu'elle n'avait pas trouvé les noires, ses baskets réparées au chatterton, et des lunettes demi-lune. En plus, elle ne s'était pas lavé les cheveux depuis des semaines. De toute manière, elle n'avait aucune envie de faire mannequin, donc Mimi n'avait pas à s'inquiéter. Quelque part, elle était extrêmement flattée, même si elle s'efforçait de ne pas tirer vanité de sa beauté.

– Non, je ne crois pas, répondit-elle avec un sourire d'excuse.

– Mais vous êtes une vraie petite Kate Moss ! objecta Linda Farnsworth. Je peux prendre un Polaroid ?

Linda la photographia avant qu'elle ait eu le temps de protester.

Theodora se protégea les yeux de la main.

– OK...

– Écrivez votre numéro là-dessus. Pas besoin de signer, mais si nous trouvons un styliste qui veut vous utiliser, je vous appelle. Ça va comme ça ?

– Bon, d'accord, acquiesça Theodora en griffonnant son numéro sans se poser de questions. Écoutez, il faut vraiment que j'y aille.

Mimi la fusilla du regard et s'éloigna dignement, le nez en l'air. Bliss resta en arrière et croisa le regard de Theodora.

– Félicitations, au fait, dit-elle à voix basse. Moi aussi, j'ai été prise.

– Euh, ouais. Merci, alors, répondit Theodora, surprise que quelqu'un dans l'entourage de Mimi daigne lui parler.

– Tu vas à l'atelier arts plastiques ? lui demanda Bliss amicalement.

– Euh...

Theodora hésita, se demandant bien ce que lui voulait la Texane. À son grand soulagement, elle repéra Oliver près de la fontaine à eau et se détourna de Bliss sans y penser.

– Salut, toi, dit-elle.

– Tiens, salut, Theo.

Il passa un bras autour de ses frêles épaules. Ils prirent le petit escalier dissimulé dans le couloir de l'administration pour rejoindre le grenier qui servait d'atelier. Dylan était déjà là et leur sourit largement depuis le tour de potier où il était installé. Il avait un tablier autour de la taille et ses mains étaient couvertes d'argile jusqu'aux coudes.

– Vous n'aimez pas faire des cochonneries, vous ? leur demanda-t-il.

Ils approuvèrent d'un petit rire et prirent place de part et d'autre de lui. Theodora installa son chevalet et Oliver sortit ses gravures sur bois. Aucun d'entre eux ne remarqua Bliss Llewellyn de l'autre côté de la pièce, qui les observait avec intensité.

Entre deux coups de pinceau, Theodora leva les yeux et vit par hasard Jack Force penché au-dessus de la table de Kitty Mullins, en train d'admirer sa sculpture qui représentait un chat siamois. Elle remarqua un suçon révélateur dans le cou de Kitty.

Elle ne fut pas la seule à les voir. Oliver haussa les sourcils mais ne fit aucun commentaire, ce dont elle lui fut reconnaissante. Il fallait croire que Jack avait trouvé une copine. Theodora se demanda s'il lui passait furtivement, à elle, des petits mots en classe. Ah ! il n'avait pas perdu de temps, en tout cas. Elle sentit une vague d'irritation la picoter, mais la balaya mentalement.

Oliver mima le geste de fendre le dos de Jack avec une hache invisible. Elle réprima un rire et chassa Jack Force de ses pensées une bonne fois pour toutes.

Quatorze

Bliss leva les yeux de sa toile. La prof d'arts plastiques s'enthousiasmait pour son paysage avec force grands gestes, mais elle n'écoutait rien. Son regard ne cessait de dériver vers l'autre côté de la pièce, où Dylan était assis.

Il n'avait même pas fait mine de la remarquer. Certes, il était parfaitement amical lorsqu'ils se rencontraient par hasard. Et c'était bien ça, le problème : il était juste amical. Peut-être qu'ils ne s'étaient même pas embrassés au Met l'autre après-midi, tout compte fait. Peut-être qu'il ne s'était rien passé. Peut-être qu'il s'était désintéressé d'elle, ce qui portait un sacré coup à son ego et à son moral.

C'était vraiment trop injuste, surtout que maintenant il l'obsédait complètement. Pour un simple copain qui ne faisait même pas partie de sa bande, il commençait à occuper beaucoup trop ses pensées. L'acteur l'avait rappelée, le mannequin l'avait suppliée de dîner avec lui, mais elle n'arrivait à penser qu'aux petites boucles de ses pattes devant ses oreilles et à ses grands yeux tristes quand il la regardait. Elle était sûre qu'il était du genre à enfreindre les règles, qu'avec lui tout pouvait arriver, et c'est ce qu'elle aimait chez lui. C'était excitant.

Elle l'observa en pleine conversation avec ses amis – la fille gothique qui venait d'être choisie comme mannequin et le maigrichon mignon aux cheveux en bataille – et eut une bouffée de jalousie. Dylan faisait le clown, leur jetait de la terre, mais ils n'avaient pas l'air de le prendre mal. Tous les trois s'amusaient beaucoup, visiblement.

À la fin du cours, il y eut un embouteillage à la porte : comme l'escalier était très étroit, tout le monde devait descendre en file indienne. Bliss se retrouva juste à côté de Dylan. Elle lui sourit timidement.

– Salut !

– *Après vous, madame*[1], dit-il galamment en s'effaçant pour la laisser passer.

Elle le remercia d'un hochement de tête et s'attarda pour voir s'il allait ajouter autre chose – peut-être même lui proposer un nouveau rendez-vous. Mais il n'ouvrit pas la bouche. Elle descendit toute seule tandis qu'il attendait ses amis. Elle se sentait vaincue.

Après avoir déjeuné avec Mimi et sa bande, Bliss descendit au sous-sol chercher ses livres pour le cours suivant. Elle tomba sur Theodora, qui se changeait pour la gym dans le couloir, debout devant son casier, entourée d'élèves qui faisaient de même, filles et garçons mélangés et plus ou moins déshabillés.

Le lycée était un curieux mélange de luxe et de pénurie. D'un côté, il y avait un théâtre dernier cri au sous-sol, avec son auditorium de deux cents places, mais de l'autre il n'y

1. En français dans le texte.

avait pas de vestiaires parce que le bâtiment n'était pas équipé pour. Les élèves étaient encouragés à se changer aux toilettes, mais comme ils n'avaient que cinq minutes pour le faire, la plupart passaient outre et se changeaient dans le couloir pour gagner du temps. Les filles avaient mis au point une technique parfaite pour enlever leur soutien-gorge par une manche et mettre leur sous-vêtement de sport tout en se cachant sous un grand tee-shirt. Les garçons ne cillaient même pas.

L'une des particularités de Duchesne était que, comme tout le monde se connaissait depuis le jardin d'enfants, une camaraderie fraternelle était de mise. Ce strip-tease adolescent ne contrariait que le corps enseignant, notamment le prof d'histoire égaré qui tombait par hasard sur une élève de première à demi nue dans le couloir, sous les ricanements malicieux de la classe. Mais la direction était bien en peine d'y mettre fin. Se changer en public n'était que l'une de ces bizarreries qui faisaient de vous un élève de Duchesne.

– Eh, je peux te parler ? demanda Bliss, appuyée contre un casier, en regardant Theodora disparaître sous un sweat-shirt dix fois trop grand.

Étant nouvelle, Bliss faisait partie des rares filles à se changer dans les toilettes. Elle n'arrivait pas à se sentir aussi à l'aise que les autres. Mimi, par exemple, aimait à parader dans son soutien-gorge La Petite Coquette comme si elle se baladait sur la plage de Saint-Tropez.

– Mfff ? demanda Theodora.

Celle-ci était réduite à une bosse sous le tissu, les coudes pointant vers le haut des deux côtés, le temps de se glisser dans sa tenue de gym. Elle retira le sweat-shirt d'un large geste et émergea en tee-shirt trop grand et jogging baggy.

– Qu'est-ce qui te tracasse ? demanda-t-elle à Bliss, un peu sur ses gardes.

– Tu es copine avec Dylan, non ?

Theodora haussa les épaules.

– Ouais. Et alors ?

Elle regarda sa montre. La seconde sonnerie n'allait pas tarder, et les élèves de sa classe se dépêchaient déjà de monter dans la salle de sport.

– C'est juste que... Tu le connais bien ?

Theodora haussa de nouveau les épaules. Elle se demandait ce que Bliss voulait savoir au juste. Évidemment qu'elle le connaissait bien. Oliver et lui étaient ses seuls amis.

– J'ai entendu des bruits, dit Bliss en regardant autour d'elle pour voir si personne n'écoutait leur conversation.

– Ah ouais, comme quoi ?

Theodora haussa un sourcil. Elle fourra le sweat-shirt dans son casier.

– Eh bien, qu'il avait été impliqué dans un accident avec une fille, cet été, dans le Connecticut...

– Jamais entendu parler de ça, la coupa Theodora. Mais ici, tout le monde parle de tout le monde. Tu crois vraiment à cette histoire ?

Bliss eut l'air choqué.

– Pas du tout ! J'en crois pas un mot.

– Bon, faut que j'y aille, dit Theodora avec brusquerie.

Elle passa sa raquette de tennis sur son épaule et s'éloigna.

– Attends, s'écria Bliss en la rattrapant et en marchant vite pour rester à sa hauteur tandis qu'elle montait l'escalier quatre à quatre.

– Quoi ?

– C'est juste que... je veux dire... (Bliss haussa les épaules.) Je suis désolée qu'on ait pris un mauvais départ. C'est ma faute, OK ? On peut recommencer ? S'il te plaît ?

Theodora plissa les yeux. La seconde sonnerie retentit.

– Je suis en retard, dit-elle d'un ton sans réplique.

– C'est juste que, tu comprends, on est allés au Met l'autre jour et je pensais qu'on avait vraiment passé un bon moment, mais je ne sais pas, il ne m'a pas reparlé depuis, s'expliqua Bliss. Tu sais s'il a une copine, ou quoi ?

Theodora soupira. Si elle était en retard à son cours, sa grand-mère allait recevoir un mot. Duchesne ne pratiquait pas les heures de colle. La seule punition en vigueur était l'envoi de lettres qui rapportaient tout à des parents déjà trop impliqués, prêts à se faire hara-kiri si leur progéniture n'entrait pas à Harvard. Elle regarda Bliss, nota sa nervosité et son sourire plein d'espoir.

À regret, Theodora conclut que, finalement, Bliss n'était peut-être pas un clone de Mimi comme les autres. Déjà, elle n'était pas blonde, elle n'avait pas les cheveux raidis au fer comme des baguettes de tambour, et elle n'arborait pas comme le reste de la bande l'odieux insigne « Team Force » sur son sweat de gym à capuche.

– À ma connaissance, il n'a personne. Il nous a bien dit qu'il avait rencontré quelqu'un l'autre soir en boîte... finit par lâcher Theodora en guettant la réaction de Bliss.

Cette dernière rougit.

– C'est bien ce que je pensais.

Theodora hocha la tête. Contre toute raison, elle commençait à s'adoucir. Si Dylan l'avait emmenée au Met, Bliss ne pouvait pas être si nulle que ça. Theodora doutait que Mimi sache seulement ce qu'était le Met. Sa vie tournait uniquement autour du shopping et de l'admission dans les carrés VIP. Elle devait croire que « Le Met » était une boîte de nuit ou quelque chose comme ça.

– Si tu veux un conseil, ne t'angoisse pas pour lui. Je crois qu'il t'aime vraiment bien, lui dit-elle avec une petite moue de pitié.

– C'est vrai ? Je veux dire, il t'a parlé de moi ?

Theodora roula des épaules.

– Ça ne me regarde pas, en fait, dit-elle, hésitante.

– Quoi ?

– Bon, je pense que ça ne le dérangerait pas si tu l'invitais au bal d'automne. Ça ne lui viendrait sans doute jamais à l'idée d'y aller de lui-même, mais si tu le lui demandais, peut-être qu'il irait.

Bliss sourit. Le bal était pour le lendemain soir. C'était jouable. Ses parents la laisseraient forcément y aller : c'était une sortie organisée par le lycée, il y aurait des tonnes d'adultes pour apaiser leurs angoisses.

– Merci.

– De rien, dit Theodora, qui partit en courant dans l'escalier sans un regard en arrière sur Bliss.

Foudroyée par cette idée, Bliss gribouilla rapidement un mot et arracha la feuille de son classeur. Elle retira soigneusement toutes les petites barbes de papier, vaporisa un nuage de parfum et fourra la missive dans le casier de Dylan.

Elle était choquée par sa propre effronterie. Elle n'avait jamais eu à courir après un garçon. Mais il y a une première fois à tout.

QUINZE

Le bal de rentrée annuel de Duchesne était intitulé « Bal d'automne décontracté », même si c'était en fait une soirée très habillée. Il se tenait dans les quartiers historiques de l'American Society, un grandiose hôtel particulier au coin de Park Avenue et de la 68e Rue. La société était une organisation dédiée à la conservation des archives de l'histoire de la colonisation américaine, et notamment des documents concernant les premiers arrivants et la traversée du *Mayflower*. Le premier étage abritait une bibliothèque lambrissée surmontée d'une voûte en plein cintre, ainsi que plusieurs pièces confortables, à l'ambiance club, idéales pour dîner et danser. C'était un lieu de réception très couru, et beaucoup de jeunes filles dépensaient des fortunes pour avoir le privilège de se marier sur Park Avenue. Mais, pour les lycéens de Duchesne, c'était simplement l'endroit où se tenait leur bal scolaire.

Plus tôt dans la soirée, Theodora et Oliver traînaient sans rien faire de spécial dans la chambre de ce dernier, comme d'habitude ; mais quand Theodora avait dit en passant qu'aux dernières nouvelles Dylan – lui ! – allait à cette saleté de bal Oliver avait sauté sur l'idée.

– Allons-y.

– Nous ? Mais pourquoi ?

Theodora était horrifiée.

– Allez, quoi ! On va se marrer.

– J'y vais pas, avait insisté Theodora. Nous, aller à un bal de snobs ? Juste pour voir Mimi Force faire sa reine avec tout le monde ?

– Il paraît que les petits-fours sont fameux, la cajola Oliver.

– J'ai pas faim.

– Allez, qu'est-ce qu'on a d'autre à faire ?

Après les émotions du week-end précédent, où ils s'étaient aventurés au *Bank*, rester chez Oliver à lire des magazines sur son lit semblait un peu fade.

– Bon, d'accord, concéda Theodora. Mais il faut que je repasse chez moi me changer.

– Bien sûr.

Quand Oliver vint la chercher, Theodora portait une robe de bal années cinquante sous le genou en dentelle noire, de délicats gants blancs, un collant résille et des escarpins à bout rond, presque comme par plaisanterie. Elle avait trouvé la robe sur eBay pour trente dollars. Le haut, de forme bustier, prenait parfaitement sa taille menue, et la jupe s'épanouissait gracieusement en cloche sur les hanches, gonflée par des jupons de tulle. Au fond de la boîte à musique de sa grand-mère, elle avait trouvé un pendentif en perles et son ruban de satin noir qu'elle avait noué autour de son cou. Oliver avait opté pour une veste en soie d'un bleu profond, portée sur une chemise noire et un pantalon de lainage noir. Il offrit à Theodora un bracelet de roses fraîches à couper le souffle.

– Où tu l'as trouvé ? lui demanda Theodora en le passant à son poignet.

– On peut tout se faire livrer, à New York.

Oliver sourit largement. Il lui tendit un œillet, qu'elle piqua à son revers.

– On est beaux ?

– Parfaits, dit-il en lui donnant le bras.

Lorsqu'ils arrivèrent à l'American Society, un ballet d'élégantes voitures noires déposait de nombreux couples d'élèves. Les filles étaient en robe de cocktail noire chic et collier de perles, les garçons en blazer bleu et pantalon de lainage. Personne ne portait de bracelets de fleurs. En revanche, les filles avaient toutes un lys calla à longue tige, qu'elles jetaient négligemment en entrant.

– Faut croire qu'on n'a pas eu l'info, railla Theodora.

Ils se dirigèrent vers l'étage en s'efforçant de se mêler à la foule. Plusieurs filles murmurèrent en voyant Theodora dans sa robe.

– Ça vient forcément de chez Marc Jacobs, chuchota quelqu'un.

– D'une boutique de déguisements, tu veux dire, fit une autre avec une moue dédaigneuse.

Theodora piqua un fard.

Ils trouvèrent Dylan à l'étage, près du buffet en forme de corne d'abondance. Il portait un manteau sport poil de chameau sur une impeccable chemise noire de luxe et un pantalon de lainage bien coupé. Bliss Llewellyn, la jolie rousse du Texas, était assise sur ses genoux. Elle était vêtue d'un étroit fourreau noir Costume National, de sandales à talons Prada, et son cou de cygne arborait l'omniprésent collier de perles.

– Salut ! fit Dylan en voyant ses amis. (Il serra la main d'Oliver et fit une bise à Theodora.) Vous connaissez Bliss, les gars ?

Ils opinèrent. Depuis quand Dylan disait-il « les gars » ? Il devait vraiment en pincer pour cette fille.

– T'es pas mal quand tu veux, le taquina Theodora en chassant une peluche de sa veste.

– C'est du Hugo Boss ? plaisanta Oliver en faisant semblant d'examiner le tissu.

– Exactement, et ne me le salis pas, rétorqua Dylan, chagriné mais souriant quand même.

Bliss leur sourit joyeusement. Elle fit un clin d'œil à Theodora.

– Super, la robe, dit-elle, et le compliment avait l'air vraiment sincère.

– Merci.

– Alors... vous avez visité ? Bonne bouffe à l'étage au-dessus, dit Dylan.

– Pas encore, mais on va y aller, promit Oliver.

Ils quittèrent le couple et se faufilèrent à travers la foule pour monter jusqu'au buffet. Les salons étaient décorés de guirlandes lumineuses blanches. Au fond, des viandes chaudes et froides, des hors-d'œuvre exquis et des pâtisseries françaises se déployaient élégamment sur des plateaux d'argent. Dans le salon central, un assortiment de jeunes patriciennes et de garçons fortunés en sueur se déhanchait sur du rap hardcore. Les lumières étaient éteintes, et Theodora ne distinguait que les ombres de leurs visages. Elle vit que les garçons de Duchesne avaient tous une petite flasque d'argent Tiffany qui dépassait de leur poche de pantalon. De temps en temps, ils prenaient subrepticement une gorgée d'alcool ou en versaient dans le verre de leur cavalière. Même Oliver avait apporté la sienne, monogrammée. Il y avait plusieurs professeurs aux alentours, mais personne ne semblait remarquer ou se soucier de ce picolage clandestin.

– Tu veux une gorgée ?

– Bien sûr, dit Theodora en lui prenant le flacon des mains.

La liqueur tiède lui brûla la gorge. Sa tête bourdonna un instant, puis elle reprit quelques gorgées.

– Doucement ! C'est du 181 degrés, l'avertit Oliver. Tu vas être déchirée, ajouta-t-il en jubilant.

Mais Theodora avait toujours la tête aussi claire, même si elle faisait semblant de ressentir les effets de l'alcool.

Ils se tinrent timidement sur le côté, sirotant leur punch aux fruits bio dans des gobelets en argent, s'efforçant de faire comme si cela ne les dérangeait pas que personne ne les ait appelés ni n'ait manifesté aucun plaisir à les voir à la réception. Theodora regardait les groupes amicaux qui se formaient autour des tables à cocktails, fumaient sur le balcon ou posaient pour des photos devant le piano. Elle comprit alors que, même si elle connaissait la plupart de ces gens depuis toujours, elle n'avait sa place nulle part. C'était étonnant de voir que même Dylan avait réussi à faire son trou, avec une petite amie appréciée de tous, rien de moins, alors qu'Oliver et elle étaient une fois de plus renvoyés à eux-mêmes.

– Tu veux danser ? demanda Oliver en tendant le pouce vers la salle plongée dans le noir.

Elle secoua la tête.

– Naan...

– Partir, plutôt ? reprit Oliver, qui était arrivé à la même conclusion. On pourrait retourner au *Bank*, je suis sûr que la musique est meilleure.

Theodora était partagée. D'un côté, Oliver et elle avaient parfaitement le droit d'être là, ils étaient élèves à Duchesne eux aussi ; d'un autre côté, ce serait peut-être mieux s'ils s'éclipsaient en silence. Avec un peu de chance, peut-être même que personne ne remarquerait qu'ils étaient venus.

Oliver eut un sourire forcé.

– Tout ça, c'est ma faute.

– Non, pas du tout ! Moi aussi, je voulais venir, protesta Theodora. Mais tu as raison, on ferait sans doute mieux d'y aller.

Ils descendirent le grand escalier couvert d'un tapis rouge, où Jack Force se tenait sur la dernière marche, occupé à parler avec Kitty Mullins. Theodora retint sa respiration et se dirigea vers la porte sans le regarder. Elle serrait fort le bras d'Oliver.

– Tu pars déjà ? la rappela Jack.

Elle se retourna. Kitty Mullins avait disparu, et Jack était adossé contre la balustrade, seul. Il portait une chemise blanche sur mesure de marque française – le devant rentré dans son pantalon mais le dos dépassant, comme d'habitude –, un pantalon kaki impeccable et un blazer marine négligemment déboutonné. La cravate de travers, et il était tout simplement à tomber. Il tripotait le bouton de manchette de son poignet droit.

– On allait y aller.

Elle haussa les épaules, souriant malgré elle.

– Pourquoi tu ne restes pas ? lui demanda Jack en lui rendant son sourire et en la regardant droit dans les yeux. Tu pourrais bien t'amuser.

L'espace d'un instant, Theodora avait oublié qu'Oliver se tenait juste à côté d'elle, si bien que lorsqu'il prit la parole elle sursauta. Il la toisa de haut en bas, le visage volontairement inexpressif.

– Je crois que je vais aller me chercher un dernier verre. Tu viens ?

Theodora ne répondit pas, et pendant un laps de temps interminable ils formèrent un trio gêné et mal à l'aise.

– Je, euh... je n'ai pas soif, alors je te retrouve tout à l'heure, Ollie, d'accord ?

Oliver fronça les sourcils mais ne protesta pas, et il remonta rapidement l'escalier.

Theodora croisa les bras. C'était quoi, cette histoire avec Jack Force ? Après leur conversation à l'enterrement, c'est à peine s'il lui avait adressé la parole de la semaine, et à présent Monsieur s'intéressait de nouveau à elle ? Pourquoi devrait-elle prendre la peine ne serait-ce que de lui donner l'heure ?

Jack s'approcha et l'enlaça d'un bras.

– Allez, viens danser. Je crois que j'entends ma chanson.

Elle se laissa entraîner dans l'escalier, et cette fois les têtes se tournèrent lorsque l'assemblée remarqua leur entrée dans le salon. Theodora nota l'admiration jalouse des filles, et plusieurs garçons lui lancèrent une œillade empreinte de respect. Une minute plus tôt, elle était invisible, mais être auprès de Jack avait tout changé. Il la serra plus fort, et elle se mit à bouger sur la musique. La pièce vibrait aux accords sexy, hypnotiques, de la chanson « Time Is Running out », du groupe Muse. *I think I'm drowning, asphyxiated...* Elle se colla contre lui en ondulant, consciente des gouttes de sueur que faisait naître sur sa chemise la chaleur de leurs deux corps.

Seize

Ses parents étaient sur le point de sortir. Mimi, debout dans sa chambre, écoutait le claquement des talons de sa mère sur le sol de marbre, suivi du pas plus lourd de son père.

– Coucou, ma chérie, fit Trinity en frappant à sa porte. On va y aller, papa et moi.

– Entre, dit Mimi.

Elle mit ses boucles d'oreilles à pampilles et s'examina minutieusement dans la glace.

Trinity ouvrit la porte et entra. Elle était vêtue d'une longue robe du soir – Valentino, devina Mimi –, et une somptueuse étole de zibeline lui couvrait les épaules. Elle avait une silhouette gracieuse, très glamour, avec ses longs cheveux qui s'épanouissaient en boucles blondes autour de son cou. Elle apparaissait souvent en photo dans les chroniques mondaines et les pages « people » des magazines de mode.

Les parents de Mimi se rendaient à un bal de charité. Ils étaient tout le temps sortis. Mimi ne se rappelait même pas la dernière fois où l'un de ses parents avait été à la maison pour le dîner. Parfois, il s'écoulait des semaines sans qu'elle les voie.

Sa mère passait ses journées chez le coiffeur, à la salle de gym, chez son psychothérapeute ou dans les boutiques de Madison Avenue ; quant à son père, il était tout le temps au bureau, en train de travailler.

– Ne rentre pas trop tard, l'admonesta Trinity en l'embrassant sur la joue. Tu es ravissante, d'ailleurs. C'est la robe que je t'ai achetée ?

Mimi opina.

– Mais ça fait un peu trop avec les boucles d'oreilles, tu ne trouves pas ? suggéra sa mère.

Mimi fut piquée au vif. Elle ne supportait pas les critiques.

– Je trouve que c'est parfait, chère mère.

Trinity haussa les épaules.

Mimi remarqua son père debout à côté de la porte, l'air excédé. Il parlait avec animation dans son téléphone portable. Ces derniers temps, il semblait plus anxieux que d'habitude. Quelque chose le tracassait, il était préoccupé, la tête ailleurs. L'autre soir, elle était rentrée deux heures plus tard que permis, mais son père, qui l'avait surprise à se faufiler par la cuisine pendant qu'il remplissait son verre de brandy, n'avait pas dit un mot.

– Où est Jack ? demanda sa mère en regardant autour d'elle comme s'il pouvait être caché sous la coiffeuse.

– Déjà là-bas, lui expliqua Mimi. Mon cavalier est en retard.

– Bon, amuse-toi bien, dit Trinity en lui tapotant la joue. Pas de bêtises.

– Bonne soirée, ajouta Charles en fermant la porte de sa chambre.

Mimi se regarda de nouveau dans le miroir. Sans savoir pourquoi, chaque fois que ses parents lui disaient au revoir en sortant, elle se sentait désemparée. Abandonnée. Elle ne s'y faisait pas. Elle retira les boucles d'oreilles à pampilles. Sa mère avait raison, c'était trop avec la robe.

Peu après le départ de ses parents, l'Italien arriva. C'était un homme nettement changé depuis le jour de leur rencontre chez *Barneys*. Son effronterie s'était évanouie, tout comme son sourire prédateur. Mimi l'avait vidé de tout cela. C'était elle qui dominait la situation. Elle en avait presque sa dose : c'était tellement facile ! Personne ne lui arrivait à la cheville.

– Je conduis, dit-elle en prenant les clés dans sa poche.

Il ne protesta pas.

L'American Society était tout près, mais Mimi n'en grilla pas moins quelques feux rouges, obligeant une ambulance à donner un coup de volant pour éviter l'accident.

Elle s'arrêta devant l'auvent, où le portier attendait. Ils sortirent de sa voiture et Mimi lança les clés au voiturier. L'Italien la suivait comme un toutou. Ils firent leur entrée ensemble.

Mimi était resplendissante dans sa robe de satin bleu nuit Peter Som, les cheveux relevés en chignon haut, avec pour seul accessoire un triple rang de perles South Sea. Elle tira son cavalier par le bras et le traîna jusqu'à l'étage. Là, elle fut confrontée à la vue de sa meilleure amie, Bliss Llewellyn, en train d'embrasser à pleine bouche ce déchet de *loser* de Dylan Ward.

– Bonsoiiir.

Sa voix était glaciale à l'extrême. Quand était-ce arrivé ? Mimi n'aimait pas être tenue à l'écart.

Bliss se dégagea de la langue de Dylan. Elle rougit en voyant Mimi. Son rouge à lèvres bavait et elle avait les cheveux de travers. Dylan adressa à Mimi un petit sourire insolent.

– Bliss. Aux toilettes. Tout de suite.

Bliss jeta à Dylan un regard d'excuse et suivit Mimi aux toilettes sans protester.

Mimi vérifia les cabines et chassa la dame pipi. Une fois sûre qu'il n'y avait personne, elle se retourna vers Bliss.

– Mais qu'est-ce que tu fabriques ? Tu sors avec ce type-là ? demanda-t-elle avec autorité. Tu pourrais avoir tous les mecs que tu veux.

– Je l'aime bien, la défia Bliss. Il est cool.

– Cool, fit Mimi en étirant le mot comme s'il avait dix syllabes. Cooooooolll.

– C'est quoi, ton problème ? lui demanda Bliss d'un ton provocateur.

– Un problème ? Je n'ai pas de problème. Qui a dit que j'avais un problème ? répondit Mimi en regardant autour d'elle, comme si elle était surprise de ne trouver personne.

– C'est à cause de l'histoire du Connecticut ? lui demanda Bliss. Parce que, si c'est ça, il n'avait rien à voir là-dedans.

– De quoi tu parles ?

– Je ne sais pas, j'ai entendu dire qu'il y avait eu un accident avec une fille à Greenwich et qu'il y était mêlé, dit Bliss. Mais, de toute manière, ce n'est pas vrai.

Mimi haussa les épaules. C'était la première fois qu'elle en entendait parler, mais ça ne l'étonnait pas.

– Je ne vois pas pourquoi tu perds ton temps avec lui, c'est tout.

– Pourquoi tu le détestes autant ?

Mimi était interloquée. C'était vrai : elle réagissait à Dylan avec une révulsion disproportionnée. Pourquoi le détestait-elle ? Elle ne savait pas au juste, mais elle reconnaissait ce sentiment viscéral, et son instinct ne la trompait jamais. Ce type avait quelque chose qu'elle n'aimait pas, mais elle n'arrivait pas à savoir exactement quoi.

– Et toi, qu'est-ce qu'il a, ton copain, au fait ? On dirait un zombie, dit Bliss en montrant du doigt le coin de la pièce.

L'héritier italien les avait suivies dans les toilettes des filles et il était en train de baver sur la colonne qui encadrait la porte. Tous les mecs de Mimi avaient cet air-là : mort cérébrale.

– Je m'occuperai de lui plus tard.

– Je vais aller retrouver mon cavalier, dit Bliss ostensiblement.

– Comme tu voudras. Mais tu as intérêt à être à la réunion du Comité lundi.

Bliss avait presque oublié. Elle n'était même pas sûre de vouloir se joindre à un comité mondain hyper-snob, mais il fallait bien qu'elle trouve un moyen d'apaiser Mimi.

– Bien sûr.

Mimi regarda son amie s'en aller. Quel gâchis. Elle était contrariée que Bliss revendique son indépendance. S'il y avait une chose qu'elle détestait chez ses subordonnées, c'était la rébellion. Elle sortit des toilettes en tirant son cavalier par la cravate pour le faire avancer. Et c'est là qu'elle vit la deuxième image qui lui grilla le cerveau.

Son frère Jack, sur la piste de danse, avec la fille Van Alen dans les bras. Là, Mimi eut vraiment envie de vomir.

Quand Theodora était avec Jack, l'espace et le temps semblaient s'arrêter. Elle n'avait même pas l'impression de se trouver dans une salle pleine d'adolescents entassés et suants.

Tous deux bougeaient sur le même rythme, leurs corps en harmonie parfaite. Jack la tenait contre lui d'une poigne d'expert, se penchant en avant pour lui souffler doucement dans le cou. Étrangement, elle le voyait clairement dans le noir, alors que tous les autres ne formaient qu'un brouillard obscur. Elle ferma les yeux, et l'espace d'un instant les vit tous deux – mais habillés différemment. Ils se trouvaient dans la même salle de bal, dans le même hôtel particulier, sauf que c'était un siècle plus tôt. Elle était en longue robe du soir, avec un corset serré et des culottes de soie, et lui était distingué, d'une élégance nonchalante, en smoking blanc à longues basques. L'enchantement de la chanson de Muse céda la place à une valse légère.

C'était comme un rêve, sauf que ce n'en était pas un.

– Que se passe-t-il ? demanda-t-elle, en regardant Jack qui la faisait tournoyer.

Tout autour d'eux, la salle de bal était baignée de lumière et de douce musique. Le cliquetis des coupes à champagne, le froufroutement des éventails des dames.

Mais Jack se contenta de sourire.

Ils continuèrent à danser, et Theodora constata qu'elle connaissait les pas complexes. À la fin de la valse, ils applaudirent poliment.

Theodora regarda autour d'elle, et soudain elle fut de nouveau dans le présent, dans sa robe de bal de promo des années cinquante, près de Jack dans son blazer bleu avec sa cravate rouge. Elle cligna des yeux. Avait-elle tout imaginé ? Était-ce réel ? Elle était troublée et désorientée.

– On fait une pause, dit-il en la prenant par la main pour l'aider à traverser la piste de danse.

Ils sortirent sur le balcon. Jack alluma une cigarette.

– Tu en veux une ?

Theodora secoua la tête.

– Est-ce que ça t'est arrivé, à toi aussi ? lui demanda-t-elle.

Jack hocha la tête. Il prit une bouffée et souffla la fumée.

Ils contemplèrent Park Avenue. Theodora trouvait que c'était l'une des plus belles avenues du monde après Riverside Drive. Park Avenue, avec son alignement majestueux d'immeubles d'avant-guerre, ses flots de taxis jaunes qui montaient et descendaient le long de l'axe central. New York était un endroit magique.

– Qu'est-ce que c'était ?

Mais avant que Jack puisse répondre, un hurlement retentit à l'intérieur. Ils se regardèrent, la même idée en tête. La mort d'Aggie. Y en avait-il eu une autre ? Ils regagnèrent le hall en courant.

– Tout va bien, disait Mimi Force. Il est juste tombé dans les pommes. Bon Dieu, reprends-toi, Kitty.

Le cavalier italien de Mimi était étendu les bras en croix sur le palier, évanoui, le visage blanc comme un linge.

– Jack, tu me donnes un coup de main ? dit-elle sèchement en voyant son frère sur le pas de la porte.

Ce dernier s'empressa de rejoindre sa sœur et l'aida à redresser l'Italien en position assise.

Theodora vit Jack dire quelque chose à Mimi avec colère, et elle entendit des fragments de sa harangue : « ... passé les bornes. Tu aurais pu le tuer... Rappelle-toi ce que disaient les Sentinelles... »

Elle se tenait là, sans savoir quoi faire, lorsque Bliss et Dylan apparurent. Dylan jeta un œil sur ce tableau compromettant.

– Laisse moi deviner. Il était avec Mimi Force ?

Theodora acquiesça.

– Je crois qu'il est temps qu'on se tire d'ici.

– Complètement d'accord, approuva Bliss.

Theodora regarda Jack une dernière fois. Il se disputait encore avec sa sœur. Il ne remarqua même pas qu'elle s'en allait.

Journal de Catherine Carver
20 décembre 1620
Plymouth, Massachusetts

Il y a maintenant des jours que les hommes sont partis, et nous sommes toujours sans nouvelles d'eux. Nous sommes terrifiées. Ils auraient dû arriver là-bas depuis longtemps et devraient être de retour à présent avec des nouvelles de la colonie. Mais tout reste silencieux. Les enfants me tiennent compagnie et nous passons le temps en lisant à voix haute les livres que j'ai pu apporter. Si seulement nous pouvions quitter ce navire ! Il y fait toujours humide et la promiscuité est invivable, mais les structures ne sont pas encore prêtes. Les hommes sont autorisés à camper à terre, mais nous devons impérativement rester ici, dans ce trou obscur.

J'ai peur, mais je me rassure à l'idée que si John et le reste de la compagnie étaient perdus, je le saurais. Jusqu'à présent, je n'ai rien senti ni vu dans mes visions. Les avis sont partagés dans la colonie quant à savoir si nous avons vraiment échappé au danger. La rumeur se répand que l'un d'entre eux est ici, caché parmi nous – les chuchotements et les soupçons vont bon train. Le fils Billington a disparu, dit-on. Évanoui. Emporté. Mais quelqu'un croit se rappeler l'avoir vu partir avec l'expédition Roanoke, si bien que personne ne s'inquiète encore pour lui. Nous surveillons, nous attendons, en retenant notre souffle.

C. C.

Dix-sept

Aussi loin qu'elle s'en souvienne, Theodora avait toujours passé tous ses dimanches à l'hôpital. Lorsqu'elle était plus petite, sa grand-mère et elle prenaient ensemble le taxi qui les emmenait tout en haut de Manhattan. Les vigiles étaient tellement habitués à Theodora qu'ils ne lui donnaient même plus de badge de visiteur : ils lui faisaient simplement signe de passer. En raison de son âge, Cordelia ne l'accompagnait plus que rarement dans ces visites hebdomadaires, et la plupart du temps Theodora faisait le trajet toute seule.

Elle passa devant la salle des urgences, traversa le hall vitré, dépassa la boutique de cadeaux et ses étalages de ballons et de fleurs. Elle acheta un journal au kiosque et se dirigea vers l'ascenseur du fond. Sa mère se trouvait au dernier étage, dans une chambre particulière décorée comme une suite dans l'un des meilleurs hôtels de la ville.

À la différence de la plupart des gens, Theodora ne trouvait pas les hôpitaux déprimants. Elle y avait passé trop de temps, enfant, à emprunter des fauteuils roulants pour foncer dans les couloirs ou à jouer à cache-cache avec les infirmières et les aides-soignants. Chaque dimanche elle prenait son brunch à la cafétéria du sous-sol, où les serveurs empilaient des montagnes de bacon, d'œufs et de gaufres sur son assiette.

Dans le couloir, elle croisa l'infirmière particulière de sa mère.

– Elle est dans un bon jour, l'informa celle-ci en souriant.

– Ah, très bien, dit Theodora en lui rendant son sourire.

Presque toute sa vie, elle avait connu sa mère dans le coma. Quelques mois après lui avoir donné le jour, Allegra avait subi une rupture d'anévrisme et s'était retrouvée en état de choc.

La plupart du temps, elle demeurait placidement allongée sur son lit, immobile, respirant à peine. Mais, dans ses « bons » jours, il se passait quelque chose : un frémissement sous les paupières closes, un mouvement du gros orteil, un tic nerveux à la joue. De temps à autre, elle soupirait sans raison. C'étaient là les signes infimes, à peine perceptibles, de la vivacité de cette femme piégée dans un cocon de morte-vivante.

Theodora se rappelait le diagnostic définitif établi des années plus tôt par le médecin : « Tous ses organes fonctionnent. Elle est en parfaite santé, à une chose près : d'une manière ou d'une autre, son esprit s'est fermé à son corps. Elle a des cycles de sommeil et de veille normaux, elle n'est pas en état de mort cérébrale, loin de là. Les neurones crépitent. Mais elle demeure inconsciente. C'est un mystère. » Curieusement, les docteurs étaient toujours convaincus qu'elle avait encore une chance de s'éveiller si d'aventure les bonnes circonstances se présentaient. « Parfois c'est une chanson. Ou une voix venue du passé. Quelque chose les stimule, et ils se réveillent. Elle peut vraiment en sortir n'importe quand. »

Sans aucun doute, Cordelia y croyait. Elle encourageait Theodora à faire la lecture à Allegra afin que sa mère connaisse sa voix et, peut-être, y réagisse un jour.

Theodora remercia l'infirmière et regarda par le petit carreau découpé dans la porte, qui permettait aux infirmières de surveiller leurs patients sans les déranger.

Il y avait un homme dans la chambre.

Elle laissa sa main sur la poignée, sans la tourner. Elle regarda de nouveau par la vitre.

L'homme avait disparu.

Theodora cligna des yeux. Elle pouvait jurer avoir vu un homme. Un homme aux cheveux blancs, en costume sombre, agenouillé au chevet de sa mère et lui tenant la main, dos à la porte. Ses épaules tremblaient, on aurait dit qu'il pleurait.

Mais, lorsqu'elle avait regardé de nouveau, il n'y avait plus rien.

C'était la seconde fois que cela arrivait. Theodora était plus curieuse que troublée. Elle l'avait vu une première fois quelques mois plus tôt, un jour où elle était sortie un instant pour aller chercher un verre d'eau. En regagnant la chambre, elle avait été saisie d'y apercevoir quelqu'un. Du coin de l'œil, elle avait vu un homme debout à côté des rideaux, qui regardait l'Hudson en contrebas par la fenêtre. Mais au moment où elle était entrée il s'était évanoui. Elle n'avait pas vu son visage, seulement son dos et son épaisse chevelure.

Au début, effrayée, elle s'était demandé si c'était un fantôme, un simple jeu de lumière, ou si elle avait tout imaginé. Mais elle avait sa petite idée sur l'identité de ce visiteur sans nom et sans visage.

Elle poussa lentement la porte et entra dans la chambre. Elle posa l'épais journal du dimanche sur la table roulante, près de la télévision.

Sa mère était étendue sur le lit, les mains repliées sur le ventre. Ses pâles cheveux blonds, longs et brillants, se déployaient sur l'oreiller. C'était la plus belle femme que Theodora eût jamais vue. Elle avait le visage d'une madone de la Renaissance, sereine et paisible.

Theodora s'avança jusqu'à la chaise qui se trouvait au pied du lit. Elle regarda de nouveau dans toute la chambre, jeta un œil dans le cabinet de toilette que sa mère n'utilisait jamais. Elle tira les rideaux devant les fenêtres, espérant à moitié y trouver quelqu'un caché. Personne.

Déçue, Theodora reprit sa place à côté du lit.

Elle ouvrit le journal du dimanche. Qu'allait-elle lire aujourd'hui ? La guerre ? La crise pétrolière ? Une fusillade dans le Bronx ? Un article du supplément magazine sur la nouvelle cuisine expérimentale espagnole ? Theodora se décida pour la rubrique « Mariages et réceptions », dans la section « Styles ». Apparemment, sa mère l'appréciait. Parfois, lorsque Theodora lui lisait une chronique particulièrement croustillante sur les unions du moment, ses orteils remuaient.

Theodora se mit à lire. « Courtney Wallach a épousé Hamilton Fisher Stevens à l'hôtel *Pierre* cet après-midi. La mariée, trente et un ans, diplômée de Harvard et de la Harvard Business School... » Elle regarda sa mère avec espoir.

Dans le lit, pas un mouvement.

Theodora passa à autre chose. « Marjorie Fieldcrest Goldman a épousé Nathan McBride lors d'une cérémonie qui s'est déroulée au restaurant *Tribeca Rooftop* hier soir. La mariée, vingt-huit ans, rédactrice en chef adjointe à... »

Toujours rien.

Theodora éplucha les annonces. Elle ne savait jamais à l'avance ce que sa mère allait aimer. Au début, elle avait cru que c'étaient les nouvelles de personnes de sa connaissance, les mariages d'héritiers et d'héritières de vieilles familles new-yorkaises qu'elle appréciait. Mais, aussi bien, la rencontre émouvante de deux ingénieurs informaticiens dans un bar du Queens pouvait lui arracher un soupir.

Ses pensées ramenèrent Theodora au mystérieux visiteur. Elle parcourut de nouveau la chambre du regard et remarqua quelque chose. Il y avait des fleurs sur la table. Un bouquet de lys blancs dans un vase de cristal. Non pas les œillets ordinaires que l'on vendait en bas : c'était un exquis bouquet de hauts calices épanouis. Leur parfum entêtant emplissait la chambre. C'était étrange qu'elle ne les ait pas remarqués en entrant. Qui pouvait bien apporter des fleurs à une femme dans le coma incapable de les voir ? Qui était passé par là ? Et où était-il parti ? Plus important encore : d'où venait-il ?

Theodora se demanda s'il fallait qu'elle en parle à sa grand-mère. Elle avait gardé pour elle la précédente visite de l'inconnu, de crainte que Cordelia ne s'emploie d'une manière ou d'une autre à l'éloigner. Elle doutait que la vieille femme fût d'accord pour qu'un étranger vienne voir sa fille.

Elle tourna la page. « Kathryn Elizabeth DeMenil et Nicholas James Hope III. » Elle jeta un regard sur le visage impassible de sa mère. Rien. Pas même une ride sur sa joue. Pas l'ombre d'un sourire.

Theodora prit sa main froide dans les siennes et se mit à la caresser. Soudain, les larmes roulèrent en silence sur ses joues. Il y avait longtemps que la vue de sa mère ne l'avait pas émue aux larmes. Mais voilà qu'elle pleurait ouvertement. L'homme qu'elle avait vu par l'œilleton avait pleuré, lui aussi. La chambre paisible était remplie d'un chagrin profond, pénétrant, et Theodora pleura sans retenue sur tout ce qu'elle avait perdu.

Dix-huit

Le lundi, au lycée, Oliver fut glacial avec Theodora. Au déjeuner, il s'assit près de Dylan sans lui garder une place. Elle leur fit signe de loin, mais seul Dylan lui rendit son salut. En mangeant son sandwich à la bibliothèque, elle trouva au pain un goût de rassis, sec et farineux, et perdit rapidement l'appétit. Pour couronner le tout, malgré leur danse du samedi soir, Jack Force se comportait de nouveau comme si de rien n'était. Il restait avec ses amis, traînait avec sa sœur, et était à peu près redevenu le Jack d'avant, celui qui ne la connaissait pas. Ça faisait mal.

À la fin des cours, près des casiers, elle vit Oliver en train de rire de quelque chose que lui racontait Dylan. Ce dernier lui envoya un regard compatissant.

– Je te rejoins plus tard, mon pote, dit-il en donnant à Oliver une tape dans le dos. À plus, Theo.

– Bye, Dylan, dit-elle.

Après le bal, ils étaient allés tous les trois – Bliss, Dylan et elle – s'en payer une tranche chez *Sofia Fabulous Pizza*. Ils avaient cherché Oliver, mais ce dernier était déjà parti. Il ne leur pardonnerait sans doute jamais d'avoir fait quelque chose sans lui. Plus précisément, il ne *lui* pardonnerait jamais. Elle le connaissait assez bien pour comprendre qu'elle s'était rendue coupable de haute trahison. Elle aurait dû le suivre dans l'escalier, mais à la place elle avait dansé avec Jack Force. À présent, il allait la punir en la privant de son amitié. Une amitié dont elle dépendait comme du soleil.

– Hé, Ollie ! dit-elle.

Oliver ne répondit pas. Il continua de ranger ses livres dans sa besace sans la regarder.

– Ollie, allez, insista-t-elle.

– Quoi ?

Il haussa les épaules comme s'il venait de se rendre compte de sa présence.

– Quoi, « quoi » ? Tu sais très bien quoi, dit-elle, les yeux lançant des éclairs.

Par moments, son numéro permanent de pauvre malheureux la mettait hors d'elle. Comme si elle n'avait même pas le droit d'avoir d'autres copains ! Quel genre d'ami était-ce là ?

– Tu ne m'as pas appelée de tout le week-end. Je croyais qu'on devait aller voir un film.

Olivier fronça les sourcils.

– Tu crois ? Aucun souvenir d'avoir fait de tels projets. Mais, tu sais, il y a des gens qui changent d'avis sans prévenir.

– De quoi tu parles ?

– De rien.

Il haussa les épaules.

– Tu m'en veux à cause de Jack Force ? demanda-t-elle, véhémente. Parce que, si c'est ça, c'est vraiment complètement naze.

– Tu, euh... tu l'aimes, ou quelque chose comme ça ? fit Oliver d'un air affligé. Ce *loser* de sportif à deux balles ?

– Ce n'est pas un *loser* ! s'écria Theodora.

Elle fut surprise de l'énergie avec laquelle elle défendait soudain Jack Force. Oliver se renfrogna. Il aplatit son épi d'un geste impatient.

– Bon. Si c'est ce que tu crois, espèce de zombie...

L'Invasion des profanateurs de sépultures était un de leurs films préférés. C'était une histoire d'extraterrestres conformistes qui prenaient la place de tous les gens intéressants. Ces profanateurs faisaient une fixette sur tout ce qui les entourait : des sacs Marc Jacobs ! Des cheveux raidis à la japonaise ! Jack Force !

Theodora culpabilisait sans bien comprendre pourquoi. Était-ce si grave de trouver que Jack Force était un type bien ? Bon, d'accord, c'était une star du lycée, la plus grande – il fallait bien le reconnaître –, et oui, d'accord, elle avait toujours froncé le nez devant toutes les groupies qui pensaient qu'il marchait sur l'eau. C'était tellement prévisible de craquer pour Jack Force ! Il était intelligent, beau et athlétique ; il faisait tout sans effort. Mais ce n'était quand même pas parce qu'elle avait décidé de ne plus le trouver antipathique qu'elle était devenue une espèce de robot sans cervelle, n'est-ce pas ? Si ? Elle était contrariée de ne pas pouvoir en juger.

– Tu es jaloux, c'est tout, l'accusa-t-elle.

– De quoi ?

Les yeux d'Oliver s'agrandirent et son visage pâlit.

– Aucune idée, mais tu es jaloux.

Elle écarta les bras et haussa les épaules dans un geste d'impuissance. On en revenait toujours au sale monstre vert, pas vrai ? Elle supposait que, jusqu'à un certain point, Oliver aurait aimé ressembler plus à Jack. Être adoré. Comme Jack.

– C'est ça, fit Oliver, sarcastique. Je suis jaloux de son talent pour courir après une balle avec un bâton, railla-t-il.

– Oliver, ne sois pas comme ça, s'il te plaît ! Je veux vraiment reparler de tout ça avec toi, mais j'ai une réunion tout de suite... C'est au Comité, et je...

– Tu as été admise au Comité ? demanda Oliver, incrédule. *Toi* ?

On aurait dit qu'il n'avait jamais rien entendu d'aussi ridicule de toute sa vie.

Était-ce tellement invraisemblable ? Theodora rougit. Elle n'était rien, d'accord, mais sa famille avait eu beaucoup d'importance, et n'était-ce pas tout le principe de ce truc à la noix ?

Mais, même si elle avait horreur de l'admettre, il n'avait pas tort. Elle-même s'était bien demandé ce qui lui valait un tel honneur, même si sa grand-mère avait encore eu ce petit air satisfait, l'autre après-midi, lorsque l'épaisse enveloppe blanche était arrivée. Cordelia lui avait lancé le même regard approbateur que lorsque les marques étaient apparues pour la première fois sur ses bras. Comme si elle voyait sa petite-fille pour la première fois. Comme si elle était fière d'elle.

Elle n'en avait même pas parlé à Oliver puisque, à l'évidence, il n'avait rien reçu : il ne lui aurait jamais caché une chose pareille. Elle était d'ailleurs très surprise qu'il n'ait pas été choisi alors que sa famille était propriétaire de la moitié de l'Upper East Side et de tout le comté de Dutchess.

– Ouais, très marrant, ha-ha, d'accord ? fit-elle.

Le visage d'Oliver se crispa. De nouveau, il se renfrogna. Il secoua la tête.

– Et tu ne m'en as rien dit ? Je ne sais même plus qui tu es.

Elle le regarda s'éloigner d'elle dans le couloir. Chacun de ses pas semblait creuser l'énorme fossé qui les séparait à présent. C'était son meilleur ami. La personne à qui elle faisait le plus confiance au monde. Comment pouvait-il lui reprocher de se joindre à une crétinerie de club mondain ? Mais elle savait pourquoi il était en colère. Jusqu'à présent, ils avaient tout fait ensemble. Or elle était invitée au Comité, et lui non. Leurs chemins s'étaient soudain divisés. Theodora trouvait tout cela complètement idiot. Elle irait à une réunion, puisque sa grand-mère y tenait, et puis elle laisserait tomber. Il n'y avait certainement rien dans le Comité qui puisse l'intéresser.

DIX-NEUF

L'air terrifié des sang-neuf était à mourir de rire. Mimi se revoyait assise dans cette même salle, un an plus tôt, persuadée qu'ils allaient tous se mettre à organiser le bal annuel des Quatre-Cents (thème ? décor ? invitations ?) et que ce serait tout. Bien sûr, Jack savait que quelque chose se préparait, car rien ne lui échappait jamais vraiment – et apparemment certains d'entre eux avaient une idée plus précise que les autres de ce qui se passait.

Mimi aussi avait eu des flash-backs, des souvenirs qui lui tombaient dessus sans prévenir. Comme la fois, à Martha's Vineyard, où au lieu d'être devant le *Black Dog* elle s'était retrouvée devant une ferme, accoutrée d'une hideuse robe en vichy... Incroyable mais vrai. Ou encore la fois où, sans avoir rien révisé, elle avait eu tout bon à son interro de français : soudain, elle s'était rendu compte qu'elle parlait couramment la langue.

Elle sourit intérieurement à ces souvenirs et regarda entrer plusieurs membres seniors du Comité – parmi lesquels sa mère –, leurs talons Blahnik cliquetant doucement sur le sol de marbre rose. Le silence se fit. Les femmes tirées à quatre épingles se saluèrent du menton et firent gaiement signe à leurs enfants.

Le salon Jefferson était la salle principale du manoir Flood. Il y avait une haute coupole, plusieurs portraits peints par Gainsborough. Au centre, les nouveaux membres étaient assis autour d'une vaste table ronde, l'air tour à tour morts d'ennui et morts de peur. Mimi ne les reconnaissait pas tous, car certains venaient d'autres lycées. *Mon Dieu, les uniformes du lycée Nightingale sont vraiment monstrueux*, se dit-elle. Les autres membres juniors, installés sur les bureaux, adossés aux fenêtres ou encore debout bras croisés, observaient la scène en silence. Mimi remarqua que, pour une fois, son frère Jack avait daigné les honorer de sa présence.

Donc, les Sentinelles avaient finalement décidé d'inviter la fille Van Alen. C'était bizarre. Mimi n'avait aucun souvenir d'elle dans le passé, pas même de Plymouth. Elle avait bien dû être là, quelque part ; Mimi n'aurait qu'à creuser plus loin dans son subconscient. En parcourant la salle des yeux, elle voyait miroiter par bribes les vies passées de tout le monde. Katie Sheridan, par exemple, était une amie de longue date : c'est ensemble qu'elles avaient fait leurs premiers pas dans la vie mondaine, au bal des débutantes de 1850. Plus tard cette année-là, Lissy Harris était venue à son mariage à Newport. Mais, avec Theodora, rien de tout cela.

Quant à Jack, ils avaient été ensemble de toute éternité. Son visage était le seul qu'elle rencontrât constamment, l'attendant à chaque incarnation de son passé. Si Mimi s'entraînait encore à la méditation, peut-être serait-elle capable d'accéder aux replis les plus reculés de son histoire, de remonter à leur création, en Égypte, avant le déluge.

Mrs Priscilla Dupont, un pilier des pages mondaines de la ville, la force financière et sociale qui soutenait les institutions culturelles les plus augustes de New York, s'avança. Comme les autres femmes derrière elle, elle était d'une minceur surnaturelle et sa coupe au carré crémeuse offrait un cadre doux à son visage sans rides. Elle avait une silhouette sévère dans son tailleur noir Carolina Herrera de coupe stricte. En tant que présidente du Comité et Sentinelle en chef, elle ouvrit la séance.

– Bienvenue à la première réunion de la saison du Comité de la banque du sang de New York, dit-elle avec un sourire gracieux. Nous sommes très fiers de vous voir tous réunis ici.

Mimi s'absorba un moment dans ses pensées, écoutant d'une oreille le laïus sur le service civil et les obligations dues au rang, ainsi que l'énumération des nombreux services rendus par le Comité à la communauté. Le bal annuel, par exemple, rapportait d'énormes sommes d'argent pour les programmes de recherche sur le sang, dédiés à l'éradication de maladies comme le sida ou l'hémophilie. Le Comité avait fondé des hôpitaux et des instituts universitaires, et avait joué un rôle clé dans le financement de la recherche sur les cellules souches et autres avancées de la médecine. Puis, après ce bla-bla sans surprise, Mrs Dupont regarda avec insistance les dix jeunes gens assis autour de la table.

– Mais aider les autres n'est pas la seule fonction du Comité.

Il y eut un silence plein d'expectative. Mrs Dupont regarda chaque élève tour à tour avant de parler.

– Vous êtes réunis ici ce soir parce que vous êtes hors du commun.

Sa voix avait une qualité mélodieuse, cultivée : apaisante et patricienne à la fois.

Mimi vit que Bliss Llewellyn semblait mal à l'aise. Elle l'avait tarabustée à propos de Dylan, mais cela s'était retourné contre elle. Bliss avait même menacé de ne pas venir à la réunion ; heureusement, Mimi avait trouvé le moyen de la faire changer d'avis.

– Certains d'entre vous ont pu constater des changements dans leur corps. Combien ont commencé à remarquer des marques bleues sur leurs bras ? demanda Mrs Dupont.

Plusieurs mains se levèrent ; quelques bras luisaient de la lumière saphir qui leur traversait la peau.

Elle hocha la tête.

– Bien. C'est le sang qui commence à se manifester.

Mimi se rappelait bien comme elle avait paniqué lorsque ses premières marques étaient apparues. De l'épaule au poignet, leurs arabesques compliquées dessinaient presque un motif cachemire. Jack lui avait montré les siennes, et ils avaient constaté encore une de ces quasi-coïncidences qui n'en étaient pas vraiment : s'ils tenaient leurs bras l'un contre l'autre, les motifs se raccordaient parfaitement.

Les marques de sang dressaient la carte de leur histoire personnelle, leur expliqua Mrs Dupont : c'était le sang qui s'affirmait, le *sangre azul*, le signe qui les affiliait à leur clan.

– Certains d'entre vous se découvrent soudain des capacités dans un domaine ou un autre. Avez-vous remarqué que vous excelliez à des examens pour lesquels vous n'aviez pas révisé ? Ou que votre mémoire avait une précision photographique ?

Nouveaux hochements de tête, quelques murmures.

– Est-ce que quelqu'un a remarqué que parfois le temps passait à toute vitesse ou, au contraire, ralentissait à l'extrême ?

Mimi hocha la tête. C'était cela, en partie : ces souvenirs qui vous arrachaient au présent pour vous précipiter dans le passé. On marchait dans la rue, tranquille, et soudain on se retrouvait dans la même rue mais à une époque complètement différente. C'était comme de regarder un super-bon film, sauf qu'on jouait dedans.

– Êtes-vous conscients que vous pouvez manger tant que vous voulez sans jamais prendre un gramme ?

Petits rires parmi les filles. Un bon métabolisme, pensaient les sang-rouge. Mimi elle-même ne put s'empêcher de pouffer. Comme si c'était possible de manger autant de choux à la crème qu'on voulait et de rester aussi mince qu'elle. C'était ce qu'elle préférait dans le fait d'être une sang-bleu : faire partie des veinards. Des élus.

– Le goût de la viande cuite vous est devenu insupportable. Vous avez des fringales de cru, de saignant.

Regards gênés autour de la table. Bliss avait l'air particulièrement pâle. Mimi se demanda si d'autres avaient vécu la même chose qu'elle, la fois où elle avait dévoré plusieurs énormes steaks crus à elle toute seule ; elle s'était rempli la bouche jusqu'à ce que le sang lui dégouline sur le menton et qu'elle ait l'air bonne pour l'asile. Vu les têtes autour de la table, Mimi était prête à parier que c'était arrivé à pas mal de monde.

– Une dernière question : combien d'entre vous ont pris des animaux de compagnie depuis un an ? Des chiens, en particulier ?

Tout le monde leva la main. Mimi se remémora comment un jour elle avait trouvé son chow-chow Pookie sur la plage, dans les Hamptons, et comment son frère avait eu Patch le soir même. Leur père en était si fier !

– Combien de chiens de chasse ?

Seule Theodora leva la main. Mimi fit la grimace. Son frère Jack aussi en aurait mérité un : le top du top. C'était contrariant.

– Nous sommes ici pour vous dire de ne pas vous inquiéter. Tout ce que vous traversez est normal. La raison en est que, comme moi, comme vos amis et camarades de classe assis autour de vous, comme vos parents, vos grands-parents, vos frères et sœurs et toute votre famille, vous faites partie de la longue et noble tradition des Quatre-Cents.

Mrs Dupont claqua des doigts et toutes les lumières de la salle s'éteignirent. Mais elle, comme les autres membres du Comité, était encore éclairée. Ils brillaient tous d'une lumière intérieure, qui accentuait leurs traits. Ils semblaient taillés dans du marbre blanc, translucide.

– Voici ce que nous appelons l'*illuminata*. C'est un de nos dons, qui nous guide dans la nuit et nous permet de nous reconnaître entre nous.

Il y eut des cris du côté des nouveaux.

– Vous n'avez aucune raison de vous inquiéter. Vous êtes en sécurité ici, car nous sommes tous les mêmes.

Sa voix prit une qualité mélodique, hypnotique.

– Tout cela fait partie du « cycle de l'Expression ». Vous êtes les nouveaux sang-bleu. Le jour est venu de vous faire prendre place dans votre histoire secrète. Bienvenue dans votre nouvelle vie.

Les visages des élèves étaient pétrifiés par le choc. Mimi se rappelait comme elle avait été terrifiée, elle aussi ; mais ce n'était pas du Comité qu'elle avait peur. C'était une terreur différente, d'une nature plus complexe : la terreur de connaître enfin la vérité. Elle lisait la même peur sur les visages des nouveaux membres.

Ils s'embarquaient pour un voyage vers les ténèbres qu'ils portaient en eux-mêmes.

Vingt

Des vampires ?

Ils avaient perdu la boule, ou quoi ?

Donc, le Comité servait de façade à une bande de monstres de série B suceurs de sang ? Alors, comme ça, ce n'était pas une simple confrérie mondaine. Ils n'étaient pas que des gosses de riches. Ce n'est pas en vomissant tout ce qu'ils avalaient qu'ils restaient minces. Et ils n'étaient pas champions de course à pied, incroyablement athlétiques ou extraordinairement intelligents par simple talent. C'était parce qu'ils étaient – non, mais vraiment, il y avait de quoi rire ! – des *non-morts* ?

Theodora avait assisté à tout cela à demi consternée, à demi fascinée par cette cérémonie digne d'une secte. En s'inscrivant, elle s'attendait à tout sauf à cela. Il fallait qu'elle sorte de là. Elle repoussa sa chaise, prête à quitter la pièce.

Mais elle faiblit dans sa résolution et se rassit. C'était tout de même trop impoli et sans doute contraire à son intérêt. Dans tout ce qu'ils avaient dit, trop de choses étaient convaincantes. Les marques bleues sur ses bras, par exemple.

Apparemment, leur sang brillait à travers la peau parce qu'il commençait à s'affirmer, à se reconnecter avec tout le savoir, toute la sagesse et tous les souvenirs de leurs anciennes vies. Car c'était leur sang qui était *vivant*, qui faisait d'eux des non-morts. Ce sang était immémorial, il datait du début des temps. C'était la base de données vivante de leur conscience immortelle. Il avait une volonté propre : grandir en tant que sang-bleu, c'était apprendre à retrouver et à contrôler la vaste intelligence que l'on portait en soi.

L'enveloppe physique expirait au bout d'une centaine d'années, puis on reposait, évoluant jusqu'au moment où l'on était rappelé pour une nouvelle phase du cycle. On pouvait aussi choisir de ne pas reposer : on gardait alors la même enveloppe physique et on devenait un Immortel, comme certains des Aînés – mais il fallait une dispense spéciale pour cela. La plupart des sang-bleu se soumettaient au cycle. Comment appelaient-ils cela ? Les trois stades de la vie de vampire : Expression, Évolution, Expulsion.

Et le passage sur le chien de chasse ! Rien à redire là-dessus. Beauty l'avait suivie jusque chez elle un beau jour, et Theodora avait eu la sensation que la créature faisait partie d'elle-même. Mrs Dupont leur avait expliqué que leurs compagnons canins étaient en fait une fraction de leur âme projetée dans le monde physique pour veiller sur eux. Les années vécues entre quinze et vingt et un ans étaient appelées « années du Crépuscule » pour les sang-bleu. C'était la période la plus vulnérable du cycle de l'Expression, pendant laquelle ils abandonnaient leur moi humain pour prendre leur identité de vampire. La Manifestation du sang, qui déclenchait les chocs mémoriels, les vertiges et les nausées, les affaiblissait. Les chiens étaient leurs anges gardiens, ils étaient là pour s'assurer que les sang-bleu atteignent la phase suivante intacts.

Quand même, tout cela était incroyable. Elle avait cru que le Comité leur faisait une blague d'Halloween quand ils s'étaient illuminés comme ça. Même Jack. C'était donc pour cela qu'il était si lumineux l'autre soir au bal ! Voilà pourquoi elle avait pu le voir dans le noir.

Vivement qu'elle en parle à Oliver !

Mais, oh ! Il ne fallait pas. Les sang-rouge – les humains – ne devaient pas savoir. Enfin presque : les « familiers » humains – ceux avec qui on faisait ce truc au nom latin, le terme élaboré pour le pompage de sang –, ceux-là pouvaient être mis au courant, mais ensuite la cérémonie leur faisait tout oublier ou quelque chose comme ça. Il y avait dans le processus une sorte d'essence hypnotique qui les rendait amnésiques et fidèles aux sang-bleu. Theodora ne pouvait pas s'imaginer avoir envie de sucer le sang de quiconque. C'était tout simplement dégueu. Mais, de toute manière, elle avait failli oublier : elle ne pouvait pas raconter tout cela à Oliver, puisqu'il ne lui parlait plus.

Et puis il y avait toutes ces règles qui gouvernaient l'extraction du sang : par exemple, on ne pouvait avoir que quelques familiers humains à la fois, et il ne fallait pas les utiliser plus d'une fois par quarante-huit heures. Apparemment, la vie de vampire ne ressemblait pas du tout aux histoires qu'elle avait lues ou vues à la télé, simples leurres créés par la Conspiration (une branche du Comité spécialement mise en place pour éviter que les sang-rouge ne se doutent de leur véritable existence). C'était un sang-bleu à l'humour macabre qui avait inventé le mythe du « comte Dracula ». La Conspiration avait participé activement à la désinformation. Tout ce qui était censé être fatal aux vampires – crucifix, ail, lumière du jour –, c'était de l'intox. Leur conception d'une bonne blague, en quelque sorte.

Car, aux dires du Comité, rien ne pouvait tuer un vampire. Rien ! La mort n'était qu'une illusion.

Theodora découvrit que, si les sang-bleu n'aimaient pas les crucifix, c'était parce qu'ils leur rappelaient leur chute, leur bannissement du royaume des Cieux. (Ces gens déliraient vraiment à pleins tubes, se dit-elle. Ils se prenaient réellement pour d'anciens anges ou quelque chose comme ça. Comme si le monde avait besoin de ça ! Encore des riches qui se mettaient sur un piédestal.) Il s'avéra que si l'ail n'était pas de mise, c'était simplement à cause de l'odeur. Mrs Dupont en avait rajouté des tonnes sur le fait que les sang-bleu étaient des esthètes, qui plaçaient au-dessus de tout la beauté et l'harmonie (et ils dédaignaient la cuisine italienne ?). Quant à la lumière du jour, eh bien, une fois de plus elle leur rappelait le paradis, dont ils avaient été chassés ; mais, en réalité, la plupart des vampires adoraient le soleil... d'où le bronzage intense de plusieurs membres du Comité.

Ils vivaient pour l'éternité, mais ne restaient pas éternellement la même personne. À chaque cycle, leur nombre n'était que de quatre cents. Ils pouvaient ingérer de la nourriture, mais la plupart ne le faisaient que par habitude, ou pour éviter d'attirer l'attention en société. Arrivés à un certain âge, ils n'avaient plus besoin que de sang humain pour se recharger. Theodora apprit aussi que soumettre un humain à la consomption complète, c'est-à-dire le tuer en le vidant de tout son sang, était le plus grand de tous les tabous. C'était le premier commandement du Code des vampires : aucun mal ne devait être fait aux familiers.

Comme les humains ne supportaient qu'un prélèvement limité de sang, la plupart des sang-bleu avaient plusieurs familiers qu'ils saignaient en alternance sous couvert de liaisons multiples. Voilà donc pourquoi Mimi avait tellement d'amants ! Tout cela faisait partie intégrante de la vie de vampire. Et Kitty Mullins... était-elle l'une des familières de Jack ? Certainement, puisqu'elle était absente de l'assemblée. Soudain, Theodora ne fut plus jalouse du tout. Elle la plaignait.

La Sentinelle leur apprit que leur clan avait pour mission ultime de traverser les cycles d'Expression jusqu'au point où Dieu leur pardonnerait et les admettrait de nouveau au paradis.

Mais bien sûr.

Theodora n'en croyait pas un mot. C'était une farce idiote et pas drôle imaginée par quelqu'un de vraiment tordu. Elle s'attendait presque à voir une caméra de télé-réalité surgir d'un placard. Mais presque tous les autres chuchotaient entre eux, et quelques personnes assises près d'elles pleuraient de soulagement.

– J'étais tellement inquiète que je devenais folle, entendit-elle de la bouche de Bliss Llewellyn.

En signant leurs papiers d'inscription, ils s'étaient aussi engagés à suivre le Code des sang-bleu. Ce code était l'équivalent des Dix Commandements pour les vampires – la règle fondatrice –, et ils étaient soumis à sa loi.

Chaque lundi ils en apprendraient plus sur leur histoire et sur la façon de contrôler leurs dons. Les pouvoirs vampiriques se manifestaient de différentes manières, les plus communes étant une intelligence hors du commun et une force surnaturelle. La plupart des vampires lisaient dans les pensées des humains, mais seuls les plus puissants savaient contrôler les esprits, imposer par suggestion leur volonté à des êtres plus faibles. Quelques-uns étaient capables de changer de forme à volonté. Le plus rare de tous les pouvoirs était la capacité d'arrêter le temps, mais un seul sang-bleu dans l'histoire avait pu en faire la démonstration, et encore ne l'avait-il fait qu'une seule fois au cours des longs siècles passés sur Terre.

Les réunions devaient aussi aider les jeunes vampires à trouver un but pour le cycle qu'ils traversaient. Theodora apprit que les sang-bleu étaient présents derrière presque toutes les ressources culturelles de la ville, notamment le Metropolitan Museum of Art, le Museum of Modern Art, la Frick Collection, le Guggenheim, le New York City Ballet et le Metropolitan Opera. Ils présidaient les conseils d'administration, recrutaient les conservateurs et organisaient les collectes de fonds. C'était leur argent qui maintenait en vie toutes ces merveilleuses institutions.

Mrs Dupont leur expliqua qu'en grandissant ils seraient appelés à participer à tous les différents comités. Déjà, la jeune génération des sang-bleu apportait sa pierre en organisant un bal pour sauver Venise, les soirées Jeunes Collectionneurs du musée Whitney ou encore des représentations de bienfaisance pour la transformation de l'ancienne ligne de métro aérien en promenade plantée, parmi bien d'autres justes causes.

Oh, et bien sûr, ils organisaient aussi le bal annuel des Quatre-Cents. Cette somptueuse réception, la plus importante de l'année, se tenait en décembre dans la salle de bal de l'hôtel

St. Regis. Elle perpétuait une tradition inaugurée par une bande de sang-bleu au temps de l'Âge d'or. À l'époque, on l'appelait le « Bal patricien ».

Mais Theodora ne croyait toujours pas un mot de tout cela. Après la fin de la réunion, plusieurs nouveaux membres se regroupèrent pour parler avec les juniors et les seniors et leur poser encore des questions. Theodora, elle, se dépêcha de sortir. Elle ne remarqua pas que quelqu'un l'avait suivie.

Il apparut tout d'un coup devant elle.

– Salut.

Jack Force souriait. Il était adorablement ébouriffé, comme d'habitude. Ses yeux étaient des émeraudes dans son beau visage sculptural.

– Bon Dieu, comment tu fais ça ? s'écria-t-elle.

Jack haussa les épaules.

– Ils t'apprendront. C'est l'un des trucs qu'on sait faire.

– Oui, eh bien, « on » ne va pas traîner ici assez longtemps pour apprendre, dit-elle en l'écartant de son chemin.

– Theodora, attends.

– Pourquoi ?

– Ça ne devait pas se passer comme ça. Cette réunion a été convoquée trop tôt. Normalement, elle a lieu au printemps. Et, à ce moment là, tout le monde a déjà compris, à cause des souvenirs. On commence à savoir avant qu'on nous le dise, et la réunion n'est qu'une formalité. D'habitude, quand on est admis au Comité, on est déjà dans le secret.

– Hein ?

– Je sais que ça fait beaucoup. C'est énorme à assimiler. Mais tu te rappelles samedi soir ? Quand on a dansé la valse ? On l'a vu parce que c'est arrivé dans le passé. Tout ce qu'elle a dit ce soir était vrai.

Theodora secoua la tête. Non, elle n'allait pas marcher là-dedans. Ils avaient peut-être tous bu des sodas arrosés d'alcool là-dedans, mais elle gardait la tête sur les épaules, elle. Les choses comme le vampirisme, les vies passées ou l'immortalité, ça n'existait pas dans le monde réel. Et Theodora était un membre officiel du monde réel. Elle n'avait aucune intention de s'inscrire chez les dingues dans les jours à venir.

– Fais ça, dit Jack en se tapotant le côté de la mâchoire supérieure.

– Pourquoi ?

– Tu devrais commencer à les sentir. Juste là, dit-il en appuyant du pouce et de l'index sur les deux côtés de sa bouche.

– Là ?

– Oui, je sais, les sang-rouge croient qu'on les a dans les canines, mais c'est encore une invention de la Conspiration. Nos dents de sagesse sont celles qui sont un peu plus loin sur le côté.

– Les dents de sagesse ? Comme celles qu'on se fait enlever chez le dentiste ? demanda Theodora en se retenant de lever les yeux au ciel.

– Oh, j'ai oublié que les sang-rouge les appellent aussi comme ça. Non, pas aussi loin au fond. Ils nous ont piqué l'expression, mais ce n'est pas du tout la même chose. Vas-y, essaie. C'est à cette période qu'elles commencent à apparaître.

Cette fois, elle leva vraiment les yeux au ciel. Mais elle se mit un doigt dans la bouche pour voir si elle remarquait quelque chose.

– Rien, il n'y a pas de... Oh.

Sous une petite dent qu'elle n'avait jamais remarquée, de chaque côté, elle sentait une pointe acérée.

– En te concentrant bien, tu peux les faire sortir.

Elle passa le doigt dessus et visualisa les dents en train de s'allonger, de s'extraire de ses gencives. Étonnamment, de petits crocs d'émail aiguisés se mirent à pointer vers le bas.

– Tu peux apprendre à les sortir et à les rétracter.

Ce que fit Theodora, en suivant du doigt le bout de la dent, pointu comme une aiguille. Elle eut une nausée d'excitation incontrôlable.

Car c'est à ce moment-là qu'elle comprit pour de bon ce qu'elle refusait d'admettre depuis le début.

Elle était un vampire. Immortelle. Dangereuse. Ses crocs étaient assez aiguisés pour extraire le sang, pour percer une peau humaine. Elle les rétracta lentement, souffrant déjà de leur disparition.

Elle était vraiment des leurs.

Vingt et un

Après la fin de la séance, Bliss était encore sous le choc de tout ce qu'elle avait appris. Elle était un vampire – ou plutôt, se corrigea-t-elle, un « vam-pyre », ce qui signifiait « ange de feu » dans l'ancienne langue –, une sang-bleu. L'un des non-morts. Voilà qui expliquait les souvenirs, les cauchemars, les voix dans sa tête. C'était bizarre de penser que son sang était vivant, et pourtant c'est bien ce qu'on leur avait dit : ils avaient déjà vécu jadis, il y avait très longtemps, et on les rappelait lorsque leur présence était nécessaire. Un jour ils auraient la maîtrise de tous leurs souvenirs et ils apprendraient à s'en servir.

Cette révélation l'avait profondément soulagée. Elle n'était donc pas folle, elle ne perdait pas les pédales. Ce qui lui était arrivé au Met l'autre après-midi, quand elle avait perdu conscience juste avant d'embrasser Dylan, faisait sans doute partie du processus. C'était de cela que le Dr Pat voulait parler. Donc, elle était bien normale. Les vertiges et les nausées aussi étaient normaux. Après tout, son corps changeait, son sang changeait. Peut-être que, maintenant qu'elle en connaissait la cause, ses cauchemars ne lui feraient plus aussi peur.

Mimi souriait jusqu'aux oreilles lorsque la séance fut levée. Elle rejoignit Bliss.

– Ça va ? lui demanda-t-elle doucement.

Elle savait qu'il fallait s'habituer à l'idée. Mais, d'un autre côté, découvrir qu'on était un sang-bleu, c'était un peu comme recevoir un diplôme ou une promotion. Lorsque Jack et elle avaient été initiés, leurs parents leur avaient offert une fête surprise au *Club 21*.

Bliss fit « oui » de la tête.

– Viens, lui dit Mimi. On va se taper un steak tartare.

Elles se rendirent à pied au restaurant *La Goulue*, à quelques blocs de là, et s'installèrent en terrasse. L'après-midi tirait à sa fin, mais il faisait encore assez beau et chaud pour que l'on puisse rester dehors. Elles passèrent rapidement leur commande.

– Bon, alors, que tout soit bien clair. On ne peut pas se faire tuer ? demanda Bliss en rapprochant sa chaise de celle de Mimi pour que personne ne puisse les entendre.

– Non, on vit éternellement, dit Mimi avec désinvolture.

– Éternellement éternellement ?

Bliss ne se sentait pas capable d'affronter cette idée. Comment, au juste, pouvait-on rester toujours en vie ? Non, parce que... est-ce qu'on ne devenait pas toute ridée et tout ?

– Éternellement éternellement, répondit Mimi en écho.

– Et le coup du pieu en argent dans le cœur ?

– Seulement s'il vient de chez *Tiffany*, plaisanta Mimi.

Elle prit une gorgée de San Pellegrino.

– Non, sérieux, tu as trop regardé *Buffy*. Rien ne peut nous faire de mal. Mais tu sais comment ça se passe à Hollywood. Il fallait bien qu'ils trouvent un moyen de nous tuer – au cinéma, en tout cas. Je ne sais pas ce qui nous vaut une telle condamnation. (Elle sourit doucement, superbe et monstrueuse.) Tout ça a été inventé par la Conspiration, tu sais. Ils adorent rouler les sang-rouge dans la farine.

Bliss avait la tête qui tournait. Il y avait encore des choses qu'elle ne comprenait pas.

– Mais on meurt au bout de cent ans ?

– Notre enveloppe physique seulement. Si on fait ce choix-là. Nos souvenirs durent éternellement, donc on n'est jamais vraiment morts, dit Mimi en saisissant la petite bouteille verte d'eau pétillante pour prendre encore une gorgée.

– Et le pompage de sang et tout ça ?

– C'est marrant, dit Mimi, dont le regard se voila rêveusement à la pensée de son bel Italien. Encore meilleur que de faire l'amour.

Bliss rougit.

– Ne fais pas ta coincée. J'ai eu des tonnes d'humains.

– Espèce de salope de vampire ! rigola Bliss.

Mimi commença par se vexer, puis le prit avec humour.

– Ouais, c'est tout moi. Une vraie vamp.

Leurs plats arrivèrent : un carpaccio de thon cru en tranches bien roses pour Mimi, une montagne de steak tartare baignant dans l'œuf cru pour Bliss.

Cette dernière eut une pensée reconnaissante pour l'inconnu qui avait lancé la mode de manger du bœuf cru, et attaqua son entrée. Elle se demanda ce que Dylan penserait d'être son familier humain. Est-ce qu'il suffisait de commencer par... vous savez, le bécoter, et puis crac, le boulotter d'un coup ?

La terrasse se remplissait rapidement de dîneurs venus des

alentours. C'étaient pour la plupart des femmes en manteau chic, de cuir ou de daim, et jean parfait, avec des sacs de boutiques de Madison Avenue bourrés à craquer, qui s'arrêtaient pour se requinquer vite fait après une épuisante journée de shopping. Bliss regarda autour d'elle. Elle se demanda combien d'entre elles étaient des sang-bleu. Peut-être toutes ?

– Et le soleil, alors ? Je veux dire, ça ne nous tue pas ? demanda-t-elle entre deux bouchées.

Le steak fondait sur sa langue, acide et froid.

– En ce moment, est-ce que tu es en train de te ratatiner et de mourir ? ricana Mimi. Réfléchis, on va tous à Palm Beach pour Noël tous les ans !

Bliss dut admettre qu'elle n'était pas en train de se désintégrer sous les rayons du soleil. Mais sa peau la picotait indéniablement, ce dont elle fit part à Mimi.

– Va donc voir le Dr Pat. Si tu es allergique, elle te donnera une pilule. Certains d'entre nous le sont, c'est génétique. Mais tu as de la chance, cette pilule fait aussi partir l'acné. C'est pas génial, ça ?

Mimi posa sa fourchette, s'essuya les lèvres avec sa serviette, puis sortit une petite lime à ongles et s'en servit pour aiguiser ses dents du fond.

– C'est bon pour les crocs, dit-elle prosaïquement à Bliss.

Cette dernière était déconcertée. Depuis un moment, en regardant Mimi assise en face d'elle, elle voyait le visage d'une personne qu'elle avait l'impression d'avoir connue jadis.

– Ça t'est arrivé, pas vrai ?

– Quoi ?

– Tu m'as vue. Ou, tu sais, une version de moi, dans une de tes vies passées.

– C’était ça ?

– J’étais qui ? demanda Mimi, curieuse.

– Tu ne sais pas ?

Mimi soupira.

– Pas vraiment, non. On peut entrer en méditation pour tout apprendre sur sa propre histoire, mais c’est un peu soûlant. On n’est pas obligé.

– Tu te mariais, dit Bliss. Avec une couronne sur la tête.

– Hmmm. (Mimi sourit.) Je me demande quand c’était. Je ne me souviens pas de ça. J’ai été mariée à Boston, à Newport et à Southampton (le Southampton d’Angleterre, pas de Long Island). C’est de là qu’on vient, tu sais. Du moins, jusqu’à notre arrivée ici. Je me rappelle notre installation à Plymouth, pas toi ? C’est le plus loin que je puisse remonter. Pour l’instant.

Mais Bliss ne raconta pas à Mimi que dans ce flash-back elle l’avait vue embrasser passionnément le marié. Et que ce marié ressemblait énormément à son frère, Jack. Ça foutait trop les jetons. Il y avait peut-être une explication sang-bleu à cela mais, pour l’instant, Bliss préférait garder cette image dérangeante pour elle.

VINGT-DEUX

Cordelia avait demandé à Theodora de la retrouver dans le lobby de l'hôtel *St. Regis* à l'heure du thé. Elle l'attendait à leur table habituelle, installée au milieu d'une belle salle lumineuse, la chienne couchée à ses pieds. En temps normal, le *St. Regis* n'admettait pas les animaux dans la salle à manger, mais ils faisaient une exception pour Cordelia. Après tout, le restaurant de l'hôtel, l'*Astor Court*, portait le nom de sa bisaïeule.

Theodora la rejoignit, en proie à un mélange de colère et d'appréhension.

Sa grand-mère était assise, sereine, les mains croisées sur les genoux. Elle semblait en grande forme, pleine d'énergie. Sa peau était éclatante et ses cheveux, d'un blond platiné, ne comptaient que quelques fils argentés. Pour la première fois, Theodora remarqua qu'elle était toujours radieuse comme cela après son traitement hebdomadaire chez Jorge. Mais à présent elle se demandait... Le flamboyant Sud-Américain n'était-il vraiment que son coiffeur ? Ou comptait-il parmi ses familiers humains ? Theodora se dit qu'elle préférait ne pas le savoir.

– Puis-je être la première à te féliciter ? lui demanda Cordelia.

– Je ne vois pas de quoi je devrais me réjouir, répondit Theodora.

Cordelia lui montra d'un geste la chaise en face d'elle.

– Assieds-toi, ma petite-fille. Nous avons beaucoup de choses à nous dire.

Un serveur en smoking s'approcha. Cordelia commanda le thé complet et ses trois plateaux.

– Fleurs de Chine pour moi, décida Cordelia en refermant la carte.

Theodora s'assit, et Beauty vint nicher sa tête sur ses genoux. Elle lui tapota distraitement le crâne en se demandant si l'animal était vraiment son ange gardien ou juste un chien errant qu'elle avait trouvé dans la rue. Elle feuilleta distraitement le menu relié de cuir.

– De l'earl grey, ça me va très bien, merci.

Quand le serveur se fut éloigné, elle reprit la parole.

– Pourquoi tu ne m'as pas parlé de tout ça plus tôt ?

– Ce n'est pas dans nos usages, dit simplement Cordelia. Le fardeau de savoir qui nous sommes ne doit pas nous être imposé avant que nous soyons prêts. Et nous avons constaté que Priscilla menait extrêmement bien la cérémonie d'introduction.

Priscilla Dupont. Sentinelle en chef. Présidente du Comité. Mondaine accomplie. Quelle qu'elle fût en réalité.

– Cordelia, quel âge as-tu au juste ?

Cordelia sourit. Un sourire contrit, entendu.

– Tu as deviné. J'ai dépassé le cycle habituel. Je suis fatiguée de cette Expression. Mais j'ai mes raisons pour rester.

– À cause de ma mère..., dit Theodora.

Elle comprenait soudain que, si Cordelia avait été autorisée à vivre plus longtemps, c'était pour prendre soin de sa mère, puisque cette dernière était... Mais qu'arrivait-il à sa mère, exactement ? Si elle était un vampire tout-puissant, que faisait-elle dans le coma ?

Sa grand-mère s'attrista.

– Oui. Ta mère a fait des choix terribles.

– Pourquoi ? Pourquoi est-elle dans le coma ? Si elle est invulnérable, pourquoi est-ce qu'elle ne se réveille pas ?

– Ce n'est pas à moi d'en juger, répondit sèchement Cordelia. Quoi qu'elle ait fait, tu devrais te considérer comme privilégiée pour tout ce qu'elle t'a transmis.

Theodora voulut demander à sa grand-mère ce qu'elle entendait par là, mais le serveur était arrivé avec un plateau d'argent à trois étages couvert de petits pains, de sandwichs et de petits fours. Des théières d'argent étincelantes remplies de feuilles en train d'infuser furent placées à côté de leurs tasses de porcelaine.

Theodora commença à se servir sans attendre, et sa grand-mère la réprimanda.

– La passoire.

Elle hocha la tête et posa la petite passoire en argent sur le rebord de sa tasse. Le serveur s'empara de la théière et versa le thé brûlant. L'arôme plaisant de bergamote infusée combla ses sens. Elle sourit. Depuis qu'elle était toute petite, elle aimait ce rituel de l'après-midi. En musique de fond, une harpiste jouait une douce mélodie.

Pendant quelques instants, aucune parole ne fut échangée tandis que sa grand-mère et elle se servaient en victuailles.

Theodora déposa une fastueuse cuillerée de crème du Devonshire sur un pain au lait et compléta le tout d'une grosse noisette de mousse au citron. Elle mordit dedans en gémissant de contentement.

Cordelia se tamponna la bouche avec sa serviette. Elle choisit un minuscule sandwich à la salade de crabe, le grignota à peine et le reposa sur son assiette.

Theodora s'aperçut qu'elle mourait de faim. Elle prit un sandwich – petit, carré, au concombre –, puis encore un petit pain au lait.

Le serveur regarnit discrètement les deux plateaux supérieurs.

– Pourquoi est-ce que tu disais que j'avais de la chance ? demanda Theodora à sa grand-mère.

Elle était déconcertée. À entendre Cordelia, on aurait dit qu'elle aurait pu ne pas être ce qu'elle était ; pourtant, d'après ce qu'elle avait appris à la réunion, être sang-bleu était son destin.

Cordelia eut un haussement d'épaules. Elle souleva le couvercle de sa théière et regarda, sourcil froncé, le serveur qui se tenait sans bouger contre le mur.

– J'aimerais encore de l'eau chaude, s'il vous plaît, dit-elle.

– Tu es vraiment ma grand-mère ? lui demanda Theodora entre deux bouchées de saumon fumé sur canapé de pain de seigle.

Cordelia sourit de nouveau. C'était troublant, comme si un rideau s'était levé et laissait enfin Theodora entrevoir réellement la vieille femme.

– Techniquement, non. C'est très perspicace à toi de t'en rendre compte. Nous sommes quatre cents depuis le début des temps. Nous ne nous reproduisons pas au sens traditionnel du terme. Comme tu l'as appris, au fil des cycles, beaucoup sont appelés, mais certains choisissent de reposer. De plus en plus souvent, les nôtres reposent, paisiblement endormis, choisissant de ne pas évoluer et de rester dans l'état primal. Lorsque notre corps expire, tout ce qui reste de nous est une seule goutte de sang, qui renferme notre code ADN ; et lorsque le temps est venu de libérer une nouvelle âme, cette vie est implantée chez ceux d'entre nous qui choisissent de persévérer. Ainsi, d'une certaine manière, nous sommes tous parents, bien qu'en fait nous ne le soyons pas du tout. Cependant, tu es à ma charge et sous ma responsabilité.

Theodora était abasourdie des paroles de sa grand-mère. Que voulait-elle dire, exactement ?

– Et mon père ? demanda-t-elle timidement en pensant à l'homme de haute taille, en costume foncé, qui rendait visite à sa mère.

– Cela ne te regarde pas, lui répondit froidement Cordelia. Ne pense plus à lui. Il n'était pas digne de ta mère.

– Mais qui..., commença Theodora, qui n'avait jamais connu son père.

Elle connaissait son nom, Stephen Chase, et savait que c'était un artiste, qui avait rencontré sa mère lors d'un vernissage. Mais c'était tout. Elle ne savait rien de sa famille paternelle.

– Ça suffit. Il est parti, c'est tout ce que tu as besoin de savoir. Je te l'ai déjà dit, il est mort peu après ta naissance, dit Cordelia.

Elle tendit la main pour caresser les cheveux de sa petite-fille. C'était la première fois depuis bien longtemps qu'elle lui témoignait physiquement un peu d'affection.

Theodora prit une tartelette à la fraise. Elle se sentait abattue et mal à l'aise, comme si Cordelia ne lui disait pas tout.

– Vois-tu, nous traversons des temps difficiles, lui expliqua cette dernière pendant qu'elle examinait le plateau de mini-pâtisseries et choisissait un cookie à la noisette. Nous sommes de moins en moins nombreux à enchaîner correctement les cycles, et nos valeurs, notre façon de vivre disparaissent rapidement. Nous sommes très peu à suivre encore le Code. Corruption et discorde règnent dans les rangs. Nous sommes plusieurs à craindre de ne jamais pouvoir atteindre l'état d'Exaltation. De l'autre côté, il y a tous ceux qui se fondent volontairement dans l'obscurité qui menace de nous emporter. L'immortalité est une malédiction et une bénédiction. Je vis déjà depuis trop longtemps. J'ai trop de souvenirs.

Cordelia prit une gorgée de son thé, le petit doigt gracieusement pointé vers le bas.

Lorsqu'elle reposa sa tasse, son visage changea. Il s'affaissa et se flétrit sous les yeux de Theodora. Celle-ci fut envahie d'une vague de sympathie pour cette vieille femme, vampire ou pas.

– Qu'est-ce que ça veut dire ?

– Nous vivons une époque grossière. Pleine de vulgarité et de pessimisme. Nous avons fait de notre mieux pour imposer notre influence, pour montrer la voie. Nous sommes des êtres de beauté et de lumière, mais les sang-rouge ne nous écoutent plus. Nous sommes devenus quantité négligeable. Ils sont trop nombreux de nos jours, et nous, trop rares. C'est leur volonté qui changera ce monde, pas la nôtre.

– Mais comment ça ? Charles Force est l'homme le plus riche et le plus puissant de cette ville, et le père de Bliss est sénateur. Ils sont tous les deux sang-bleu, non ? rétorqua Theodora.

– Charles Force, dit Cordelia d'un air sombre en remuant une cuillerée de miel dans son thé. (Elle reposa sa cuiller avec tant de colère que les autres clients, surpris par le bruit, levèrent la tête.) Il mène sa barque. Quant au sénateur Llewellyn, avoir un mandat public constitue une violation directe de notre Code. Nous n'intervenons pas directement dans les affaires politiques des humains. Mais les temps ont changé. Il n'y a qu'à voir sa femme, ajouta-t-elle avec une pointe de dédain. Il n'y a rien de sang-bleu dans ses goûts et ses choix vestimentaires... Je crois que c'est ce qu'on appelle le nivellement par le bas.

Elle soupira tandis que Theodora posait les mains sur les siennes.

– Tu es gentille. Je t'en ai déjà trop dit. Mais cela t'aidera peut-être le jour où tu comprendras la vérité. Ce n'est pas pour aujourd'hui.

Voilà tout ce que Cordelia voulut bien dire sur le sujet.

Elles finirent leur thé en silence. Theodora prit une bouchée d'un éclair au chocolat, mais le reposa sur son assiette sans le terminer. Après tout ce que lui avait dit Cordelia, elle n'avait plus faim.

VINGT-TROIS

C'était exaspérant de voir comme votre meilleur ami pouvait appuyer pile là où ça faisait mal. Oliver avait trouvé exactement où planter ses petites piques. Zombie, non mais ! Et lui alors, avec sa Vespa et ses coupes de cheveux à cent dollars ? Et sa fête d'anniversaire, tous les ans, à bord du yacht familial de soixante mètres ? Tout cela, n'était-ce pas pour tenter, sans succès d'ailleurs, d'être apprécié de tous ?

Depuis la réunion du Comité et le thé avec Cordelia, Theodora se sentait déracinée, à la dérive, comme si le sol se dérobait sous ses pas. Sa grand-mère avait confirmé tant de choses sur leur passé... et lui en taisait encore tant d'autres ! Pourquoi sa mère était-elle dans le coma ? Qu'était-il arrivé à son père ? Theodora était plus perdue que jamais, surtout depuis qu'Oliver ne lui parlait plus. Ils ne s'étaient jamais disputés auparavant : ils avaient l'habitude de dire en plaisantant qu'ils étaient deux moitiés de la même personne. Ils aimaient les mêmes choses (50 Cent, les films de science-fiction, les sandwichs au pastrami avec des tonnes de moutarde) et détestaient les mêmes choses (Eminem, les films prétentieux qui récoltaient tous les Oscars, les végétariens intégristes). Mais, maintenant que Theodora avait déplacé Jack de la colonne « *out* » à la colonne « *in* » sans supplier Oliver pour avoir son accord, il l'avait zappée.

Le reste de la semaine se déroula sans incident ; Cordelia partit pour son séjour annuel à Martha's Vineyard, Oliver continua de faire comme si Theodora n'existait pas, et elle ne trouva pas une occasion de reparler à Jack. Mais, pour une fois, elle était trop occupée par les soucis du monde réel – une interro de biologie, des devoirs à faire, une dissert d'anglais à rendre – pour se soucier de tout cela.

Elle avait mal à la mâchoire chaque fois qu'elle sortait et rétractait ses crocs, et à son grand soulagement elle ne ressentait pas encore cette faim dévorante. Elle apprit de sa grand-mère que la *Caerimonia osculor*, le « baiser sacré », était une cérémonie très particulière, et que la plupart des sang-bleu attendaient l'âge du Consentement (dix-huit ans) avant de s'y livrer ; toutefois, à chaque génération, le nombre d'incidents impliquant des ponctions prématurées augmentait. Certains vampires n'avaient pas plus de quatorze ou quinze ans lorsqu'ils prenaient leur premier familier. Prendre un sang-rouge sans son consentement était aussi une infraction au Code.

Sur une impulsion, elle décida d'aller voir sa mère à l'hôpital ce vendredi après les cours, puisque Oliver ne l'avait pas invitée à venir traîner chez lui comme d'habitude. En plus, elle avait un plan et n'avait pas envie d'attendre jusqu'au dimanche pour l'essayer. Au lieu de faire la lecture du journal à sa mère comme toutes les semaines, elle allait lui poser des questions. Même si elle ne pouvait lui répondre, cela soulagerait Theodora de s'en libérer.

L'hôpital était plus calme en semaine. Il y avait moins de visiteurs dans le hall, et le bâtiment était un peu désolé, abandonné. La vie se déroulait ailleurs ; même les infirmières semblaient avoir hâte de rentrer chez elles pour le week-end.

Theodora regarda de nouveau par la vitre avant d'entrer dans la chambre de sa mère. Exactement comme avant, le même homme aux cheveux argentés se trouvait là, au pied du lit. Il disait quelque chose à sa mère. Theodora pressa son oreille contre la porte.

– Pardonne-moi... Pardonne-moi... Réveille-toi, s'il te plaît, laisse-moi t'aider...

Theodora regardait et écoutait. Elle savait qui c'était. C'était forcément lui. Elle sentit son cœur battre plus fort.

L'homme parlait toujours.

– Tu m'as puni assez longtemps, tu t'es punie assez longtemps. Reviens-moi. Je t'en supplie.

L'infirmière de sa mère apparut à côté d'elle.

– Bonjour, Theodora. Qu'est-ce que tu fais là ? Tu ne veux pas entrer ?

– Vous ne le voyez pas ? chuchota Theodora en lui montrant la vitre.

– Qui ça ? demanda l'infirmière, perplexe. Je ne vois personne.

Theodora serra les lèvres. Donc, elle seule était capable de voir l'inconnu. C'était bien ce qu'elle pensait, et elle eut un frisson d'impatience.

– Personne ?

L'infirmière secoua la tête et la regarda comme si elle était légèrement dérangée.

– Ah oui, j'avais la lumière dans l'œil, dit Theodora. J'avais cru voir quelque chose...

L'infirmière hocha la tête et s'éloigna.

Theodora entra. Le visiteur mystère avait disparu, mais Theodora nota que la chaise était encore tiède. Elle parcourut la chambre des yeux et se mit à appeler doucement l'étranger, pour la première fois depuis qu'elle l'avait aperçu en pleurs.

– Papa ? chuchota-t-elle en pénétrant dans la pièce voisine, un salon pour invités entièrement meublé, et en regardant partout. Papa ? C'est toi ? Tu es là ?

Ses questions restèrent sans réponse, et l'homme ne réapparut pas. Theodora s'assit sur la chaise qu'il avait laissée vide.

– Je veux en savoir plus sur mon père, dit Theodora à la femme mutique sur le lit. Stephen Chase. Qui était-ce ? Qu'est-ce qu'il t'a fait ? Que s'est-il passé ? Il est encore en vie ? Il vient te voir ? C'est lui qui était là ?

Elle éleva la voix pour que le visiteur l'entende s'il était encore dans les parages. Pour que son père sache qu'elle savait que c'était lui. Elle regrettait qu'il ne soit pas resté lui parler. Cordelia lui avait toujours donné l'impression que son père avait fait énormément de mal à sa mère. Qu'il ne l'avait jamais aimée... Un fait qu'elle ne pouvait pas concilier avec l'image de l'homme sanglotant à son chevet.

– Maman, j'ai besoin de ton aide, supplia Theodora. Cordelia dit que tu pourrais te lever à tout moment si tu voulais, mais que tu refuses.

Réveille-toi, maman, réveille-toi pour moi.

S'il te plaît.

Mais la femme sur le lit ne bougea pas. Aucune réaction.

– Stephen Chase. Ton mari. Il est mort quand je suis née. Du moins, c'est ce que me dit Cordelia. C'est vrai ? Mon père est mort ? Maman ? S'il te plaît. J'ai besoin de savoir.

Pas un frisson de l'orteil. Pas même un soupir.

Theodora abandonna ses questions et prit le journal. Elle se mit à lire les annonces de mariage et, bizarrement, la litanie des unions conjugales et leur homogénéité la réconforta. À chaque annonce qu'elle lisait, elle se levait et embrassait sa mère sur la joue.

La peau d'Allegra était froide et cireuse au toucher.

C'était comme toucher la mort.

Theodora s'en alla, plus découragée que jamais.

VINGT-QUATRE

Ce soir-là, en rentrant chez elle, Theodora reçut un coup de fil intéressant de Linda Farnsworth.

Civilisation Couture était la marque de jeans la plus branchée de New York (et donc du monde) ces derniers temps. On ne voyait qu'elle sur les énormes panneaux publicitaires de Times Square. Le modèle « Petits mensonges entre amis » à trois cents dollars – taille ultra-basse, fesses remontées, moulant sur les cuisses, effrangé, taché, délavé, déchiré et extra-long – était culte pour toutes les folles de jeans. Et, apparemment, le styliste était tombé en arrêt devant le Polaroïd boudeur de Theodora.

– Vous êtes le nouveau visage de Civilisation ! s'enthousiasmait Linda Farnsworth dans son portable. Ils vous veulent ! Ne me forcez pas à vous supplier !

– Ah bon ? Ah, bah... OK, alors, répondit Theodora, un peu décontenancée par l'exubérance de Linda.

N'ayant pu trouver aucune raison valable pour s'opposer aux dieux de la mode (qui était-elle pour dire non à la Civilisation ?), elle traversa la ville le lendemain matin pour se rendre à la séance photo. Le studio, tout à l'ouest de Chelsea, se trouvait dans une ancienne imprimerie, un énorme bâtiment qui occupait toute la longueur d'un bloc d'immeubles. L'ascenseur de service était actionné manuellement par un monsieur aux yeux chassieux, en bleu de travail. C'est lui qui emmena Theodora au bon étage.

Elle parcourut un dédale de couloirs, notant au passage des noms de stylistes et de sites Web bien connus sur les portes fermées.

Le studio photo se trouvait dans l'angle nord-est. Par la porte grande ouverte, on entendait de la musique électronique à plein volume.

Elle entra sans trop savoir à quoi s'attendre. Le studio était un vaste espace ouvert, une grande boîte toute blanche avec un sol de plastique blanc brillant et des baies vitrées du sol au plafond. Dans un mur était creusée une niche à fond blanc neutre, face à un trépied. En bâillant, des stagiaires poussaient des portants afin qu'une styliste à dreadlocks puisse examiner les vêtements suspendus dessus.

– Theodora !

Un type maigre et mal rasé, en tee-shirt moulant et jeans baggy, s'approcha d'elle, enthousiaste, main tendue. Il fumait et portait des Ray-Ban Aviator.

– Salut.

– Jonas Jones, tu te souviens de moi ? lui demanda-t-il avec un grand sourire en soulevant ses lunettes.

– Ah, euh... bien sûr ! dit Theodora, un peu intimidée.

Jonas Jones était un des plus fameux anciens élèves de Duchesne. Parti du lycée seulement quelques années plus tôt, il avait fait beaucoup de bruit dans le monde de l'art avec ses peintures déchiquetées. Il avait aussi réalisé un film, *Le Quadrille des bûcherons*, très remarqué au festival de Sundance. La photo de mode n'était qu'un virage de plus dans sa carrière mouvementée.

– Merci beaucoup d'avoir accepté, dit-il. Désolé que ce soit à la dernière minute. Mais c'est comme ça que ça marche dans le business.

Il lui présenta la styliste de Civilisation, un ancien mannequin aux abdos en béton et aux hanches saillantes.

– Anka, se présenta-t-elle chaleureusement. Désolée de te faire lever un samedi matin, mais la journée va être longue. Enfin, ça va aller, on a des tonnes de beignets.

Elle leur montra un buffet couvert de boîtes vertes et blanches remplies de victuailles.

Theodora l'appréciait déjà.

– C'est parti. On va te coiffer et te maquiller, déclara Jonas en tournant Theodora vers le coin où était installé un miroir encadré de deux rangs d'ampoules, face à deux fauteuils hauts à dossier de toile.

Bliss Llewellyn était déjà assise dans l'un des fauteuils. Linda avait omis de la prévenir que Civilisation aurait deux visages cette année. La grande fille était déjà maquillée. Ses cheveux étaient crêpés et ses lèvres peintes en rouge cerise. En peignoir blanc vaporeux, elle bavardait dans son portable. Elle fit un signe joyeux à Theodora de sa main manucurée.

Theodora lui fit signe à son tour. Elle se hissa sur le fauteuil, et une maquilleuse anglaise qui déclara s'appeler Perfection Smith se mit à examiner sa peau. Au même moment, une coiffeuse austère attrapa ses cheveux par paquets en claquant la langue de désapprobation.

– Couchée tard ? s'enquit Perfection en levant le menton de Theodora à la lumière. T'es toute desséchée, chérie, nasilla-t-elle avec son accent cockney.

– Sans doute, répondit Theodora.

Elle n'avait pas beaucoup dormi depuis la réunion du Comité. Elle avait froid dans le dos à l'idée que, pendant son sommeil, son propre sang se réveillait, s'immisçait dans sa conscience, et que tous les souvenirs et toutes les voix de ses vies passées se disputaient le contrôle de son cerveau. Même si Jack lui avait expliqué que cela ne fonctionnait pas ainsi – les souvenirs étaient vos souvenirs, donc ils faisaient partie de vous-même et il n'y avait pas de raison d'en avoir peur –, Theodora n'était pas rassurée.

Elle ferma les yeux et se laissa frotter, pincer, tâter, polir, poudrer et tartiner la peau ; ses cheveux furent tirés, brossés et séchés au fer, presque au point de lui carboniser le cuir chevelu. Mais la coiffeuse bougon ne s'excusa même pas.

Elle avait aussi du mal à suivre toutes les consignes que lui aboyait Perfection. Elle n'aurait jamais cru que ce serait aussi dur de se faire maquiller. Il y avait tant de choses à faire, parfois toutes en même temps, pour que la maquilleuse puisse faire correctement son travail ! Perfection était un vrai sergent-chef.

– Ouvre. Plus grand. Regarde sur le côté. De l'autre côté. Regarde mon genou. Regarde le plafond. Ferme la bouche. Presse tes lèvres l'une contre l'autre. Regarde-moi. Regarde mon genou.

Le temps que sa transformation soit achevée, Theodora était épuisée.

– Prête ? demanda Perfection. Elle fit pivoter le fauteuil sur ses roulettes pour lui permettre de se voir enfin dans la glace.

Theodora n'en crut pas ses yeux. C'était le visage de sa mère qui la regardait dans le miroir, le visage qui souriait sereinement sur les photos de mariage que Theodora conservait secrètement sous son lit. Elle était sublime comme une déesse.

– Oh, dit-elle, les yeux écarquillés.

Jusqu'à présent, elle n'avait jamais eu conscience de ressembler à sa mère.

Bon sang, elle est vraiment belle, se dit Bliss. « Belle » n'était même pas le mot : c'était comme qualifier Audrey Hepburn de « pas mal ». Theodora était *transcendante.* Comment se faisait-il que Bliss ne l'ait jamais remarqué ? Elle parlait au téléphone avec Dylan pour lui donner des détails sur la fête qu'elle donnait chez elle le soir-même (sa mère allait rejoindre son père à Washington, et Jordan dormait chez une copine). Elle était en train de lui dire à quelle heure il devait venir lorsqu'elle avait remarqué la transformation de Theodora.

De la tête aux pieds, celle-ci avait l'air d'un vrai mannequin. Ses lèvres étaient pleines et brillantes. Ses cheveux aile de corbeau avaient été séchés en arrière, si bien qu'ils lui descendaient dans le dos, raides et parfaits comme un rideau d'ébène. La styliste lui avait fait enfiler un jean Civilisation serré ; Bliss découvrit que sous toutes ses épaisseurs d'habits de clocharde, Theodora avait un petit corps parfait, mince et enfantin. À côté, Bliss eut soudain l'impression de ressembler à un cheval.

– À plus, on nous appelle sur le plateau, dit-elle à Dylan en repliant son téléphone. Mon Dieu, tu es magnifique, chuchota-t-elle à Theodora lorsqu'on les aligna devant le fond blanc.

– Merci ! Je me sens complètement idiote.

Theodora n'avait jamais été aussi déshabillée en public, et faisait de son mieux pour ne pas être trop gênée. Toutes deux portaient un jean, et rien d'autre. Elles tournaient le dos à l'objectif et se couvraient la poitrine de leurs bras croisés, même si la styliste leur avait collé des sparadraps couleur chair sur les mamelons pour les cacher. C'est surtout par curiosité qu'elle avait accepté de poser, pour vivre une expérience qu'elle pourrait analyser plus tard ; mais elle devait bien admettre que c'était très amusant, aussi.

Il faisait froid dans le studio, et Jonas hurlait des ordres à tout le monde par-dessus la musique de Black Eyed Peas déversée à fond par les enceintes fixées au plafond. L'amosphère était électrique, avec tous ces assistants et techniciens nerveux qui sursautaient à chaque mot du photographe. À la moindre pause, Bliss et Theodora étaient assaillies par les bombes de laque. Le sérieux était total lorsque Jonas et Anka discutaient de questions cruciales, comme de savoir si leurs cheveux devaient ou non flotter dans le vent (sexy ou cliché ?), ou si les jeans étaient mieux de dos ou de profil.

Les filles posèrent et firent la moue, en essayant de ne pas fermer les yeux quand le flash se déclenchait. Soudain prise d'une inspiration, Bliss attira Theodora à elle pour la serrer dans ses bras.

– Chaud devant ! fit Jonas derrière son appareil, un sourire en coin.

Pendant la pause déjeuner, elles remirent leurs peignoirs et se pressèrent autour du buffet avec l'équipe de techniciens pour remplir leurs assiettes de légumes et de steak de thon (saignant, Dieu merci, pensa Bliss).

– Cigarette ? demanda Jonas en sortant un paquet froissé de sa poche arrière. Allez, les filles, accompagnez-moi.

Elles posèrent leurs assiettes et le suivirent sur le balcon avec Anka.

– Alors comme ça, vous êtes toutes les deux à Duchesne ? demanda cette dernière en sortant une longue cigarette mentholée et en l'allumant au Zippo que lui tendait Jonas.

– M-mm, acquiesça Bliss en acceptant de Jonas une Camel quelque peu écrabouillée.

Theodora secoua la tête. La cigarette la rendait malade. Elle n'était sortie que pour rester avec eux et admirer la vue. Le balcon donnait sur de vieux wagons de chemin de fer abandonnés le long du fleuve. Un bac traversait lentement. Theodora embrassa ce spectacle, heureuse. Elle ne se lasserait jamais de regarder la ville.

– J'étais au lycée de Kent, dit spontanément Anka. J'ai recontré Jonas à l'école de stylisme de Rhode Island.

Jonas acquiesça.

On a toujours travaillé ensemble depuis. (Il souffla un rond de fumée.) On est contents de vous avoir trouvées. On voulait vraiment que la campagne soit incarnée par des gens comme nous.

– Comme nous ? demanda Theodora.

Anka éclata de rire et, le temps d'un éclair, leur montra ses crocs.

– Vous êtes des sang-bleu ! s'étrangla Bliss.

– Bien sûr, fit Jonas, amusé. Dans la mode, presque tout le monde l'est. Vous n'aviez pas remarqué ?

– Mais comment on peut le savoir ?

– Ça se voit, c'est tout. Quelque chose dans la forme des yeux, et dans l'ossature en général. En plus, on est très très exigeants. Prenez Brannon Frost, la rédactrice en chef de *Chic*, par exemple. Ça ne vous rappelle rien ?

– C'est une vampire ? fit Bliss, les yeux ronds.

Mais soudain cela sembla évident : la frêle silhouette, les énormes lunettes noires, la peau blanche, le dévouement rigoureux à la perfection...

– Qui d'autre ?

Jonas débita encore quelques noms : un styliste « mauvais garçon » bien connu qui avait récemment remis à la mode le style gothique-grunge, un mannequin qui représentait actuellement une marque de lingerie, une maquilleuse couverte de récompenses qui avait popularisé le vernis à ongles bleu.

– Ils sont des tonnes, dit-il en jetant sa cigarette du haut du balcon.

Ils changèrent de conversation lorsque plusieurs personnes de l'équipe vinrent se joindre à eux : Jonas se mit à raconter une série de blagues cochonnes, domaine dans lequel seule Perfection pouvait l'égaler. Theodora rit avec les autres ; elle sentait que Bliss et elle faisaient partie d'une famille *ad hoc*, légèrement dérangée.

– Pourquoi Mimi n'est-elle pas ici ? demanda soudain Theodora.

C'était insensé qu'elles aient droit à cette expérience alors que Mimi, qui ne vivait que pour ce genre d'attentions, avait été écartée.

Bliss se mit soudain à rire. Elle avait complètement oublié Mimi. Cette dernière allait mourir quand elle entendrait que toutes les deux avaient été choisies pour la campagne Civilisation Couture, et pas elle !

– Oui, tiens, elle est où, Mimi ? renchérit Bliss.

Jonas se gratta la tête. Theodora remarqua sur ses bras des marques d'un bleu passé.

– Mimi Force ? On y a pensé, mais pas plus d'une seconde. Tu te rappelles, Ank ? Que s'est-il passé avec elle ?

– Linda m'a communiqué ses tarifs, dit Anka. Apparemment, quand elle a signé, elle l'a prévenue qu'elle ne sortirait pas de son lit pour moins de dix mille dollars par jour. Désolée, les filles, mais sans aucune expérience c'est complètement irréaliste. Je n'ai même pas fait d'offre. De toute manière, c'est vous deux qu'on voulait.

– Il faut croire qu'elle tient trop à son sommeil, dit Bliss avec un petit sourire narquois. Elle ne sait pas ce qu'elle rate.

Bliss décocha à Theodora un vrai sourire, ce qui était rare chez elle.

– Parfaitement, acquiesça Theodora.

Elle lui rendit son sourire. Elle commençait à aimer de plus en plus Bliss Llewellyn.

Elles retournèrent prendre la pose, se collant langoureusement l'une contre l'autre ; et quand Jonas cria : « Le feu, le feu, mettez-moi le feu ! », elles incendièrent l'objectif.

Vingt-cinq

Elle pouvait garder le jean ! Theodora était folle de joie. La séance se termina tard, bien après la limite réglementaire de dix-huit heures, et quand elles sortirent la nuit était déjà tombée. Elle fit ses adieux en envoyant des baisers partout, et en tournant le coin elle fit encore de grands signes à tout le monde. La joyeuse bande se dispersa : Anka et les stylistes disparurent dans une berline Town Car, l'équipe de coiffure et de maquillage prit des taxis, Jonas et ses assistants s'engouffrèrent dans le bar le plus proche.

– Tu veux que je te dépose ? demanda Bliss. Mon chauffeur ne devrait pas tarder.

Theodora secoua la tête.

– Merci, mais non. J'ai envie de marcher un peu.

C'était une belle nuit, claire et fraîche.

Bliss haussa les épaules. Elle tirait déjà sur une cigarette, et avec son tee-shirt moulant, son nouveau jean et sa veste en fourrure de singe violette, elle avait vraiment l'air d'un mannequin qui vient de finir sa journée.

– Comme tu veux. N'oublie pas, *mi casa*, ce soir à dix heures.

Theodora hocha la tête. Elle serrait contre elle le sac en plastique contenant son jean Civilisation. Elle avait de nouveau endossé ses multiples épaisseurs – un tee-shirt noir sur un col roulé noir sur une jupe en jersey noir sur un jean gris et un collant rayé noir et blanc, avec ses vieilles rangers noires. Elle avait l'intention de prendre vers l'est en direction de la 7e Avenue, et de se balader en traversant Times Square, le Lincoln Center et l'Upper West Side pour rentrer chez elle.

En marchant vers la 10e Avenue, elle ne se sentit pas trop rassurée. Les rues étaient complètement désertes ; les anciens entrepôts qui abritaient à présent des galeries d'art étaient sombres et menaçants. Les lampadaires clignotaient, et un orage récent avait laissé des flaques d'eau sur la chaussée. Theodora regretta soudain d'avoir décliné la proposition de Bliss. Prise d'angoisse, elle se mit à marcher plus vite vers les avenues bien éclairées. Si seulement elle pouvait atteindre la 9e, avec ses cafés et ses boutiques, elle serait en sécurité, elle le savait.

Elle s'efforça de chasser sa peur en se disant que c'était simplement l'obscurité qui la rendait parano ; et, d'ailleurs, qui était-elle pour avoir peur du noir ? Elle était un vampire ! Elle partit d'un rire démoniaque, ce qui ne l'empêcha pas de ressentir des picotements de frayeur.

Elle ne pouvait plus se le cacher.

Quelqu'un la suivait.

Ou quelque chose...

Elle se mit à courir, vite, le cœur battant à tout rompre, le souffle court. Elle se retourna...

Une ombre contre un mur.

Son ombre.

Elle cligna des yeux. Rien. Il n'y avait rien ni personne. *Tu es parano, tu es parano, c'est tout*, se dit-elle. Elle se força à marcher plus lentement, pour se prouver qu'elle n'avait pas peur.

Plus que quelques pas jusqu'au havre de la 9e Avenue... si proche... Elle se retourna encore une fois... et sentit quelque chose surgir et l'attraper par le cou. Elle lutta pour respirer, pour ouvrir les yeux, pour donner des coups, mais elle ne pouvait pas crier. C'était comme si quelque chose l'avait saisie par la gorge et la serrait étroitement. Une créature obscure, gigantesque... grande et forte comme un homme, une présence dense et répugnante, avec... des yeux écarlates, des yeux écarlates aux pupilles argentées qui brillaient dans le noir, qui la fixaient... qui lui transperçaient la cervelle... et à présent elle la sentait...

Non ! non ! non !

Elle refusait de le croire, mais pourtant si, il y avait bien des crocs qui lui piquaient la peau... Comment était-ce possible ? Elle était des leurs ! Qu'est-ce que c'était que ça ?

Elle rassembla toutes ses forces pour tenter de repousser son assaillant... mais elle battit l'air, griffant le vide... comme si c'était le vent qui la tenait... C'était inutile, les crocs s'abattirent... lui percèrent le cou... Son sang, son sang bleu vif, s'écoulant avec sa vie... Elle se sentait faible, en pleine confusion... Elle allait s'évanouir... Lorsque soudain, une tache floue bleu-noir se matérialisa en aboyant furieusement.

Beauty !

La chienne gronda férocement et bondit sur la sombre créature. Le monstre lâcha prise, et Theodora tituba jusqu'au trottoir sale en serrant le côté de son cou. Sa chienne de race courait en cercles, grondait et aboyait bruyamment. La créature disparut.

Beauty aboyait toujours lorsque Theodora rouvrit enfin les yeux. Quelqu'un la soutenait.

– Ça va ? lui demanda Bliss Llewellyn.

– J'en sais rien, dit Theodora, encore sous le choc.

Elle s'efforça de reprendre son équilibre et s'appuya lourdement sur l'épaule de Bliss, les jambes tremblantes.

– Doucement, lui dit Bliss d'une voix apaisante.

Beauty aboyait toujours à pleins poumons, agressive, et grognait contre Bliss.

– Au pied, Beauty, au pied ! C'est Bliss, c'est mon amie, lui dit Theodora en tendant le bras pour calmer la chienne tremblante.

Mais celle-ci ne voulait rien entendre. Elle courait autour de Bliss en lui mordillant les chevilles.

– Aïe !

– Beauty, ça suffit ! dit Theodora en la retenant fermement par le collier.

D'où était-elle sortie ? Comment avait-elle su ? Theodora regarda dans les yeux noirs et intelligents de la chienne. *Tu m'as sauvée*, pensa-t-elle.

– Que s'est-il passé ? demanda Bliss.

– Aucune idée. Je marchais, et quelque chose m'a attaquée par derrière...

– Je l'ai senti, lui dit Bliss d'une voix tremblante. J'attendais ma voiture, là-bas, devant le studio, et quand je t'ai entendue crier au loin j'ai couru à ton secours.

Theodora hocha la tête, encore un peu hébétée. Son sac et son contenu étaient éparpillés autour d'elle : ses livres, ouverts, se détrempaient dans les flaques, son précieux jean tout neuf était roulé en boule.

– C'était quoi, à ton avis ? demanda Bliss en l'aidant à ramasser ses affaires et à les remettre dans son sac en cuir.

– Je sais pas... C'était comme... irréel, balbutia Theodora.

Elle zippa son sac et le passa à son épaule d'un geste brusque. Elle était encore mal assurée sur ses pieds mais, sans qu'elle sache bien pourquoi, tenir la laisse de Beauty la réconforta. Auprès de la chienne, elle se sentait plus forte, plus solide.

Déjà, le souvenir de l'attaque commençait à s'estomper : une masse sombre, des yeux rouges et brillants aux pupilles argentées... et des dents, des dents assez aiguisées pour percer la peau... Des crocs... tout comme les siens... Pourtant, quand elle touchait du bout des doigts le côté de son cou, il n'y avait plus rien à cet endroit. Pas de plaie. Pas même une égratignure.

Journal de Catherine Carver
23 novembre 1620
Plymouth, Massachusetts

Hélas ! hélas ! Tous ceux de Roanoke ont disparu. Myles et ses hommes n'ont rien retrouvé de la colonie. Les abris étaient démantelés, les animaux introuvables. Il n'y avait qu'une prairie désolée. Il ne restait plus rien de la colonie, excepté un écriteau solitaire cloué à un arbre. John me l'a montré.

CROATAN

Mon sang s'est glacé à sa vue. Hélas ! hélas ! C'est la vérité. Nous sommes maudits ! Ils sont ici. Tout est perdu ! Nous pleurons les nôtres. Mais il nous faut protéger les enfants ! Nous ne sommes pas en sécurité !

C. C.

VINGT-SIX

R*idicule*. C'était un des mots préférés de Mimi.

Son sac Birkin en python ? Ridicule ! Le nouveau jet G-5 de son père ? Ridicule ! La fête chez Bliss Llewellyn ? Ridicule de chez ridicule, ma biche. Il n'y avait rien de tel qu'une fête pour lui faire battre le sang. Mimi parcourut des yeux la pièce noire de monde. Presque tous ceux du Comité étaient là, ainsi qu'un beau choix de sang-rouge fort appétissants. Elle était bien contente d'avoir persuadé Bliss de donner cette soirée.

Les choses étaient beaucoup trop sérieuses au lycée, avec les contrôles de mi-trimestre qui arrivaient, les terminales qui stressaient sur leurs candidatures pour la fac, la tristesse qui subsistait après l'enterrement d'Aggie ; ils avaient tous bien besoin de se détendre. Bliss avait commencé par hésiter, harcelant Mimi avec mille questions triviales comme « Est-ce que les gens vont venir ? Et la bouffe ? Et qui va acheter la bière ? Et les meubles ? Si quelqu'un les abîme ? Il y en a qui valent une vraie fortune ! » Elle avait failli rendre Mimi folle avec toutes ses angoisses.

– Laisse faire celles qui savent : je m'occupe de tout, avait-elle fini par lui répondre.

Et donc, en succession rapide, Mimi avait commandité à une armée de spécialistes de l'événementiel la transformation du triplex des Llewellyn en havre de débauche. Il y avait tout : un open bar sponsorisé par une marque d'alcool (comme si l'alcool leur faisait de l'effet, de toute manière !), une escouade de top-models chargés de plateaux couverts de petits-fours (pommes de terre au caviar, timbales de homard, cocktails de crevettes), et une montagne de sacs-cadeaux vivement colorés remplis de toute une ligne de produits de bain de luxe. Mimi avait même embauché une équipe de réflexologues, d'aromathérapeutes et de masseurs suédois pour prodiguer aux invités des massages des pieds, des mains et du dos. Cette « brigade de dorlotage » tout de blanc vêtue était fort occupée à pétrir, tapoter et soulager les muscles tendus de l'élite des lycées privés.

En arrivant chez elle, Bliss constata que tous les meubles du bas avaient été remplacés par des canapés à motif peau de zèbre, des tapis à longs poils et des lampes magma. Un DJ installait son matériel devant la cheminée.

– Pas de crise, OK ? dit Mimi en levant une main devant la figure de Bliss.

– Mais qu'est-ce que..., demanda Bliss en regardant avec des yeux ronds la transformation totale de la maison de ses parents en boîte branchée *sixties*.

Mimi lui expliqua qu'elle avait fait transférer en toute sécurité les affaires de ses parents dans un garde-meuble, et que tout serait remis en place le lendemain matin avant leur retour. Elle avait trouvé l'idée dans un magazine de déco, où il était dit que l'idéal pour organiser une soirée, c'était une maison vide.

– Alors, je suis pas géniale ? Comme ça, pas besoin de t'inquiéter pour les vols ou pour la casse, l'assura Mimi. Tu étais où, d'ailleurs ? Tu es en retard.

Bliss secoua la tête, atterrée. Elle se demandait ce que dirait sa belle-mère si elle savait que son précieux « domaine des Rêves » était transféré quelque part en plein New Jersey. Elle regarda Mimi bouche bée pendant une seconde, puis leva les mains, résignée, et partit se changer dans sa chambre.

– Ne me remercie pas, surtout, lui cria Mimi.

La chaîne stéréo à effet *surround* des Llewellyn vomissait à pleins tubes le dernier remix *smashcut* (Destiny's Child contre Nirvana). Mimi sourit dans le noir. Elle passa la langue sur ses lèvres brillantes de sang. Son amant italien était quelque part par là, assommé comme d'habitude.

– Martini-litchi ? demanda une serveuse en lui présentant un cocktail.

Parfait pour faire descendre. Mimi sourit et vida son verre. Puis elle en prit un autre, et encore un, sous le regard perplexe de la serveuse.

– Alors, on a soif ? fit une voix derrière elle.

Mimi se retourna.

Dylan Ward l'observait, les yeux cachés derrière ses cheveux noirs. Le même sentiment d'effroi l'envahit.

– Qu'est-ce que t'as ? ricana-t-elle avec mépris.

Dylan haussa les épaules.

Mimi fit quelques pas jusqu'à lui. Elle portait une veste cintrée en cuir rouge Dsquared et une jupe ajourée Balenciaga qui épousait ses formes. Elle était contrariée que Dylan ne remarque même pas comme cette jupe lui faisait de belles jambes. Blasphème ! Elle jeta un œil sur son cou. Pour le moment, rien n'indiquait que Bliss eût tenté de sceller leur union. Mimi sourit intérieurement. Une idée prenait forme dans son esprit. Voilà qui pourrait être marrant !

Si elle se livrait à la *Caerimonia osculor* sur Dylan avant Bliss, il serait lié à elle pour toujours. Il oublierait complètement Bliss. Elle serait bien punie d'avoir continué à le voir malgré l'interdiction de Mimi. Ce n'était pas que Dylan l'intéressât particulièrement ; simplement, elle s'ennuyait.

Elle baissa les cils avec coquetterie.

– Tu peux m'aider ? lui demanda-t-elle en l'entraînant à l'écart de la fête.

Dans l'ombre, elle avait l'air d'une belle fille sans défense et, sans même y penser, Dylan se retrouva à la suivre automatiquement, de plus en plus loin, et à s'enfoncer avec elle dans l'obscurité.

– Mais je suis invitée ! Je connais les propriétaires ! protesta Theodora.

Elle n'avait jamais entendu parler de listes d'invités pour une fête en appartement ! D'un autre côté, c'était sa première fête privée. L'ascenseur l'avait déposée à l'étage inférieur du triplex, et elle avait trouvé son chemin barré par une escouade de chargées de relations publiques au visage de marbre.

– Vous avez renvoyé le coupon de votre invitation ? lui demanda l'une d'elles agressivement en faisant claquer son chewing-gum et en regardant d'un œil torve la tenue dépareillée de Theodora.

Cette dernière portait une tunique flottante avec des rangs

de perles en plastique, un short en jean sur des leggings noirs et des santiags tout éraflées.

– Je n'ai été prévenue qu'aujourd'hui, gémit Theodora.

– Désolée, vous n'êtes pas sur la liste, répondit la fille armée de sa planchette à pince en savourant son refus.

Theodora était sur le point de reprendre l'ascenseur pour rentrer chez elle lorsque Bliss apparut derrière une porte de service.

– Bliss ! lui cria-t-elle. Elles ne veulent pas me laisser entrer !

Bliss s'approcha d'un pas autoritaire. Elle s'était douchée et avait enfilé une robe Missoni près du corps à rayures en zig-zag, avec des spartiates à talons. Elle prit Theodora par le bras et la tira à travers la haie de cerbères à planchette, malgré leurs protestations énergiques. Elle l'entraîna dans la pièce principale, remplie d'élèves de Duchesne qui visaient les boissons du bar, se prélassaient sur les canapés ou se déhanchaient devant les fenêtres.

– Merci, lui dit Theodora.

– Désolée. C'est Mimi. Je lui ai dit que mes parents n'étaient pas là et que je pensais organiser une petite fête, et voilà, elle met sur pied l'after des MTV Movie Awards, genre.

Theodora s'esclaffa. Elle regarda autour d'elle : il y avait des go-go boys et des go-go girls qui se trémoussaient dans des cages pendues au plafond, et elle reconnut plusieurs visages célèbres dans l'assemblée.

– Ce serait pas *** ? demanda Theodora en remarquant une sémillante actrice adolescente qui engloutissait des bières devant un public déchaîné.

– Si, soupira Bliss. Viens, je vais te faire visiter le reste. D'habitude, ça ne ressemble pas à ça.

– Ce serait avec plaisir, mais j'ai quelque chose à faire d'abord.

Bliss haussa les sourcils.

– Ah ?

– Il faut que je trouve Jack Force.

Oui, il fallait qu'elle trouve Jack. Il fallait qu'elle lui raconte ce qui lui était arrivé. Ils s'étaient à peine parlé depuis le soir du bal, mais elle sentait qu'il était le seul à pouvoir la comprendre. Elle luttait pour se raccrocher au souvenir... Déjà il lui échappait... Déjà elle ne savait plus exactement où, pourquoi, ni comment cela s'était produit... Sauf les yeux, ces yeux étincelant de rouge dans le noir, avec leurs pupilles argentées. Des yeux rouges et des dents pointues.

Mais l'appartement des Llewellyn était comme une maison enchantée qui s'étend à l'infini : où que l'on se tournât, d'innombrables couloirs s'ouvraient sur des pièces et des pièces remplies de trésors cachés. Theodora trouva une piscine intérieure, une salle de musculation entièrement équipée, et ce qui ressemblait à un Spa ouvert jour et nuit avec son personnel, ses tables de massage et ses huiles essentielles ; il y avait aussi une salle de jeux pleine de jouets de fête foraine à l'ancienne, avec des diseuses de bonne aventure mécaniques et des automates à un penny, tous en parfait état de marche. Elle glissa une pièce dans une fente et retira sa prédiction.

« VOUS ÊTES UN VOYAGEUR DANS L'ÂME. DE LOINTAINS PÉRIPLES VOUS ATTENDENT. »

Elle regretta qu'Oliver ne soit pas là pour voir ça.

– Vous n'avez pas vu Jack ? Jack Force ? demandait-elle à tous ceux qu'elle rencontrait.

On lui dit qu'il venait de partir, ou qu'il était à un autre étage, ou qu'il venait d'arriver. Il semblait être partout et nulle part.

Elle finit par le trouver dans une chambre d'amis vide de l'étage supérieur. Il grattait une guitare et fredonnait doucement pour lui-même. En bas se déroulait la fête du siècle, mais Jack préférait le silence du dernier étage.

– Theodora ? dit-il sans lever les yeux.

– Il s'est passé quelque chose, dit-elle en fermant doucement la porte derrière elle.

À présent qu'elle l'avait enfin trouvé, tous les sentiments qu'elle avait refoulés remontaient. Elle tremblait, trop effrayée pour remarquer qu'il avait deviné sa présence sans même la voir. Elle écarquillait des yeux terrifiés. Sans réfléchir, elle courut le rejoindre et s'assit à côté de lui sur le lit.

Il passa un bras protecteur autour de ses épaules.

– Qu'est-ce qui ne va pas ?

– Je suis allée à une séance photo aujourd'hui, et après je marchais toute seule... et j'ai été... je ne me rappelle plus.

Elle cherchait ses mots avec effort. Elle luttait pour retrouver les images. À cet instant, elles étaient incrustées au fer rouge dans son esprit, et pourtant elle avait l'impression de tendre les doigts sans pouvoir les attraper. Elle s'accrochait aux vrilles du souvenir... Quelque chose de terrible avait failli lui arriver... mais quoi ? Quels mots pourraient rendre ce qu'elle avait vécu, et pourquoi sa mémoire la trahissait-elle ?

– J'ai été agressée, se força-t-elle à dire.

– Quoi ?

Il jura. Il la secoua par les épaules puis la serra contre lui.

– Par qui ? Raconte-moi.

– Je ne me rappelle pas. Il a fini par partir, mais il était... puissant, je ne pouvais pas l'arrêter. Rouges... des yeux rouges... des dents... qui allaient me percer... là, dit-elle en montrant son cou. Je l'ai senti, profond, dans mes veines... Mais regarde, je n'ai aucune marque ? Je ne comprends pas.

Jack fronça les sourcils. Il garda les bras autour d'elle.

– Je vais te dire quelque chose. Quelque chose d'important.

Theodora hocha la tête.

– Quelque chose est à nos trousses. C'est là, dans la nature, et cela traque les sang-bleu, dit-il doucement. Je n'en étais pas sûr, mais maintenant si.

– Comment ça, cela nous traque, nous ? Ce n'est pas le contraire ? Nous sommes ceux dont tout le monde est censé avoir peur !

Jack secoua la tête.

– Je sais que ce n'est pas logique.

– Parce que le Comité a dit qu'on ne pouvait pas se faire tu...

– Exactement, la coupa Jack. Ils nous ont toujours dit qu'on vivait pour l'éternité, qu'on était immortels et invulnérables, que rien ne pouvait nous tuer, pas vrai ? demanda-t-il.

– C'est ce que je disais, acquiesça Theodora.

– Et ils ont raison. J'ai essayé.

– Essayé quoi ?

– Je me suis jeté sous des trains. Je me suis coupé. C'est

moi qui suis tombé par la fenêtre de la bibliothèque l'année dernière.

Theodora se souvenait de cette rumeur : un élève aurait sauté du balcon du troisième étage et atterri dans la cour en bas. Mais elle n'en avait rien cru. Personne ne pouvait survivre à une chute de quinze mètres, et encore moins retomber sur ses pieds.

– Pourquoi ?

– Pour voir s'ils nous disaient la vérité.

– Mais tu aurais pu te tuer !

– Non. Impossible. Le Comité avait raison, sur ce point au moins.

– L'autre soir, devant le *Block 122*... tu as bien été renversé par le taxi, alors !

Il opina.

– Mais je n'ai rien eu.

– Non.

– Theodora, écoute-moi. Rien ne peut nous faire de mal... sauf...

– Sauf... ?

– Je ne sais pas !

Il serra les poings de frustration.

– Mais il y a bien quelque chose. Le Comité ne nous dit pas tout.

Jack lui expliqua qu'avant la première réunion les membres seniors du Comité avaient décidé de ne pas parler du danger aux plus jeunes. Au lieu de les alerter, ils avaient jugé préférable de les laisser dans l'ignorance pour l'instant. C'était déjà beaucoup, pour les nouveaux, d'apprendre la vérité sur leur véritable héritage ; inutile de tirer la sonnette d'alarme alors qu'il n'y avait peut-être aucune raison de le faire. Sauf que personne ne les avait crus.

– Ils nous cachent quelque chose. Je crois que c'est lié à ce qui s'est passé auparavant, dans notre histoire. Un truc en rapport avec Plymouth, lorsque nous sommes arrivés ici, au départ. J'ai essayé de le retrouver dans mes souvenirs, mais c'est comme si quelque chose me le cachait. Quand j'essaie d'y penser, tout ce que je me rappelle, c'est un mot. Un message cloué à un arbre dans une prairie déserte. Il y a un mot écrit dessus : « Croatan ».

– Qu'est-ce que c'est que ça ?

Croatan. Theodora frissonna, révulsée rien qu'à l'entendre.

– Aucune idée. (Jack secoua la tête.) Je ne sais même pas de quoi il s'agit. Ça pourrait être n'importe quoi. Peut-être un endroit, je ne suis pas sûr. Mais je pense que c'est en rapport avec ce truc dont ils ne nous ont pas parlé. Une chose qui a le pouvoir de tuer les sang-bleu.

– Mais comment tu le sais ? Comment tu peux en être aussi sûr ? lui demanda-t-elle, alarmée.

– Parce que, comme je te l'ai dit, Aggie Carondolet a été assassinée, dit-il en plongeant le regard dans ses yeux bleu profond.

Theodora était sans voix.

– Et ?

– Aggie était un vampire.

Theodora s'étrangla. Bien sûr ! C'est pour cela qu'elle avait été tellement touchée à l'enterrement. Elle savait, tout au fond, qu'Aggie était des leurs.

– Elle ne reviendra pas. Elle est partie. Son sang a disparu de son corps, jusqu'à la dernière goutte. Ses souvenirs, ses vies, son âme... tout est parti. Pompé, comme nous on pompe les sang-rouge, dit-il tristement. Éteint. Emporté.

Theodora le regarda avec horreur. Ça ne pouvait pas être vrai.

– Et elle n'est pas la première. C'était déjà arrivé.

Journal de Catherine Carver
25 décembre 1620
Plymouth, Massachusetts

Partout, c'est la panique. La moitié d'entre nous sont décidés à fuir, à chercher des terres plus sûres. Peut-être partir vers le sud, encore plus loin. Le Conclave se réunit aujourd'hui pour discuter des possibilités. John est convaincu que l'un d'entre eux est parmi nous, que l'un d'entre nous a succombé à leur pouvoir. Il est fermement décidé à en convaincre les Aînés. William White a dit qu'il le soutiendrait. Mais Myles Standish est catégorique : il veut que nous restions. Il avance que, même si la colonie de Roanoke a disparu, rien ne prouve qu'elle ait été frappée par Croatan. Un mensonge hystérique, dit-il, peut-être même une rumeur malveillante. Il refuse de croire à un message laissé sur un arbre. Le Conclave le suit, comme toujours : on ne les a jamais vus échouer à s'accorder. Le doute n'est pas dans nos usages. Aussi loin que remontent mes souvenirs, Myles Standish nous a guidés avec compétence. Mais John est certain que nous sommes en danger. Rester ou partir ? Mais où irions-nous ?

C. C.

Vingt-sept

Quelle idée, ces fumigènes... On se serait cru à un mauvais spectacle de magie, là-dedans. Bliss dispersa quelques élèves de seconde qui tentaient de piquer plus d'un sac-cadeau sur la table près de la sortie, et fit le tour de la pièce. Elle sentit monter la panique. Elle ne trouvait Dylan nulle part. C'était le seul type qu'elle eût envie de voir, et il était introuvable.

Elle se laissa tomber sur le canapé en cuir et regarda vers le couloir qui menait aux salons de massage. Deux personnes se pelotaient derrière la sculpture de glace. La plus grande ne lui était pas inconnue : cette manche en vieux cuir usé, ces franges d'écharpe en soie blanche... Ce ne pouvait être que...

– Dylan ? demanda Bliss.

Mimi se retourna. Merde. Elle aurait dû l'emmener dans la salle de bains ou dans un endroit plus tranquille. Elle rétracta rapidement ses crocs et dégaina son sourire le plus éblouissant.

– Bliss, ma chérie, te voilà, dit-elle.

Dylan se retourna, les yeux vitreux et le regard dans le vague.

– Qu'est-ce que tu fais ? demanda Bliss à Mimi.

– Rien, fit cette dernière en haussant les épaules. On discutait.

Bliss attira Dylan dans la lumière. Elle inspecta son cou à la recherche de marques, mais il n'y en avait aucune. Bien. Elle fusilla Mimi du regard et entraîna le garçon à l'écart.

– Qu'est-ce que tu faisais avec elle ? lui demanda-t-elle durement.

Dylan haussa les épaules. Il ne s'était même pas rendu compte qu'il était avec Mimi Force. Il était perdu dans une sorte d'hébétude, comme sous l'effet d'un sortilège. Il cligna des yeux et regarda Bliss.

– T'étais où ? lui demanda-t-il d'une voix soudain redevenue normale.

– Je te cherchais, dit-elle.

Il sourit.

– Viens, je vais te montrer ma chambre, continua Bliss.

Dylan avait l'air déplacé dans le cadre de sa chambre. Comme s'il était trop mâle, trop sale... trop réel. Il eut un sourire narquois à la vue du lit de princesse blanc avec son édredon mousseux à fleurs, du tapis vert pâle, du papier peint rose, de l'armoire en rotin blanc, de la maison de poupées à quatre étages, des éclairages de théâtre autour de la coiffeuse.

– Bon d'accord, je sais, c'est un peu fifille, concéda-t-elle.

– Un peu ? la taquina-t-il.

– Ce n'est pas ma faute. C'est ma belle-mère. Elle croit que j'ai encore douze ans, genre, ou quelque chose comme ça.

Dylan lui adressa un large sourire. Il ferma doucement la porte et tamisa les lumières.

Bliss se sentit soudain nerveuse.

– Excuse-moi une seconde, dit-elle en se glissant dans la salle de bains pour reprendre son souffle.

Ça allait être sa première fois, et elle avait un peu le trac. Elle allait faire ça – ÇA ! –, la *Caerimonia osculor*... qui le lierait à elle par le sang... Elle allait lui donner le baiser sacré... mais il ne s'en doutait pas encore. À ce qu'elle savait, il suffisait de commencer... et ils – les humains – se mettaient à se tortiller d'extase... On se sentait tout chaud et moite... et ensuite, elle se sentirait mieux que jamais.

Lorsqu'elle sortit de la salle de bains, Dylan était déjà couché sur le lit, adossé aux moelleux oreillers en plume. Il était mince et sexy dans son tee-shirt déchiré Ben Folds. Il retira d'un coup de pied ses Nike Dunks et tapota la place à côté de lui.

En trouvant son écharpe et son blouson de cuir suspendus au montant du lit, Bliss eut une idée. Elle glissa un double de ses clés dans l'une des poches.

– Qu'est-ce que tu fais ? lui demanda Dylan.

– Rien... je te donne juste quelque chose pour que ce soit plus facile de se voir la prochaine fois, minauda-t-elle.

– Eh bien, maintenant, viens par ici.

– J'ai froid, dit-elle en se glissant sous les couvertures.

Au bout d'une seconde, Dylan repoussa les draps et se glissa dessous avec elle.

Ils restèrent allongés ainsi un moment, à écouter le martèlement du gangsta rap qui montait du deuxième étage.

– C'est vrai que tu es toute froide, s'étonna-t-il.

– Mais toi, tu as la peau chaude, dit-elle.

Il la prit dans ses bras. Ils se mirent à s'embrasser – et Bliss fut heureuse de ne pas tomber dans les pommes cette fois. Elle sentit sa main partir en exploration sous sa robe, chercher son soutien-gorge. Elle sourit en se disant que les garçons étaient tous les mêmes. Il aurait ce qu'il voulait, mais pas avant qu'elle n'ait obtenu ce qu'elle voulait, elle.

Elle ferma les yeux tandis que ses mains chaudes dégrafaient son soutien-gorge. Il retira sa robe en la passant par-dessus sa tête. Elle se souleva un peu sur le lit pour l'aider et se retrouva nue devant lui, à l'exception de son string Cosabella.

Elle ouvrit les yeux et le vit au-dessus d'elle. Elle l'attira à elle.

Il croisa les bras et remonta son tee-shirt sur son torse. Il était si maigre qu'elle sentait les côtes sous sa peau. Ils avaient tous deux le souffle court, et en un instant il fut sur elle, pressant son corps contre le sien.

Elle lui caressa le cou et sentit une bosse dure dans son jean appuyer contre sa cuisse. Ils roulèrent enlacés, et elle se retrouva sur son torse. Il la tenait contre lui, les mains caressant son dos, faisant glisser son dernier sous-vêtement. Elle l'embrassa sur la bouche, descendit à coups de langue le long de la mâchoire.

Elle sentit sortir ses crocs ; elle allait le faire... Maintenant ! Elle sentait presque l'odeur de son sang riche, épais... Elle leva la mâchoire supérieure... et, soudain, la chambre s'illumina.

– Putain, qu'est-ce que...

La tête de Dylan émergea de l'édredon.

Dans le couloir, deux élèves de seconde les regardaient en gloussant.

– Oups ! Pardon !

Bliss leva les yeux sur elles, les crocs encore sortis.

Les deux filles à la porte se mirent à hurler.

Bliss désarma prestement. Merde. Le Comité les avait bien prévenus : il ne fallait pas laisser les sang-rouge les voir tels qu'ils étaient, connaître leur vraie nature. Mais ce n'étaient que des gamines : elles croiraient peut-être avoir tout imaginé.

Il y eut un bruit sourd derrière elle. Dylan était tombé du lit et roulait lourdement par terre.

Toujours sous l'édredon, Bliss se retourna pour voir ce qui l'avait fait sursauter. Son père était dans le couloir. D'où sortait-il ? Pourquoi ses parents étaient-ils déjà rentrés ? Bliss remit sa robe à toute vitesse.

– Que se passe-t-il, là-dedans ? demanda le sénateur. Bliss, tout va bien ? Et vous, qui êtes-vous ?

Dylan sautillait à travers la chambre en remontant son jean et en tirant sur son tee-shirt. Il attrapa son blouson de cuir et glissa les pieds dans ses baskets.

– Euh, enchanté, moi aussi.

– Qu'est-ce que ça veut dire ? demanda Forsyth Llewellyn avec autorité. Bliss, qui est ce garçon ?

Le cœur en cendres, elle entendit les pas de Dylan dévaler l'escalier quatre à quatre

Maintenant, il ne serait plus jamais à elle.

– Jeune fille, peux-tu m'expliquer ? Que se passe-t-il au juste ? Et où sont passés tous nos meubles ?

Vingt-huit

Theodora ne doutait pas un instant de ce que lui disait Jack. Il lui raconta comment on avait trouvé Aggie au club, vidée de tout son sang, exactement comme un sang-rouge après consomption complète, sauf que c'était à l'une des leurs que c'était arrivé. De même qu'ils prenaient les humains pour proies, quelque chose s'attaquait à eux. Jack lui expliqua que si les sang-bleu obéissaient au Code – pas un humain n'avait été saigné à mort depuis des siècles –, ceux qui traquaient les sang-bleu ne se montraient pas si loyaux.

Ensuite, il lui parla d'une fille qui était morte pendant l'été, dans le Connecticut. Encore une sang-bleu. Elle était en deuxième année à Hotchkiss, et on l'avait retrouvée dans le même état qu'Aggie. Il y avait également un garçon de Choate, âgé de seize ans, qui était mort juste avant la rentrée. Lui aussi était membre du Comité. Là encore, tout son sang avait disparu de son corps. La mort d'Aggie n'était que la dernière dont on eût entendu parler.

Convaincu que les Aînés leur cachaient quelque chose, Jack était bien décidé à découvrir de quoi il retournait.

– Pourquoi est-ce que j'ai l'impression d'avoir déjà vu ça, de l'avoir déjà vécu ? Quelque chose me bloque la mémoire. C'est presque comme si quelqu'un l'avait falsifiée, je ne sais pas comment. Mais il faut qu'on sache. Il faut que nous comprenions ce qui nous arrive. Et pourquoi est-ce que tous les morts ont notre âge ? Tu es avec moi ? lui demanda-t-il.

Theodora acquiesça.

– Il faut qu'on trouve comment arrêter ça. Pour notre bien à tous. On ne peut pas rester dans le noir comme en ce moment. Les Aînés pensent que ça va se tasser, mais si ça ne passe pas ? Je veux être prêt pour affronter cette chose – quelle qu'elle soit.

Il avait l'air tellement passionné, tellement en colère, que Theodora ne put s'empêcher de poser la main sur sa joue. Il la regarda intensément.

– Ça va être dangereux. Je ne veux pas t'entraîner dans quelque chose que tu risques de regretter.

– Ça m'est égal, dit Theodora. Je suis d'accord avec toi. Nous devons découvrir ce que c'est que cette chose. Et pourquoi elle nous traque.

Il l'attira contre lui, au point qu'elle sentit battre son cœur dans sa poitrine. Elle se sentait étonnamment calme et concentrée... comme si c'était le seul endroit au monde où elle fût à sa place.

Il s'inclina, frottant doucement le nez contre le sien, et elle leva le menton pour se laisser embrasser.

Lorsque leurs lèvres se joignirent et que leurs langues se touchèrent, ce fut comme s'ils s'embrassaient en cent endroits différents, et leurs sens furent envahis de perceptions nouvelles et de souvenirs anciens. Il l'embrassait, et leurs âmes se fondaient l'une dans l'autre comme une mélodie plus vieille que le temps.

– Charmant tableau.

Theodora et Jack s'éloignèrent l'un de l'autre.

Debout devant eux, Mimi applaudissait lentement.

– Tu n'avais pas besoin de faire ça, Mimi, lui dit froidement Jack.

Theodora piqua un fard. Pourquoi la sœur de Jack la fixait-elle ainsi du regard ? Comme si, comme si... comme si elle était jalouse d'eux deux ! Si ce n'était pas tordu et malsain, ça, comme idée ! Est-ce qu'elle avait raté quelque chose ? Mimi était sa jumelle, bon sang !

– Les Llewellyn sont là. Ils sont plutôt furax. Je suis venue te prévenir. Faut qu'on se tire d'ici.

Jack et Theodora suivirent Mimi jusqu'à l'escalier de service, dans lequel s'engouffraient déjà des dizaines d'invités qui agrippaient leurs sacs-cadeaux et discutaient avec animation.

– Oh, merde ! J'ai oublié d'en prendre un, jura Mimi. En plus, je n'ai plus de lait pour le corps, se lamenta-t-elle en sortant dans le hall.

Le concierge de l'immeuble semblait quelque peu horrifié de se trouver face à cette irruption d'ados en troupeau, dont certains tenaient encore à la main leur canette de bière ou leur verre à cocktail. Il les regarda passer bouche bée.

Le groupe se dispersa et Mimi sortit en courant dans la rue, où leur voiture l'attendait.

– Jack, tu viens ? demanda-t-elle en se retournant impatiemment.

– Tu t'en vas ? lui demanda Theodora.

– Pour l'instant. Je t'expliquerai plus tard, d'accord ? dit-il en lui prenant la main et en la serrant.

Puis il la lâcha.

Theodora secoua la tête. Non. Pourquoi fallait-il qu'il parte ? Elle voulait qu'il reste à ses côtés, pas qu'il s'en aille quelque part sans elle. Elle avait encore les lèvres meurtries par la force de ses baisers, les joues rougies par sa barbe naissante.

– Ne sois pas comme ça. Rappelle-toi ce que je t'ai dit. Fais attention à toi. Et ne va nulle part sans Beauty.

Elle hocha la tête sans dire un mot et s'apprêta à lui tourner le dos. Mais, se ravisant, elle tendit la main pour l'attraper par le bras.

– Jack.

– Oui ?

– Je...

Elle hésita. Elle savait ce qu'elle voulait lui dire, mais ne pouvait pas se résoudre à prononcer les mots.

Finalement, elle n'eut pas à le faire. Il mit la main sur son cœur et hocha la tête.

– Je ressens la même chose pour toi.

Puis il se retourna et disparut dans la berline Town Car où l'attendait sa sœur.

VINGT-NEUF

Theodora suivit des yeux la voiture qui s'éloignait, déchirée par des sentiments et des pensées contradictoires. Aggie était un vampire... et elle était morte, ce qui voulait dire qu'elle, Theodora, pouvait mourir aussi. Elle y serait passée aujourd'hui si Beauty n'avait pas été là. Elle regarda la berline disparaître au coin de la rue. Il la quittait. Quelque chose, dans la manière dont il était parti, lui avait donné l'impression qu'il s'en allait pour toujours, et qu'elle serait toujours seule.

– Puis-je vous aider, mademoiselle ? lui demanda le concierge renfrogné en pinçant ses lèvres fines.

Theodora regarda autour d'elle. Il ne restait plus qu'elle dans le hall de marbre de l'immeuble des Llewellyn.

– En fait, oui, répondit-elle doucement. Il me faudrait un taxi, s'il vous plaît.

Le portier, à l'entrée, eut tôt fait de lui en trouver un.

– Au coin des rues Houston et Essex, s'il vous plaît, dit-elle au chauffeur.

Elle allait retrouver la seule personne avec qui elle se sentît en sécurité.

Devant le *Bank*, il y avait autant la queue que d'habitude, mais cette fois Theodora se rendit tout droit devant le cordon de sécurité.

– Pardon, dit-elle à la drag queen, il faut vraiment que j'entre tout de suite.

L'imitatrice de Cher plissa les lèvres.

– Et moi, il faut vraiment que je me fasse retendre le ventre. Mais on n'a pas toujours ce qu'on veut dans la vie. Allez ouste, à la queue comme tout le monde.

– Vous ne m'avez pas bien comprise. J'ai dit : LAISSEZ-MOI ENTRER TOUT DE SUITE.

Dans sa tête, ses paroles rugissaient carrément, plus fort même que la dernière fois qu'elle avait essayé.

La drag queen tituba en arrière, la tête entre les mains comme si elle avait pris un coup. Elle fit un signe du menton aux deux gardes-chiourmes de l'entrée, qui soulevèrent le cordon.

Theodora entra à grands pas, balayant mentalement le type qui déchirait les tickets et celui qui vérifiait les papiers d'identité : ils se retrouvèrent plaqués contre le mur comme de simples dominos.

À l'intérieur du club, il faisait noir comme dans un four. Theodora distinguait à peine la silhouette des fêtards qui se déhanchaient, chantaient et dansaient sur la musique lancinante. Le son était tellement fort qu'elle le sentait entrer par chaque pore de sa peau. Elle se fraya un chemin dans la foule, plus au toucher qu'à la vue, avançant lentement mais régulièrement en poussant les danseurs. Enfin elle trouva l'escalier qui menait au salon de l'étage supérieur.

– Herbe, acide, ecsta ? siffla un dealer reptilien perché sur la troisième marche. Quelque chose pour la petite demoiselle ? Pour l'envoyer dans les étoiles ?

Theodora secoua la tête et le dépassa sans ralentir.

Elle trouva Oliver à l'étage, assis jambes croisées près des fenêtres, en train d'admirer la vue sur l'avenue A. Il semblait à la fois distant et parfaitement malheureux. Elle ressentait exactement la même chose. C'est en voyant son visage bien connu, ses yeux noisette cachés par sa longue frange, qu'elle comprit combien il lui avait manqué.

– Il faut que je te dise quelque chose, lui dit-elle.

Oliver croisa les bras.

– Quoi ? Tu ne vois pas que je suis occupé ? fit-il sèchement en montrant du geste le vaste espace vide autour de lui. Enfin du moins, j'*étais* occupé. Il y a encore une minute, c'était blindé de monde ici. Je ne sais pas comment tu as fait pour louper ça.

– Ce n'est pas parce que..., protesta-t-elle. *Ce n'est pas parce que je t'ai laissé tout seul au bal et que je suis partie avec un autre garçon...*, allait-elle dire, mais elle s'arrêta juste à temps.

C'était vrai qu'elle avait laissé Oliver seul alors que, sans aucun conteste, elle était sa cavalière. Il était son meilleur ami et elle le voyait tout le temps, mais au bal ils étaient censés former un couple. Pas un couple d'amoureux, mais un couple dans le sens de « on est venus à ce bal pourri ensemble alors essayons de nous amuser ensemble ». Elle avait fait quelque chose d'incroyablement mal élevé. Qu'en aurait-elle pensé si Oliver lui avait fait le même coup ? S'il l'avait laissée toute seule, sans personne à qui parler, pour s'en aller danser avec Mimi Force ? Elle lui ferait probablement autant la tête qu'il le faisait là. Probablement plus, même.

– Ollie, je suis désolée pour samedi soir, dit-elle finalement.

– Tu as dit quelque chose ?

– Désolée. Je te dis que je suis désolée, OK ? Je n'ai pas réfléchi.

Il leva les yeux vers le plafond, comme pour s'adresser à un observateur invisible.

– Theodora Van Alen qui reconnaît ses torts. Je ne peux pas y croire.

Mais ses yeux noisette se plissèrent, et elle sut qu'ils étaient de nouveau amis.

C'était tout ce qu'elle avait eu à dire. « Désolée. » Aussi usé et galvaudé fût-il, « désolée » était un mot puissant. Assez puissant pour faire en sorte que son meilleur ami se remette à lui parler.

– Tout va bien, alors ?

Oliver fut obligé de rire.

– Ouais, je crois bien.

Theodora sourit. Elle s'assit à côté de lui sur le rebord de la fenêtre. Il était son meilleur ami, son confident, son âme sœur, et au cours de la semaine passée elle l'avait ignoré, négligé, elle s'était éloignée parce qu'elle avait eu trop peur pour lui révéler la vérité sur son compte.

– Il faut que je te dise quelque chose sur moi.

Elle tendit le bras et prit sa main dans les siennes.

– Oliver, je suis un... Je suis un vam...

Le visage d'Oliver s'adoucit.

– Je suis déjà au courant.

– Pardon ? fit-elle brutalement.

– Theodora. Il faut que je te montre quelque chose.

Sans lui lâcher la main, il l'entraîna dans l'escalier, dépassa la piste de danse du rez-de-chaussée et des toilettes mixtes, et l'emmena vers le coin où elle avait vu l'étrange mur aveugle la dernière fois qu'elle était venue. Il marmonna quelques mots et le contour d'une porte se dessina, brillant et lumineux. Oliver poussa doucement sur le mur, qui s'ouvrit en pivotant, révélant un escalier abrupt en colimaçon qui descendait jusqu'aux tréfonds des entrailles du bâtiment.

– Qu'est-ce que c'est que ça ? demanda Theodora en passant la porte.

Le mur se referma derrière eux, et ils se retrouvèrent seuls dans le noir. Oliver sortit une fine torche électrique de sa poche de chemise.

– Suis-moi, dit-il.

Ils commencèrent à descendre les marches, qui semblaient s'enfoncer en spirale sur des kilomètres. Le temps qu'ils atteignent la dernière, Theodora était tout essoufflée.

Il y avait là une nouvelle porte, splendide celle-là, faite d'or, d'ébène et de platine. Autour de l'encadrement se déployaient ces trois mots : « *INGREDIOR PERCIPIO ANIMUS* ».

Oliver prit une clé en or dans son portefeuille et la tourna dans la serrure.

– On est où ? Qu'est-ce que c'est, tout ça ? demanda Theodora en posant timidement un pied dans la pièce.

C'était une bibliothèque, un espace clair et spacieux qui sentait la craie et le parchemin. Des rayonnages couverts de livres montaient jusqu'au plafond, à vingt-cinq mètres de haut, et un dédale d'échelles et de passerelles connectait les empilements vertigineux. L'endroit, décoré d'épaisses tapisseries d'Aubusson et de lampes à abat-jour vert, était pimpant et bien éclairé. Plusieurs chercheurs, installés derrière des secrétaires à rouleau, levèrent les yeux avec curiosité quand ils entrèrent. Oliver s'inclina pour les saluer et entraîna Theodora dans un coin isolé.

– C'est le Sanctuaire de l'histoire. Nous sommes responsables de sa conservation.

– Qui, « nous » ?

Oliver posa la main sur ses lèvres. Il l'entraîna vers un petit bureau miteux au fond de la pièce. Un iBook flambant neuf était posé dessus, ainsi que plusieurs photos encadrées et une douzaine de Post-it. Il chercha quelque chose sur l'étagère du bureau et, avec un grognement de satisfaction, prit un livre moisi et sali par des années d'utilisation. Il souffla doucement sur la couverture, l'ouvrit à la première page et le lui présenta. Il lui montra du doigt la page friable où était dessiné un arbre généalogique, avec le nom de Van Alen au centre, et Hazard-Perry en petites lettres en dessous.

– Qu'est-ce que c'est ?

– Cela indique notre lien de parenté, lui expliqua Oliver. Ou plutôt d'association. Nous ne sommes pas de la même famille, ne t'en fais pas.

– Qu'est-ce que tu veux dire ?

Elle en était toujours à essayer de se faire à l'idée qu'il y avait une bibliothèque secrète sous la boîte de nuit.

– Ma famille sert la tienne depuis des siècles.

– Pardon ?

– Je suis un Intermédiaire. Comme tout le monde dans ma famille. Nous prenons soin des sang-bleu depuis toujours. Nous sommes médecins, avocats, comptables, financiers. Et, à ce titre, nous travaillons pour les Van Alen depuis le XVIIIe siècle. Tu connais le Dr Pat ? C'est ma tante.

– Comment ça, vous nous servez ? Ta famille est cent fois plus riche que la mienne ! remarqua Theodora.

– Un accident du destin. Nous nous sommes proposés pour améliorer la situation, mais ta grand-mère n'a pas voulu en entendre parler. Elle s'est contentée de nous dire : « Les temps changent. »

– Mais qu'est-ce que ça veut dire, un « Intermédiaire » ?

– Ça veut dire que nous servons à quelque chose de particulier. Les humains ne sont pas tous des familiers.

– Tu es au courant pour ça ? lui demanda-t-elle.

Baissant de nouveau les yeux sur la page, elle reconnut les noms de ses ancêtres du côté de sa mère.

– Je sais pas mal de choses.

– Mais pourquoi tu ne m'as jamais rien dit ?

– Je n'ai pas le droit.

– Mais comment ça se fait que tu saches ce que tu es alors que moi je ne savais pas ce que j'étais ?

– Pas la moindre idée ! Ça a toujours été comme ça. Être un Intermédiaire, c'est une chose qui se transmet de génération en génération, qu'on nous enseigne, et qui est plus facile à apprendre à un jeune âge. Notre mission est de garder le secret des sang-bleu, de les protéger et de les aider à réussir sur Terre. C'est une pratique ancienne, et de nos jours seules quelques familles de vampires ont encore des Intermédiaires. La plupart, comme les Force par exemple, se sont débarrassées des leurs. La tradition remonte à la nuit des temps, et certains sang-bleu rompent avec les vieilles coutumes. Comme disait ta grand-mère, les temps changent. Je suis un des derniers.

– Pourquoi ?

– Va savoir, fit Oliver en haussant les épaules. La plupart

des sang-bleu sont parfaitement capables de se débrouiller tout seuls, de toute manière. Ils ne font pas confiance aux sang-rouge pour leurs affaires ; ils préfèrent garder le contrôle.

À un autre bureau, un grand bruit les fit se retourner. Ils virent un bibliothécaire bossu et tremblotant se faire admonester par une vieille femme en colère coiffée d'un carré blond distinctement reconnaissable.

– Que se passe-t-il ?

– C'est Anders qui se fait encore gronder. Mrs Dupont n'est pas contente de la tournure que prennent ses recherches.

Theodora reconnut la silhouette gracieuse de la directrice du Comité.

– Et Anders, c'est ?...

– Un bibliothécaire. Tous les employés de la bibli sont des sang-rouge. Ce sont des Intermédiaires qui ne sont plus chargés exclusivement d'une famille.

Theodora remarqua que les sang-bleu de la bibliothèque donnaient leurs ordres aux bibliothécaires d'un ton hautain, autoritaire, et l'espace d'un instant elle eut honte d'être un vampire. Que faisaient-ils de la courtoisie la plus élémentaire ?

– Pourquoi est-ce qu'ils vous parlent comme ça ?

– Ta famille ne s'est jamais comportée ainsi, dit Oliver en rougissant. Mais, comme je te l'ai dit, la plupart des sang-bleu nous détestent. Ils sont d'avis que nous ne devrions même pas être là ni connaître leur existence. Sauf que, parmi les vôtres, personne ne veut se charger du Sanctuaire. Ça n'intéresse personne de s'occuper de vieux bouquins.

– Et elle, qu'est-ce qu'elle fait là, d'abord ? se demanda Theodora à voix haute en regardant Mrs Dupont vérifier des papiers apportés par son Intermédiaire.

– Nous sommes au quartier général du conclave des Aînés. Les Sentinelles... tu sais. C'est là qu'elles se retrouvent, dans la salle de réunion derrière les rayonnages.

– Depuis quand tu es au courant ? Je veux dire... depuis quand est-ce que tu sais pour moi ? lui demanda Theodora.

Elle regarda, sur son bureau, la photo d'eux deux prise l'été précédent à Nantucket. Oliver, le visage rougi par le soleil, plissait les yeux devant l'objectif. Il avait un bronzage intense, profond, couleur caramel, et ses cheveux avaient éclairci jusqu'à prendre une riche teinte châtain doré ; à côté de lui, Theodora semblait pâle et mal dans sa peau sous son immense chapeau de plage à bord flottant, une tache blanche d'écran total sur le nez. Comme ils faisaient jeunes ! Pourtant, la photo ne datait que de quelques mois. L'été passé ils étaient encore des gamins, une bande de gamins comme les autres qui appréhendaient la rentrée des classes. Ils avaient passé ces deux semaines à faire de la voile et des feux sur la plage. Theodora avait l'impression que c'était dans une autre vie.

– Je le sais depuis que je suis né. Je t'ai été attribué, dit-il simplement.

– On t'a *attribué* à moi ?

– D'après ce que j'ai compris, chaque membre d'une famille de vampires reçoit un Intermédiaire humain à la naissance. J'ai deux mois de moins que toi. On pourrait même dire que tu es la raison pour laquelle je suis né. C'est moi qui suis venu te chercher, tu te rappelles ?

Theodora évoqua mentalement tous ses souvenirs. À présent, elle se rappelait comment il lui faisait sans cesse des avances amicales, et comme elle avait résisté au début. Il s'asseyait toujours à côté d'elle en classe, ou alors il lui posait des questions, et finalement c'est en CE1 qu'ils étaient devenus amis, lorsqu'ils avaient partagé ce misérable sandwich salade-mayo.

– Et qu'est-ce que tu fais, au juste ?

– Je t'aide. Je te pousse discrètement dans une certaine direction, je te suggère comment utiliser tes pouvoirs de façon que tu les découvres par toi-même. Tu te rappelles, l'autre soir au *Bank*, quand je n'arrêtais pas de te répéter « Sois positive et on entrera » ?

Elle acquiesça. C'était bien ce qu'elle pensait, et elle lui raconta comment elle avait refait usage de ce pouvoir ce soir pour passer la drag queen de l'entrée.

Il éclata de rire.

– Impayable ! J'aurais bien aimé être là pour voir ça.

Elle eut un sourire ironique.

– Ben quoi, on nous l'a bien dit, au Comité, que le contrôle mental était possible !

– Mais très rares sont les vampires qui y parviennent, fit-il remarquer.

– Quand même, je ne comprends pas. Si ce Sanctuaire est ici, pourquoi est-ce que tu t'inquiétais qu'on ne puisse pas entrer au *Bank* ? Il doit bien y avoir une autre entrée.

Oliver opina.

– Oui, il y en a une. Par le *Block 122*. C'est pour cela que seuls les membres sont admis. En clair : uniquement des sang-bleu et leurs invités. J'aurais pu entrer par là, je suis l'un des seuls à avoir la clé – bien que je ne sois qu'un humble sang-rouge –, mais je déteste cet endroit.

D'un mouvement de tête, elle lui fit signe de continuer.

– Le *Bank* est un extraordinaire coup de bol. Pendant très

longtemps, il est resté vide. Mais, un jour, des voisins et des SDF du coin se sont mis à raconter qu'ils voyaient des gens entrer sans jamais ressortir ; alors, pour écarter tous les soupçons, les sang-bleu se sont dit qu'ils allaient louer les étages supérieurs à toute personne intéressée. Le promoteur de boîtes de nuit à été le premier à se présenter, et ils ont tellement aimé l'idée d'un night-club qu'ils ont décidé d'en ouvrir un autre juste à côté... mais privé, bien sûr.

Theodora assimila toutes ces informations. Le club privé, le Comité, tout cela était bien raccord avec ce qu'elle savait des sang-bleu jusque-là. Ils aimaient rester entre eux.

Toutefois, elle était encore contrariée par l'aveu d'Oliver et par son explication de leur amitié. Impossible d'oublier qu'il lui prêtait tout le temps de l'argent et qu'elle n'avait jamais de quoi le rembourser, mais qu'il ne semblait jamais s'en soucier et ne lui redemandait jamais son dû. Cela faisait-il partie de son service ? Où finissait l'Intermédiaire et où commençait l'ami ?

– Donc, en somme, tu n'es pas vraiment mon meilleur ami ? Tu serais plutôt une sorte de baby-sitter ?

Oliver rit et passa la main dans ses cheveux épais.

– Tu peux m'appeler comme tu veux. De toute manière, tu ne te débarrasseras pas de moi comme ça.

– Alors pourquoi tu t'es tellement mis en colère quand je t'ai parlé du Comité ?

Il soupira en signe d'impuissance.

– Je ne sais pas... Je crois qu'au fond de moi je ne voulais pas que ce soit vrai, même si je savais que ça l'était. Je veux dire, je savais bien que ça arriverait, mais je voulais que rien ne change entre nous, tu comprends ? C'est peine perdue. Je suis un sang-rouge. Tu es immortelle. Je crois que je me suis senti exclu. Humain, trop humain... n'est-ce pas ?

Il sourit de ce trait d'esprit.

– Tu te trompes. Apparemment, je ne suis pas si immortelle que ça, dit Theodora.

– Comment ça ?

– Jack m'a dit que quelque chose tuait les vampires.

– Impossible. (Oliver secoua la tête.) Je t'avais bien dit que ce type ne me revenait pas.

Il lui fit un sourire.

– Mais si. Je suis sérieuse. C'est un secret. Aggie était un vampire. Et elle n'est pas retournée dans le cycle. Elle est partie. Elle est morte. Mais vraiment morte, cette fois. Elle n'a plus de sang.

– Oh, mon Dieu ! dit Oliver en blêmissant. Je ne savais pas. C'est pour ça que je t'ai dit que je n'étais pas en deuil à l'enterrement. Je me demandais pourquoi on en faisait tout un plat ; je me disais qu'elle allait revenir, tout simplement.

– Elle ne reviendra jamais. Et elle n'est pas la seule. Il y a d'autres jeunes qui se font tuer. Des sang-bleu. On n'est pas censés mourir, et pourtant c'est ce qu'on fait.

– Et donc, que veut faire Jack contre ça ? Que sait-il ? demanda Oliver.

– Il veut trouver ce qui nous traque.

Elle lui raconta les souvenirs que Jack avait de Plymouth ; le message cloué à un arbre dans une prairie solitaire : « Croatan ».

– Comment il va s'y prendre ? demanda Oliver.

– Je ne sais pas, mais je pense qu'on peut l'aider.

– Comment ?

Theodora parcourut des yeux la vénérable salle.

– Cette bibliothèque renferme toute l'histoire des sang-bleu, non ? Peut-être qu'on peut trouver quelque chose là-dedans.

Trente

Ils avaient fait irruption dans le saint des saints. Aussi loin que remontaient ses souvenirs, Mimi avait toujours vu son père se retirer après le travail dans son antre tapissé de livres et n'en ressortir que pour le dîner, et encore. C'était une porte fermée à double tour, un endroit à part, où les enfants n'avaient pas le droit d'entrer. Mimi se revoyait gratter à la porte quand elle était une fillette, désespérément avide d'un peu d'attention et d'amour, et se faire chasser par ses nounous avec force grondements et menaces : « Laissez votre père tranquille, c'est un homme très très occupé, il n'a pas de temps pour vous. »

Sa mère était pareille – un satellite lointain –, toujours en vacances dans des endroits où les enfants n'étaient pas les bienvenus voire pas du tout admis. L'enfance avait été solitaire et calme, mais Jack et elle en avaient tiré le meilleur. Chacun était la seule compagnie de l'autre ; ils étaient dépendants l'un de l'autre, à tel point que Mimi ne savait plus où elle finissait et où son frère commençait. Ce qui ne rendait que plus nécessaire ce qu'elle était sur le point de faire. Il fallait qu'elle sache la vérité.

Elle traversa d'un pas décidé le grand hall de marbre et se dirigea tout droit sur la porte verrouillée du bureau de son père. D'un revers de la main elle désintégra la serrure, et la porte s'ouvrit à toute volée en cognant contre le mur.

Charles Force, assis à son bureau, sirotait un liquide rouge foncé dans un petit verre en cristal.

– Impressionnant, la félicita-t-il. J'ai mis des années pour apprendre ce truc.

– Merci, lui répondit Mimi dans un sourire.

Jack la suivait, les épaules voûtées, les mains dans les poches. Il regarda sa sœur avec un respect nouveau.

– Père, dis-lui ! exigea Mimi en marchant jusqu'au bureau.

– Me dire quoi ? demanda Jack.

Charles Force prit une petite gorgée à son verre et regarda ses enfants sous ses paupières tombantes. Ses soi-disant enfants. Madeleine Force et Benjamin Force. Deux des sang-bleu les plus puissants de tous les temps. Ils étaient déjà présents à Rome pendant la crise. Ils avaient fondé Plymouth, ils avaient colonisé le Nouveau Monde. C'est lui qui les avait rappelés encore et encore, chaque fois qu'on avait eu besoin d'eux.

– La bâtarde Van Alen, dit Mimi. Dis-lui.

– Qu'est-ce qu'il y a avec Theodora ? Qu'est-ce que tu sais ? demanda de nouveau Jack.

– J'en sais plus que toi, mon cher frangin, dit Mimi.

Elle s'assit dans un des fauteuils club en cuir, face au bureau de son père. Elle se tourna vers son frère, plongeant l'éclair de ses yeux verts dans ses yeux identiques.

– Contrairement à toi, j'ai accédé à mes souvenirs. Elle n'est pas dedans. J'ai vérifié et revérifié. Elle n'y est pas. Elle n'est nulle part. Elle n'est pas censée exister !

La voix de Mimi se fit stridente. Ses crocs étaient dénudés.

Jack recula d'un pas.

– Pas possible. Je l'ai dans mes souvenirs à moi. Tu te trompes complètement. Père, qu'est-ce qu'elle raconte ?

Charles reprit une gorgée de son verre et s'éclaircit la gorge. Enfin il parla.

– Ta sœur a raison.

– Mais je ne comprends pas... dit Jack en se laissant tomber dans l'autre fauteuil club.

– Techniquement, Theodora Van Alen n'est pas une sang-bleu, soupira Charles.

– C'est impossible, déclara Jack.

– Elle en est sans en être, lui expliqua Charles. Elle est issue de la *Caerimonia osculor*, de l'union entre un vampire et un familier humain.

– Mais nous ne pouvons pas nous reproduire... Nous n'avons pas la capacité..., objecta Jack.

– En effet, nous ne pouvons pas nous reproduire *entre nous*. Nous sommes incapables de créer une nouvelle vie ; nous ne faisons que transplanter l'esprit de ceux qui nous ont quittés dans une nouvelle forme embryonnaire par fécondation *in vitro*. Je me suis laissé dire que c'était commun aussi chez les sang-rouge, ces temps-ci. Nos femmes sont inséminées par un germe de conscience immortelle afin que celle-ci revête une nouvelle enveloppe physique dans le cycle de l'Expression.

Cependant, les sang-rouge étant capables de créer des vies nouvelles, des âmes nouvelles, il semblerait qu'une conception accidentelle entre les deux ne soit pas impossible. Improbable, mais pas impossible. Néanmoins, au cours de toutes ces années, ce n'était jamais arrivé. Concevoir un enfant de sang mêlé va à l'encontre de nos lois les plus strictes. Sa mère était une femme stupide et dérangée.

Mimi versa du liquide de la carafe dans un nouveau verre en cristal de Baccarat. Elle en prit une gorgée. Du cabernet rothschild.

– Elle aurait dû être détruite, siffla-t-elle.

– Non ! s'écria Jack.

– Ne te fais pas tant de mauvais sang. Il ne va rien lui arriver, dit Charles d'un ton apaisant. Le Comité n'a pas encore définitivement statué sur son sort. Il semble qu'elle ait hérité de certains traits de caractère de sa mère, ce qui nous a poussés à la placer sous étroite surveillance.

– Vous allez la tuer, n'est-ce pas ? dit Jack, la tête entre les mains. Je ne vous laisserai pas faire.

– Ce n'est pas à toi d'en décider. Fouille tes souvenirs jusqu'au plus profond, Benjamin. Dis-moi ce que tu vois. Cherche la vérité en toi.

Jack ferma les yeux. Quand ils avaient dansé au bal, il avait senti la présence de Theodora dans ses propres souvenirs comme s'il la connaissait de toute éternité. Il revint à ce soir-là, à la salle où ils avaient dansé au manoir de l'American Society, et au souvenir de la nuit du Bal patricien, la nuit où ils avaient dansé sur une valse de Chopin. L'un de ses souvenirs les plus vivants et les plus chers... c'était... c'était bien elle, ce n'aurait pas pu être une autre ! Voilà ! Il triomphait ! Il scruta avec attention le visage derrière l'éventail. Tout y était : la fine peau de porcelaine, les traits délicats, le petit nez retroussé... mais soudain il eut un mouvement de recul : ce n'étaient pas les yeux de Theodora... C'étaient des yeux verts, pas bleus... C'étaient les yeux de...

– Sa mère, dit Jack en ouvrant les yeux pour regarder son père et sa sœur.

Charles hocha la tête. Il parla avec une dureté inhabituelle dans la voix.

– Oui. C'est Allegra Van Alen que tu as vue. La ressemblance est puissante. Allegra était l'une des meilleures d'entre nous.

Jack baissa la tête. Il avait projeté cette image sur Theodora pendant qu'ils dansaient, il avait usé de ses pouvoirs de vampire pour combler ses sens à elle, si bien qu'elle avait cru ressentir le passé, elle aussi. Mais Theodora était une âme nouvelle. Sa mère ! C'était bien sa mère que Jack avait poursuivie à travers les siècles. C'est pour cela qu'il avait été irrésistiblement attiré par Theodora, depuis l'autre soir devant le *Block 122* : parce que son visage ressemblait tant à celui qui hantait ses rêves.

Il leva alors les yeux sur Mimi. Sa sœur. Sa partenaire, la meilleure moitié de lui-même, sa meilleure amie et son pire ennemi. C'est elle qui avait été à ses côtés depuis le début. C'est vers elle qu'il tendait les mains dans l'obscurité, en ce moment. Elle était forte, c'était une survivante. C'est d'elle qu'il tenait sa force. Elle avait toujours été là pour lui. Elle était sa Juliette, il était son Roméo.

Mimi tendit les mains pour prendre la sienne. Comme ils étaient proches ! Ils étaient issus de la même chute obscure, de la même expulsion qui les avait condamnés à vivre leur vie éternelle sur Terre ; et ils étaient encore là, toujours florissants après des millénaires. Elle lui tapota la main, les larmes dans ses yeux reflétant les siennes.

– Alors, qu'est-ce qu'on fait maintenant ? demanda Jack. Que va-t-il lui arriver ?

– Pour le moment, rien. On observe et on attend. Le mieux est sans doute de la tenir à distance. De plus, ta sœur m'a rapporté tes inquiétudes au sujet de la mort d'Augusta. J'ai le plaisir de t'annoncer que nous sommes sur le point de découvrir le coupable. Je suis navré de vous avoir caché la vérité si longtemps. Laissez-moi vous expliquer…

Jack hocha la tête et agrippa plus fort que jamais la main de sa sœur.

Trente et un

La semaine suivante passa à toute vitesse. Chaque jour après les cours, Theodora et Oliver se jetaient sur les rayonnages du Sanctuaire à la recherche de la moindre trace ou mention de « Croatan ». Ils passèrent au peigne fin la base de données informatique en entrant le mot sous toutes ses orthographes imaginables mais, comme les archives de la bibliothèque n'avaient été numérisées que vers la fin des années quatre-vingt, ils se référèrent aussi à l'ancien fichier papier.

– Que puis-je faire pour vous ? demanda une voix grave un après-midi où tous deux se serraient au bureau d'Oliver, absorbés dans l'étude de douzaines de livres anciens ainsi que du tiroir des fiches allant de « Cr » à « Cu ».

– Oh, maître Renfield. Permettez-moi de vous présenter Theodora Van Alen, dit Oliver en se levant pour faire une petite révérence raide.

Theodora serra la main du vieil homme. Ce dernier avait un visage aristocratique, plein de hauteur, et portait un manteau et un pantalon de velours anachroniques de style edwardien

Oliver lui avait déjà parlé de Renfield : un Intermédiaire humain qui prenait sa mission bien trop au sérieux. « Il sert les sang-bleu depuis tellement longtemps qu'il se prend vraiment pour un vampire. Un cas typique de syndrome de Stockholm », lui avait-il dit.

– Je crois que nous avons trouvé ce que nous cherchions, dit Oliver avec un sourire nerveux.

Ils avaient tacitement décidé de ne demander aucune aide aux bibliothécaires pour leurs recherches, ayant compris d'instinct que c'était un sujet illicite. Si le Comité leur cachait quelque chose et que ce quelque chose avait à voir avec « Croatan », il était sans doute préférable de ne rien en dire à personne.

Renfield ramassa sur le bureau d'Oliver une feuille de papier sur laquelle Theodora avait griffonné une série de mots. « Croatan ? Kroatan ? Chroatan ? Kruatan ? » Il s'empressa de reposer le papier, comme s'il lui avait brûlé les doigts.

– Croatan. Je vois, dit-il.

Oliver tenta de prendre l'air dégagé.

– C'est quelque chose dont nous avons entendu parler. On ne fait rien du tout, juste un exposé pour le lycée.

– Un exposé, reprit Renfield en hochant la tête d'un air sévère. Bien sûr. Malheureusement, je n'ai jamais entendu ce mot. Auriez-vous l'amabilité de m'éclairer ?

– Je crois que c'est un fromage. C'est en rapport avec une vieille recette anglaise, répondit Oliver, le visage impassible. Une recette des banquets de sang-bleu au XVIe siècle.

– Du fromage. Je vois.

– Oui, comme le roquefort ou le camembert. Mais, à mon

avis, ce serait plutôt un fromage de brebis, peut-être, poursuivit Oliver. Ou de chèvre. Ce pourrait être du chèvre. Ou alors un genre de mozzarella. Qu'en penses-tu, Theo ?

Theodora, des picotements dans les lèvres, n'eut pas l'aplomb de répondre.

– Bien, bien. Continuez, dit Renfield en les laissant à leurs travaux.

Lorsqu'il se fut éloigné jusqu'à une distance confortable, Theodora et Oliver pouffèrent de rire – aussi bas qu'ils le purent.

– Du fromage ! chuchota Theodora. J'ai cru qu'il allait s'évanouir !

Ce fut le seul rayon de soleil d'une bien morne semaine. La chute des températures apporta son lot de petits maux. Le virus de la grippe s'abattit sur le lycée et plusieurs élèves, dont Jack Force, étaient retenus chez eux depuis plusieurs jours. Apparemment, même les vampires n'étaient pas immunisés contre une épidémie de grippe. Theodora entendit aussi dire que Bliss était traumatisée depuis la fête, et que la grande Texane s'était complètement repliée sur elle-même. Même Dylan s'en plaignait : Bliss, maussade et lointaine, ne quittait plus Mimi d'une semelle.

Le lendemain fut gris, d'un froid piquant. C'était le premier signe de l'approche de l'hiver, une grisaille typiquement new-yorkaise – des buildings au ciel en passant par la couche de *smog* –, comme si un nuage noir et humide s'était abattu telle une couverture mouillée sur la ville. Lorsque Theodora atteignit les portes de Duchesne, un brouillard sombre planait au-dessus d'un attroupement agité. Elle dépassa plusieurs camionnettes de télévision blanches équipées d'antennes satellite, ainsi qu'une escouade de journalistes qui se pomponnaient, se vérifiaient les dents dans de petits miroirs à main et se recoiffaient avant de passer à l'antenne. On voyait partout des cadreurs avec leurs trépieds, ainsi que des journalistes de la presse écrite et des photographes : la foule était encore plus nombreuse que le jour des funérailles d'Aggie.

Plusieurs élèves de Duchesne, agglutinés devant les portes, observaient la scène. Theodora repéra Oliver parmi eux et alla le rejoindre.

– Que s'est-il passé ? demanda-t-elle.

Oliver était sombre.

– Quelque chose d'épouvantable. Je le sens.

– Moi aussi, je le sens, approuva-t-elle. Pas un nouveau meurtre, quand même ?

– Je ne sais pas.

Ils attendirent devant l'entrée. Venant de la porte du manoir Duchesne, deux policiers musclés escortaient un jeune homme. Un jeune homme dépenaillé, échevelé, en blouson de cuir usé.

– Dylan ! Pourquoi ? Qu'est-ce qu'il a fait ? demanda Theodora, horrifiée.

La foule des journalistes et des cameramen s'avança, noyant la scène sous une pluie de flashs et un flot de questions.

– Un commentaire ?

– Quand l'avez-vous fait ?

– Voudriez-vous partager vos impressions avec nos lecteurs ?

Theodora se sentit paniquée et bouleversée. Pourquoi emmenaient-ils Dylan ? Au vu et au su de tout le monde ! Elle n'arrivait pas à croire que le lycée les ait laissés faire une chose pareille ! Elle trouva Bliss dans la foule, les yeux écarquillés.

– Theodora !

Sur le moment, Bliss avait oublié que Theodora et elle n'étaient pas officiellement amies.

Theodora prit la main de Bliss entre les siennes.

– Pourquoi ? Qu'est-ce qui s'est passé ? lui demanda-t-elle.

– Ils pensent que c'est Dylan qui a tué Aggie ! dit Bliss.

Elle luttait pour faire bonne figure mais, en voyant l'air affligé d'Oliver et de Theodora, elle craqua. Elle se raccrocha à eux pour chercher leur soutien.

– Je les ai entendus parler à la directrice. Aggie n'est pas morte d'une overdose, elle a été assassinée... étranglée, et elle a de l'ADN de Dylan sur le bout des doigts...

– Non.

– C'est forcément une erreur, dit Bliss, éplorée.

– Bliss, écoute-moi bien, dit Theodora avec une pointe de dureté. C'est un coup monté. Dylan n'a pas pu tuer Aggie. Compris ?

Le regard de Bliss redevint clair. Elle acquiesça. Elle savait ce que disait Theodora.

– Parce que...

– Parce qu'il est humain, et qu'un sang-rouge ne peut pas tuer un sang-bleu... Aggie n'en aurait fait qu'une bouchée. C'est un mensonge. Aggie était un vampire. Dylan n'aurait eu aucun moyen de la tuer.

– Un coup monté ?

– Exact, dit Theodora.

La pluie tombait à torrents et tous les trois se faisaient tremper, mais aucun d'entre eux ne semblait le remarquer.

Bliss regarda craintivement Oliver.

– Mais, Theodora, les vampires n'existent pas, dit-elle sans conviction.

– Oh. Ne t'inquiète pas pour Oliver. Il est au courant. Tout va bien. C'est un Intermédiaire. Je t'expliquerai plus tard.

Oliver prit son air le plus rassurant et digne de confiance. Il se souvint de son parapluie dans son sac et l'ouvrit pour les abriter tous les trois de la pluie.

– Jack m'a dit la semaine dernière que quelque chose tuait les sang-bleu. À mon avis, Dylan s'est fait piéger, expliqua Theodora.

– Alors, ça veut dire qu'il est innocent..., dit Bliss avec espoir.

– Bien sûr qu'il est innocent. Il va falloir trouver qui est derrière tout ça, et le sortir de là, déclara Theodora.

Bliss fit « oui » de la tête.

– Il faut qu'on découvre ce qui se passe. Qu'on sache pourquoi il se retrouve accusé tout d'un coup, alors que le rapport officiel a conclu à une overdose. D'où viennent ces « preuves » ? Et pourquoi Dylan ?

– Ton père est sénateur. Il a forcément des contacts dans la police. Il ne pourrait pas nous aider ? suggéra Oliver.

– Je vais lui demander, promit Bliss.

Ils franchirent ensemble les portes du lycée. Ils étaient déjà en retard pour leur premier cours.

Plus tard, au déjeuner, Bliss retrouva Oliver et Theodora à la cantine. Ils étaient à la table du fond comme d'habitude, cachés derrière la cheminée de marbre.

– Tu as parlé à ton père ? lui demanda Theodora.

– Qu'est-ce qu'il a dit ? l'encouragea Oliver.

Bliss tira une chaise à côté d'eux et planta ses coudes sur la table. Elle se frotta les yeux et les regarda tous les deux.

– Il m'a dit : « Ne t'inquiète pas pour ton ami. Le Comité s'occupe de cette affaire. »

Theodora et Oliver digérèrent l'information.

– C'est bizarre, non ? demanda Theodora. Parce que les réunions du Comité sont suspendues jusqu'à nouvel ordre.

Trente-deux

L'après-midi, tout le lycée bourdonnait encore de ces nouvelles. En cours d'éthique, Mr Orion s'efforçait d'apaiser ses élèves.

– Du calme, du calme, s'il vous plaît, dit-il. Je sais que vous traversez des moments difficiles, mais rappelons-nous bien qu'aux États-Unis, tant que la culpabilité n'est pas prouvée, nous sommes présumés innocents.

Theodora entra dans la salle et remarqua que Jack était de retour à sa place habituelle, près de la fenêtre.

– Salut, dit-elle en lui souriant timidement et en s'installant à côté de lui.

Elle n'oublierait jamais comment il l'avait embrassée, presque comme s'il l'avait déjà fait dans une vie antérieure.

Elle le trouva plus beau que jamais. Ses cheveux brillaient d'un éclat blond-blanc dans la lumière, ses vêtements étaient repassés de frais, la chemise correctement rentrée pour une fois. Il portait un pull noir et une montre en or qu'elle n'avait jamais vue à son poignet. Il n'eut pas un regard pour elle.

– Jack...

– Oui ? fit-il froidement.

Le ton glacial de sa voix fit reculer Theodora comme s'il l'avait giflée.

– Il y a un problème ? murmura-t-elle.

Pas de réponse.

– Jack, il faut faire quelque chose ! Dylan a été arrêté ! Et tu sais que c'est une erreur. Il ne peut pas l'avoir tuée ! chuchota-t-elle farouchement. C'est un humain. Il s'est fait piéger. Il faut qu'on découvre pourquoi.

Jack sortit son stylo et gratta la plume sur son cahier. Il ne tourna pas les yeux vers elle.

– Ça ne nous regarde pas.

– Mais qu'est-ce que tu racontes ? fit Theodora en criant presque à voix basse. Tu sais bien que si. Nous devons découvrir ce qui nous tue. Tu ne veux plus... Tu ne voulais pas... ?

– Voudriez-vous faire profiter la classe de votre conversation, miss Van Alen ? l'interrompit Mr Orion.

Theodora s'enfonça dans sa chaise.

– Non, pardon.

Pendant tout le reste du cours, Jack resta muet, le visage de marbre. Il refusa de regarder Theodora et même de lire les mots qu'elle lui passait.

Lorsque la sonnerie retentit à la fin de l'heure, elle lui courut après.

– Qu'est-ce qui te prend ? C'est ta sœur ? Qu'est-ce qu'il y a ?

Jack la rembarra brutalement.

– Ne mêle pas Mimi à ça.

– Mais je ne comprends pas. Ce que tu as dit samedi soir...

– J'ai parlé sans réfléchir. Ça ne reflétait pas mon sentiment. Je suis désolé de t'avoir induite en erreur.

– Pourquoi est-ce que tu me lâches ? Qu'est-ce qui t'est arrivé ? lui demanda Theodora d'une voix entrecoupée.

Jack la toisa de haut en bas.

– Je suis vraiment navré, Theodora. Mais j'ai commis une erreur. Je n'aurais pas dû te dire ce que j'ai dit l'autre soir. Je me trompais. Mon père m'a remis les idées en place. Le Comité ne nous cache rien. Ils ont mené leur enquête sur les circonstances de la mort d'Aggie, et nous pouvons leur faire confiance pour prendre la meilleure décision. Ils nous expliqueront tout une fois le problème résolu. Je pense que nous n'avons plus qu'à oublier.

– Ton père... ton père est mêlé à tout ça, pas vrai ? l'accusa-t-elle.

Il posa une main lourde sur son épaule, la serra fortement, puis la lâcha en s'éloignant.

– Laisse tomber, Theodora. Pour ton bien et pour le mien.

– Jack ! s'écria-t-elle.

Il ne se retourna pas. Elle le vit descendre ostensiblement au premier étage, où Mimi Force sortait d'une salle de cours. Elle les observa tous deux ensemble et remarqua, comme pour la première fois, qu'ils avaient la même silhouette légère, les mêmes membres de panthère, qu'ils avaient la même taille, le même teint. Elle vit Mimi sourire à la vue de Jack. Lorsque ce dernier passa le bras autour des épaules de sa sœur, ce geste intime et affectueux brisa quelque chose dans son cœur.

– Et Jack, qu'est-ce qu'il dit ? demanda Bliss lorsqu'elle retrouva Theodora et Oliver pour boire un café au *Starbucks* de l'autre côté de la rue pendant la pause de l'après midi.

– Il ne nous aidera plus, dit Theodora comme si les mots étaient morts dans sa bouche.

– Pourquoi ?

– Il a changé d'avis. Il prétend que tout ce qu'il m'a raconté était une erreur. Il m'a dit d'oublier.

Elle se mit à déchiqueter méticuleusement une serviette en papier jusqu'à ce que son plateau soit couvert de confettis.

– Il a dit que le Comité nous expliquerait tout en temps voulu, et qu'il fallait être patients, dit-elle avec amertume.

– Et Dylan ? demanda Bliss. On ne peut quand même pas les laisser l'accuser d'un crime qu'il n'a pas commis !

– On ne les laissera pas faire. C'est à nous d'agir, dit Oliver. Nous sommes les seuls à pouvoir encore l'aider.

Trente-trois

La police refusa de les laisser voir Dylan. Ils tentèrent d'aller lui rendre visite après les cours, mais ils se heurtèrent à un mur de la part des forces de l'ordre ; au commissariat, personne ne voulut même admettre qu'il était détenu sur place. C'était une impasse. Comme on lui avait confisqué son téléphone portable et son Sidekick, ils n'avaient aucun moyen de le joindre. Theodora avait un très mauvais pressentiment. Cette crise les rapprocha plus que jamais tous les trois : Bliss, Theodora et Oliver. Le lendemain, Bliss cessa de déjeuner avec Mimi. Au lieu de cela, ils passaient chaque moment de libre à comploter pour trouver un moyen d'aider leur ami.

– Sa famille a de l'argent. Je suis sûre qu'ils lui ont déjà trouvé un grand avocat, non ? fit remarquer Bliss. Il faut qu'on aille leur parler pour en savoir plus.

Comme Dylan habitait à Tribeca, ils prirent la Rolls Royce de Bliss pour s'y rendre l'après-midi même. Oliver et Theodora furent impressionnés par l'intérieur somptueux de la voiture.

– Il faut que je persuade mon père de nous en acheter une, dit-il, émerveillé. Tout ce qu'on a, c'est une vieille Town Car sans intérêt.

Tribeca était une ancienne zone industrielle : c'était le vieux quartier du beurre et des œufs, avec ses rues pavées et ses usines désaffectées transformées en lofts de plusieurs millions de dollars.

– C'est la bonne adresse ? demanda Oliver en s'approchant d'un bâtiment au coin de la rue.

Ils consultèrent l'annuaire de Duchesne. C'était bien ça.

– Vous n'êtes jamais venus ? demanda Bliss, étonnée.

Oliver et Theodora secouèrent la tête.

– Mais je croyais que vous étiez ses amis !

– C'est vrai, dit Theodora. Mais tu vois...

– Ça ne nous est jamais venu à l'idée...

Theodora soupira.

– On se retrouvait toujours chez Oliver. Il a la vidéo à la demande et une XBox. Ça n'avait jamais l'air de déranger Dylan.

– Et toi ? Tu es censée être sa copine, non ? Tu n'es jamais venue ici ? lui demanda Oliver.

Bliss fit non de la tête. Elle n'était pas vraiment sa petite amie. Ils n'avaient jamais vraiment défini leur relation. Ils s'étaient embrassés deux ou trois fois, et elle était sur le point d'en faire son familier humain et tout, mais quand ses parents les avaient surpris ensemble le soir de la fête ils lui avaient interdit de le revoir. Elle ne savait pas pourquoi, ses parents s'étaient mis dans la tête que c'était lui qui avait eu l'idée de cette soirée. BobiAnne n'avait pas encore pardonné le fait que la poupée Cendrillon grandeur nature soit revenue du New Jersey sans sa robe de bal. Rien ne tournait plus rond au domaine des Rêves.

– Bonjour, nous cherchons l'appartement 1520, demanda Theodora au portier en pénétrant dans le bâtiment.

À mille lieues de la majesté palatiale qui caractérisait les copropriétés de Park Avenue, l'immeuble de Tribeca était moderne et design, avec un jardin zen et une cascade dans le hall.

– 1520 ? répondit-il, dubitatif.

– La famille Ward ? ajouta Bliss, encourageante.

Le portier fronça les sourcils.

– C'est ça. Ils étaient bien au 1520. Mais l'appartement est en vente. La famille a déménagé hier, en quatrième vitesse.

– Vous êtes sûr ?

– Sûr et certain, mademoiselle.

Le portier les laissa même jeter un œil dans l'appartement vide. C'était un gigantesque loft de deux mille mètres carrés, où il ne restait plus rien à part une télé abandonnée. Les meubles avaient laissé leur marque sur les murs et le fantôme d'un canapé en *L* était visible sur le sol.

– Il est à vendre pour cinq millions de dollars environ, si ça intéresse quelqu'un, ajouta le portier. J'ai les coordonnées de l'agent immobilier en bas.

– Ça n'a aucun sens, dit Theodora. Pourquoi sa famille partirait-elle si vite ? Ils n'ont pas déjà assez de soucis avec Dylan en prison ?

Ils arpentèrent l'appartement vide, comme si cela devait faire surgir une explication à la disparition soudaine des Ward.

– Savez-vous où ils sont allés ? demanda Theodora au précieux portier.

– Il était question qu'ils rentrent dans le Connecticut, du moins c'est ce que j'ai entendu. Pas sûr.

Il les raccompagna à la porte et ferma derrière eux. Ils redescendirent dans le hall par l'ascenseur. Bliss sortit l'annuaire de Duchesne de son sac Chloé Paddington. Mais les numéros de téléphone qui figuraient au nom des parents de Dylan n'étaient plus attribués.

– Vous les avez déjà rencontrés, ses parents ? demanda Bliss en rangeant son téléphone.

De nouveau, Theodora et Oliver firent non de la tête.

– Je crois qu'il avait un frère à la fac, dit Theodora, pleine de bonne volonté, qui culpabilisait de plus en plus d'en savoir si peu sur leur ami.

Ils se voyaient toute la journée au lycée et tous les week-ends. Et pourtant, si on leur posait des questions, ni Theodora ni Oliver ne se rappelait quoi que ce soit sur sa vie.

– Il ne parlait pas beaucoup de lui, dit Oliver. Il était plutôt réservé.

– Sans doute qu'il ne pouvait pas en placer une, plaisanta Bliss. Entre vous deux, je veux dire... Quand vous êtes ensemble, il n'y en a plus que pour vous.

Theodora encaissa la remarque sans se vexer. C'était vrai qu'il n'y en avait que pour eux. Oliver et elle étaient amis depuis si longtemps, ils étaient tellement habitués l'un à l'autre que c'était un miracle que Dylan ait trouvé le moyen de s'immiscer dans leur complicité, de transformer le duo en trio. Ils l'avaient laissé faire principalement parce qu'ils étaient flattés de son affection, mais aussi parce qu'il ne les gênait pas. Il semblait prendre plaisir à leurs histoires, à leurs blagues qu'ils étaient seuls à pouvoir comprendre, et ne réclamait jamais plus que ce qu'ils pouvaient lui donner.

– Si seulement on pouvait lui parler, dit Theodora.

– Si seulement on pouvait expliquer tout ça à la police, ajouta Oliver.

– Expliquer quoi ? demanda Bliss avec humeur. Qu'il n'a pas pu la tuer parce qu'elle était un vampire et que rien ne peut tuer les vampires à part, oh oui, un truc bizarre dont on ne sait pas encore ce que c'est, mais au fait Dylan est un humain, donc... Ouais, vu comme ça, qui va nous croire, à votre avis ?

– Personne, conclut Theodora.

Ils restèrent un moment devant l'ancien immeuble de Dylan, impuissants et frustrés.

Trente-quatre

Puisqu'il n'y avait rien de plus à faire pour Dylan dans l'immédiat, Oliver proposa une nouvelle visite au Sanctuaire, dans le sous-sol du *Bank*. En chemin, Theodora et lui racontèrent à Bliss tout ce qu'ils savaient. Il fallait qu'ils essaient encore. Jusqu'à présent, les pistes qu'ils avaient suivies n'avait mené à rien, d'autant qu'ils ne savaient même pas comment s'écrivait « Croatan ».

– Et si on cherchait plutot à « Plymouth » ? demanda soudain Oliver. Theo, tu as dit que, d'après Jack Force, cette partie de sa mémoire était bloquée. Tout ce qui concernait la colonie de Plymouth.

Le Sanctuaire était plus désert que d'habitude, et tous trois se mirent prestement au travail. Theodora trouva plusieurs livres d'histoire qui relataient la colonisation de Plymouth et la traversée du *Mayflower*, Bliss dénicha un intéressant descriptif de tous les passagers du navire, et Oliver tomba sur un grand registre relié de cuir qui contenait des documents d'état-civil. Mais rien qui fît mention de Croatan.

– On cherche encore du fromage ? demanda Renfield en passant à pas feutrés devant leur table.

– Du fromage ? demanda Bliss sans comprendre, tandis qu'Oliver et Theodora pouffaient de rire.

– On t'expliquera plus tard, promit Theodora.

Peu après, Bliss et Theodora se rappelèrent qu'elles avaient rendez-vous avec l'équipe de Civilisation Couture pour voir leurs photos. Elles quittèrent donc Oliver pour le reste de l'après-midi. La nouvelle affiche de pub devait être déployée en plein Times Square la semaine suivante, et Jonas voulait leur montrer l'image choisie.

En plein rendez-vous, le portable de Theodora sonna.

– C'est Oliver, dit-elle à Bliss. Il vaut mieux que je réponde.

Elle s'excusa et quitta la table.

– Quoi de neuf ? lui demanda-t-elle.

– Revenez, je crois que j'ai trouvé quelque chose, dit-il.

L'excitation dans sa voix était palpable.

Lorsqu'elles furent de retour au Sanctuaire, Oliver leur montra ce qu'il avait trouvé. C'était un mince volume relié de cuir.

– Il était tellement bien caché au fond des rayonnages que j'ai failli passer à côté. C'est un journal intime, écrit par une femme qui faisait partie des colons d'origine à Plymouth. Voyons ce qu'elle raconte...

Ils parcoururent les pages qui relataient le long voyage en mer, la fondation de la colonie, l'expédition vers Roanoke à laquelle son mari avait pris part, jusqu'aux dernières notes affolées. L'écriture en était à peine lisible, comme si l'auteur avait eu presque trop peur pour inscrire les mots sur le papier.

Mais c'était bien écrit.

« CROATAN ».

– Un mot unique, « sur un écriteau solitaire cloué à un

arbre », psalmodia Oliver. « Ils sont ici. Nous ne sommes pas en sécurité. »

– C'est déjà arrivé, dit Theodora. C'est ce que m'a dit Jack. C'est ce qui a dû leur arriver, à eux aussi. C'est sûrement de ça qu'elle parle. Voilà ce qui les terrorisait.

– Tu as raison. « Croatan » doit vouloir dire quelque chose… et ils en ont la trouille. C'est forcément ça, le secret, dit Oliver.

– « Croatan », dit Bliss.

Le mot déclenchait de lointaines sirènes d'alarme dans sa mémoire.

– Je crois que j'en ai entendu parler quelque part. (Elle plissa le front.) Et cette femme parle de Roanoke. Vous vous souvenez de Roanoke, n'est-ce pas ?

– Je ne suis pas très bonne en histoire, s'excusa Theodora. Mais il y a une histoire de colonie disparue, non ?

– La colonie perdue, approuva Oliver. Je me demande pourquoi je n'y ai pas pensé plus tôt. C'était la colonie d'origine, installée plusieurs années avant celle de Plymouth. Mais tout le monde a disparu. Il n'est rien resté de leur campement.

– C'est ça. Ils sont tous morts, vous vous rappelez ? Personne n'a jamais découvert ce qui leur était arrivé. C'est l'un des mystères non résolus de l'histoire américaine, ajouta Bliss. Comme l'assassinat de JFK.

– C'étaient sûrement des sang-bleu, dit Oliver.

– Et ils se sont tous fait tuer. Du moins c'est ce que semblait croire Catherine Carver, opina Theodora. C'est tout ce qu'il y a ? ajouta-t-elle.

– Il n'y a qu'une page en plus, dit Oliver en leur montrant le dernier feuillet du journal. Il y est question d'une sorte d'élection ou je ne sais quoi. Là, elle écrit : « Rester ou partir ? »

Eh bien, au moins, on sait ce qu'ils ont fait. Ils sont restés. Les sang-bleu sont restés. On ne serait pas ici, sinon. Myles Standish, qui que soit cet homme, doit avoir gagné.

– Il n'y a rien de plus sur Croatan ou Roanoke, ou autre chose ? demanda Bliss en s'emparant du journal pour le feuilleter.

– Non. C'est tout. Ça se termine ici. On dirait que des pages ont été arrachées, comme si quelqu'un voulait éviter qu'on connaisse la suite. Mais j'ai quand même trouvé quelque chose. Regardez ici, c'est la liste des dernières personnes à l'avoir emprunté.

Elles regardèrent ce qu'il leur montrait du doigt. C'était une fiche jaune sur laquelle s'alignaient les noms des sang-bleu qui avaient sorti le volume.

– La plupart d'entre eux étaient tellement vieux qu'ils sont morts depuis. Mais regardez le dernier nom.

Theodora scruta la ligne des emprunteurs. La signature apposée tout en bas de la liste se composait de trois lettres délicatement calligraphiées. CVA, 24.12.11.

– La dernière personne à l'avoir emprunté l'a fait en 1911, donc ça veut dire qu'elle a...

– ... plus de cent ans à l'heure qu'il est, l'interrompit Bliss. Comment savoir si elle est toujours dans ce cycle ?

– C'est une possibilité. En tout cas, c'est notre seule chance, dit Oliver.

– CVA ? demanda Bliss. Qui est CVA ?

– CVA, répéta Theodora.

Elle connaissait ces lettres, ainsi que cette écriture arachnéenne.

– Ce sont les initiales de ma grand-mère. CVA. Cornelia Van Alen. Et on dirait tout à fait son écriture. J'en suis sûre.

– Tu crois qu'elle a emprunté ce livre ? Peut-être qu'elle sait quelque chose ? demanda Bliss.

Theodora haussa les épaules.

– Je ne sais pas, mais je pourrais lui demander.

– Quand est-ce qu'elle rentre de Nantucket ? demanda Oliver.

– Demain. J'ai failli oublier : je dois la retrouver au banquet du Conservatoire.

– Donc, Oliver, ce Croatan machin truc, c'est bien ça qu'il y a derrière la mort d'Aggie ? demanda Bliss.

– Je pense, dit Oliver. Même si je ne sais toujours pas ce que c'est.

– De toute manière, en admettant qu'on trouve, on ne serait pas beaucoup plus avancés. Même si c'est bien ce Croatan qui a tué Aggie, comment va-t-on prouver que ce n'est pas Dylan ? Comment va-t-on prouver qu'il est victime d'un coup monté ?

On ne peut pas, dit Oliver. Du moins vous, vous ne pouvez pas. Et je ne vois pas en quoi je peux aider.

– Qu'est-ce que tu racontes ? Tu en as déjà fait beaucoup, protesta Theodora.

Elle lui décocha un regard admiratif qui le fit rougir.

– Des recherches, oui. Je peux faire des recherches, c'est à cela que nous sommes bons. Mais je ne pourrai rien faire pour vous aider à réaliser le plan.

– Quel plan ? demanda Bliss, amusée.

L'espace d'une seconde, Oliver eut l'air étonnamment sérieux et déterminé. Pour une fois, il avait même abandonné sa désinvolture taquine.

On a tout fait comme si le système marchait pour nous,

dit-il. Ce n'est pas le cas. Vous allez devoir raisonner comme des sang-bleu. On ne va jamais convaincre personne de relâcher Dylan sur la base de ce que nous savons. Donc, on va passer à autre chose.

– Et à quoi ?

– À son évasion.

Trente-cinq

Le banquet du Conservatoire de Central Park était l'un des événements les plus importants sur l'agenda mondain de Cordelia. Il avait lieu dans une salle de bal du *Plaza*, et il était déjà commencé lorsque Theodora arriva. Elle se présenta à la table des inscriptions et trouva sa grand-mère assise au centre, entre deux sommités bien conservées.

– Ma petite-fille, Theodora, dit Cordelia d'un air satisfait.

Theodora embrassa rapidement sa grand-mère sur la joue. Elle prit place à table après avoir enlevé un programme de sa chaise.

Le banquet annuel rapportait une somme considérable pour l'entretien du parc. C'était l'une des causes les plus chères au cœur des sang-bleu. C'étaient eux qui avaient eu l'idée d'amener la nature jusqu'à New York, de créer une oasis en plein cœur de la ville, un simulacre du Jardin dont ils avaient été chassés il y avait si longtemps. Theodora reconnut beaucoup des grandes dames et des mondaines du Comité papillonnant de table en table et accueillant les invités.

– Cordelia, qu'est-ce que c'est, « Croatan » ? demanda Theodora avec autorité, brisant net l'aimable bavardage ambiant.

Le silence se fit à leur table, et plusieurs dames haussèrent les sourcils à l'adresse de Theodora et de sa grand-mère.

Cordelia sursauta à ce mot. Elle rompit en deux le petit pain qu'elle tenait dans ses mains.

– Ce n'est ni le moment ni l'endroit, jeune fille, dit-elle calmement.

– Je sais que tu sais. On l'a vu dans un des livres du Sanctuaire. Tes initiales étaient dedans. Cordelia, il faut que je sache, chuchota farouchement Theodora.

Sur l'estrade, le maire remerciait les protectrices de la nature pour leurs dons généreux et leurs efforts, grâce auxquels Central Park était un endroit toujours aussi magnifique et plein de vie. Il y eut une légère vague d'applaudissements, dont Cordelia profita pour réprimander sa petite-fille.

– Pas maintenant. Je te dirai tout après, mais il est hors de question que tu me places dans une situation embarrassante dans mes fonctions actuelles.

Theodora passa l'heure suivante à attendre, morose, en chipotant le poulet aux herbes dans son assiette et en écoutant une série d'orateurs décrire les nouvelles activités et les développements prévus pour le parc. Il y eut un diaporama sur la nouvelle exposition d'art et une présentation de la restauration de la fontaine de Bethesda.

Enfin, une fois qu'on leur eut distribué leurs sacs-cadeaux et qu'elles furent bien installées en sécurité dans la limousine antique de Cordelia, Julius au volant, Theodora reçut les réponses qu'elle attendait.

– Ainsi, tu as trouvé le journal de Catherine. Oui, j'y ai laissé mes initiales. Pour qu'on les trouve un jour. J'ignorais que ce serait toi, dit Cordelia, amusée.

– Ce n'est pas moi. En fait, c'est Oliver Hazard-Perry.

– Ah, Oliver, oui. Un très bon garçon. D'une excellente famille. Enfin, pour des sang-rouge.

– Ne change pas de sujet. Croatan, qu'est-ce que c'est ?

Cordelia remonta la séparation qui les isolait de Julius. Lorsque celle-ci fut bien fermée, elle se retourna vers Theodora, le sourcil froncé.

– Ce que je vais te dire est un secret absolu. Nous n'avons pas le droit d'en parler. Le Comité en a proclamé l'inexistence par ordre de loi. Ils sont allés jusqu'à essayer de le supprimer de nos souvenirs.

– Pourquoi ? demanda Theodora en admirant la ville par la portière.

C'était encore un jour de grisaille, et Manhattan semblait perdue dans une fine brume, fantomatique et majestueuse.

– Comme je te l'ai déjà dit, les temps changent. On ne respecte plus les traditions. Ceux qui sont au pouvoir ne sont pas croyants. Même la femme qui a écrit ce journal désavouerait ses propres mots aujourd'hui. Ce serait trop dangereux pour elle d'avouer ses craintes.

– Comment sais-tu qu'elle penserait cela ?

– Simple : parce c'est moi qui l'ai écrit. C'est mon journal intime.

– Tu es Catherine Carver ?

– Oui. Je me souviens clairement de la colonie de Plymouth, presque comme si c'était hier. Ce fut un terrible voyage. (Elle frissonna.) Et un hiver plus terrible encore lui a succédé.

– Pourquoi ? Que s'est-il passé ?

– Croatan, soupira Cordelia. Un mot venu de la nuit des temps. Cela signifie « sang-d'argent ».

– Sang-d'argent ?

– On t'a raconté l'histoire de notre expulsion ?

– Oui.

La voiture avançait lentement le long de la 5e Avenue. À cause du mauvais temps, il n'y avait que peu de monde aux abords des grands magasins : une poignée de touristes prenant des photos des vitrines, quelques clients tentant d'échapper à la pluie.

– Lorsque Dieu bannit Lucifer et ses anges du paradis en punition de leurs péchés, nous fûmes condamnés à vivre éternellement sur la Terre, où nous sommes devenus des vampires, dépendants du sang humain pour notre survie, dit Cordelia.

– On nous a raconté tout ça aux réunions du Comité.

– Mais on ne vous parle pas de ceci. De ce qui a été rayé de nos archives officielles.

– Pourquoi ?

Cordelia ne répondit pas. Au lieu de cela, sa voix se fit monotone, comme si elle lisait dans un livre consacré au souvenir.

– Tôt dans notre histoire, Lucifer et un petit groupe de ses fidèles firent sécession. Ils rejetèrent Dieu et n'avaient que mépris pour leur bannissement. Ils ne souhaitaient pas regagner les bonnes grâces du Seigneur. Ils ne croyaient pas au Code des vampires.

– Mais pourquoi ? demanda Theodora tandis que la voiture attendait à un feu rouge.

Elles étaient arrivées sur la 6e Avenue, au milieu des gratteciel et des immeubles de bureaux portant le nom de leur compagnie gravé sur la façade. McGraw-Hill. Simon and Schuster. Time Warner. Dans l'immeuble Morgan Stanley, une batterie de télévisions vomissait les dernières nouvelles de la Bourse.

– Parce qu'ils ne voulaient se soumettre à aucune loi. Ils étaient obstinés et arrogants sur Terre comme ils l'avaient été au ciel. Lucifer et ses vampires découvrirent que pratiquer la *Caerimonia osculor* sur d'autres vampires et non sur des êtres humains augmentait leur puissance. Comme tu le sais, la *Caerimonia Osculor* consiste à aspirer le sang ; c'est ce que font les vampires sur des humains, c'est de là qu'ils tirent leur force. Dans le Code des vampires, il est interdit de s'y livrer sur d'autres sang-bleu. Mais c'est exactement ce que firent Lucifer et ses vampires. Ils se mirent à consommer des sang-bleu jusqu'à la Dissipation complète.

– Tu veux dire...

– Jusqu'à retirer toute force vitale à un individu, oui. Jusqu'à vider complètement un sang-bleu, avec tous ses souvenirs.

– Mais enfin pourquoi ? Et que s'est-il passé alors ?

– À force de consommer la force vitale des sang-bleu, le sang de Lucifer et de ses vampires est devenu argenté. Ils sont devenus les sang-d'argent. *Croatan*. Le mot signifie « Abomination ». Les vies de tant de vampires accumulées dans leur esprit les ont rendus fous. Ils ont la force de mille sang-bleu. Leurs souvenirs sont légion. Ils sont le diable masqué qui avance parmi nous. Ils sont partout et ils ne sont nulle part.

Tandis que Cordelia parlait, elles dépassèrent la 6e Avenue, atteignirent la 7e ; l'ambiance changea de nouveau. Au coin de la rue, Theodora vit Carnegie Hall et plusieurs personnes alignées sur le trottoir qui faisaient la queue pour acheter des billets, blotties sous leurs parapluies.

– Pendant des millénaires, les sang-d'argent ont traqué, tué et consommé les sang-bleu. Ils transgressaient le Code des vampires en intervenant directement dans les affaires humaines et en prenant le pouvoir dans le monde des hommes. Il était impossible de les arrêter. Mais les sang-bleu n'ont jamais cessé de les combattre. C'était le seul moyen de survivre.

La dernière grande guerre entre sang-bleu et sang-d'argent s'est terminée au début de l'Empire romain, lorsque les sang-bleu ont réussi à renverser Caligula, un vampire sang-d'argent puissant et rusé. Après sa défaite, les sang-bleu ont connu la paix pendant de nombreux siècles en Europe.

– Alors pourquoi sommes-nous venus en Amérique ? demanda Theodora, tandis que la voiture remontait la 8e Avenue.

– Parce que la montée des persécutions religieuses, au XVIIe siècle, nous a profondément perturbés. C'est pourquoi, en 1620, nous nous sommes embarqués sur le *Mayflower* avec les Puritains afin de trouver la paix dans le Nouveau Monde.

– Mais la paix n'était pas au rendez-vous, n'est-ce pas ? dit Theodora en se remémorant le journal de Catherine Carver.

– Certes non, dit Cordelia en fermant les yeux. Nous avons découvert que Roanoke avait été massacré. Nous avions perdu tout le monde. Les sang-d'argent aussi étaient venus dans le Nouveau Monde. Mais le pire était encore à venir.

– Pourquoi ?

– Parce qu'ils ont recommencé à tuer. À Plymouth. Beaucoup de nos jeunes : les sang-bleu ne peuvent être pris que pendant leurs années de Crépuscule, lorsqu'ils passent de l'état humain à leur identité de vampires. C'est notre période la plus vulnérable, celle où nous n'avons pas le contrôle de nos souvenirs et ne connaissons pas notre force. Nous sommes faibles, faciles à manipuler et à contrôler, voire finalement à consommer, pour les sang-d'argent.

Elles remontèrent la voie rapide du West Side, dépassant les nouvelles constructions qui étincelaient le long du fleuve et de Riverside Park.

– Certains refusèrent de croire que c'était la faute des sang-d'argent. Ils refusaient de voir ce qui était sous leurs yeux, soutenaient que ceux qui avaient été consommés reviendraient d'une manière ou d'une autre. Ils restaient complètement aveugles à la menace. Ensuite, au bout de quelques années, les assassinats cessèrent. Les années passèrent, et plus rien ne se produisit. Puis il s'écoula des siècles... et toujours rien. Les sang-d'argent devinrent un mythe, une légende, des personnages de vieilles fables. Les sang-bleu ont fait fortune en Amérique, ils sont devenus influents et ont gagné des positions élevées, et, le temps passant, la plupart d'entre nous ont complètement oublié les sang-d'argent.

– Mais comment ? Comment a-t-on pu oublier quelque chose d'aussi important ?

Cordelia soupira.

– Nous sommes devenus trop sûrs de nous et trop entêtés. La tentation de tout nier est forte. À présent, tout ce qui concernait les sang-d'argent a même été effacé de nos livres d'histoire. Les sang-bleu d'aujourd'hui se refusent à croire qu'il existe au monde quelque chose de plus fort qu'eux. Ils sont trop vaniteux pour pouvoir le concevoir.

Theodora secoua la tête, épouvantée.

– Ceux d'entre nous qui ont alerté les autres et bataillé

pour une vigilance éternelle ont été bannis du Conclave et n'ont plus aucun pouvoir au sein du Comité. Plus personne ne nous écoute. Il en est ainsi depuis Plymouth. J'ai bien essayé, à cette époque, mais je n'étais pas assez puissante pour prendre le contrôle.

– John a voulu alerter les autres, dit Theodora en pensant à ce qui était écrit dans le journal intime. Ton mari.

– Oui. Mais nous avons échoué. Myles Standish – que tu connais sous le nom de Charles Force – a pris la tête du Conclave des Aînés. Il a toujours été notre chef depuis. Il ne croit pas au danger de Croatan.

– Pas même quand il tue des enfants ?

– D'après Charles, ce n'est pas prouvé.

– Pourtant, Jack a dit qu'Aggie avait été vidée de tout son sang, comme les deux autres qui ont été trouvés avant elle. Ils ont forcément été consommés par un sang-d'argent !

Cordelia était sombre.

– Oui, c'est aussi mon avis. Mais personne ne va écouter une vieille femme isolée. Je n'ai jamais cru que les sang-d'argent avaient complètement disparu. J'ai toujours pensé qu'ils ne faisaient que reposer, aux aguets, et attendre que leur tour revienne.

– C'est forcément ça. C'est la seule explication ! argua Theodora. Mais la police a arrêté mon ami Dylan. Ça ne peut pas être lui ! C'est un humain. Ils l'ont emmené hier.

Cordelia sembla troublée.

– Je croyais que l'explication officielle était une overdose. On m'a dit que c'était ce que le Comité avait décidé.

– C'est bien ce qu'on avait entendu... mais maintenant ils prétendent qu'elle a été étranglée.

– C'est vrai, d'une certaine manière, dit Cordelia, songeuse.

– Il faut que tu nous aides. Comment trouver qui sont les sang-d'argent ? Pourquoi sont-ils là ? Où sont-ils ? Comment les débusquer ?

– Quelque chose les a réveillés et les protège. Ce pourrait être n'importe qui dans notre entourage. Il y a parmi nous des sang-d'argent qui se font passer pour des sang-bleu. Il faut du temps pour transformer un sang-bleu en sang-d'argent. À mon avis, un puissant sang-d'argent est de retour et il commence à recruter de nouveaux disciples.

– Alors qu'est-ce qu'on va faire ? demanda Theodora tandis que la voiture s'engageait dans leur rue.

– Tu connais l'existence des sang-d'argent. Au moins, tu sais ce qu'il en est. Tu peux te préparer.

– Comment ?

– Il y a une chose. Une chose que ta mère a découverte. Les sang-d'argent sont toujours soumis aux lois célestes et à la langue sacrée.

Le reste, elle le chuchota à l'oreille de Theodora.

Cordelia ouvrit la portière et sortit de la voiture.

– Je ne peux rien te dire de plus à ce sujet. J'ai déjà enfreint le Code pour te raconter cette histoire. En ce qui concerne le problème que tu m'as exposé, je suis vraiment navrée mais il faudra que tu en parles avec Charles Force. À l'heure qu'il est, il est le seul à pouvoir faire quelque chose pour ton ami.

TRENTE-SIX

Les réunions du Comité reprirent le lundi suivant. Elles avaient été annulées pendant plusieurs semaines, sans qu'aucune explication fût donnée aux membres juniors. Les préparatifs pour le bal des Quatre-Cents commencèrent dans le plus grand sérieux. Aucune allusion ne fut faite à la mort d'Aggie ni à l'arrestation de Dylan. En revanche, tout le monde parlait avec animation de la grande réception de Noël. Le bal des Quatre-Cents était la soirée la plus attendue de l'année, la plus glamour, la plus fabuleuse et la plus sélecte, puisque seuls les sang-bleu y étaient conviés.

Theodora se rendit à la réunion uniquement pour voir s'il y avait encore moyen de raisonner Jack, qui lui avait tourné le dos. Les membres juniors étaient divisés en sous-comités, et Theodora se joignit au groupe Invitations pour la simple raison que c'était apparemment celui qui demandait le moins de travail. En effet, comme elle l'avait deviné, leur seule tâche consistait à établir la liste des invités, qui devrait être validée par le Comité senior, puis il ne resterait plus qu'à timbrer les invitations qui de toute manière étaient déjà conçues, réalisées et imprimées.

– Je m'inquiète pour Dylan, dit Bliss après la réunion. Où est-il ? Les policiers ne veulent toujours rien dire. Et mon père n'arrête pas de me demander de ne pas m'en mêler.

– Je sais, moi aussi je suis inquiète, acquiesça Theodora en suivant des yeux Jack, qui discutait avec Mrs Dupont et Mimi.

– C'est perdu d'avance, Theodora. Je connais les jumeaux Force. Ils se tiennent les coudes.

– Il faut quand même que j'essaie, dit Theodora d'un air mélancolique.

Elle n'arrivait toujours pas à croire que le garçon qui, encore tout récemment, l'avait embrassée avec tant de passion se soit mis à l'ignorer et à faire comme si rien ne s'était jamais passé entre eux. Elle était incapable de concilier le Jack qui lui avait parlé de ses rêves et de sa mémoire bloquée, et celui qui débattait gaiement du choix entre orchestre swing et formation de jazz pour le prochain bal.

– Comme tu voudras, soupira Bliss. Mais tu ne diras pas que je ne t'ai pas prévenue.

Theodora hocha la tête. Bliss s'éloigna et Theodora se dirigea vers Jack Force. Heureusement, Mimi avait déjà quitté la salle.

– Jack, il faut que tu m'écoutes, dit-elle en l'attirant dans un coin. S'il te plaît.

– Pourquoi ?

– Je sais ce que le Comité nous cache. Je sais ce que « Croatan » veut dire.

Il se figea, bouche bée.

– Comment ?

Jusque-là, il avait évité son regard, mais à présent il la regardait bien en face : avec ses joues rouges, enflammées par la colère, Theodora était encore plus belle que dans son souvenir.

– C'est ma grand-mère qui me l'a dit.

Elle lui relata tout ce que Cordelia lui avait raconté sur les sang-d'argent et les meurtres de Roanoke et de Plymouth.

Jack plissa le front.

– Elle n'a pas le droit de faire ça. Ce sont des informations top secret.

– Tu étais au courant ?

– J'ai fait des recherches de mon côté, et mon père m'a raconté le reste. Mais ça ne mène à rien.

– Comment ça ? Au contraire, c'est un début d'explication.

Il secoua la tête.

– Theodora, je suis désolé de t'avoir lancée sur une mauvaise piste. Mais ils sont en train de s'occuper de la mort d'Aggie. Il faut que tu fasses confiance au Comité pour faire ce qu'il faut. Ta grand-mère t'a raconté une vieille légende. Il n'y a pas de sang-d'argent. Personne n'a jamais vraiment réussi à prouver leur existence.

– Je ne te crois pas. Il faut absolument convaincre le Comité d'avertir tout le monde. Si tu ne me suis pas, je m'en chargerai toute seule.

– Je ne peux vraiment rien faire pour t'arrêter ? lui demanda Jack.

Theodora pointa le menton en signe de détermination.

– Non.

Elle le regarda de biais. À peine quelques semaines plus tôt, elle tombait amoureuse de lui, de son courage et de sa bravoure. Où était passé le garçon qui refusait d'avaler les mensonges du Comité ? Qu'était-il devenu ? Quand ils avaient dansé ensemble au bal, elle s'était dit qu'elle n'avait jamais été aussi heureuse de sa vie. Mais Jack n'était pas celui qu'elle avait cru. Peut-être ne l'avait-il jamais été.

Trente-sept

Après la réunion, Theodora raconta à Bliss et à Oliver tout ce que sa grand-mère lui avait dit sur les sang-d'argent et sur le fait que Charles Force était le seul à pouvoir les aider pour sortir Dylan de cette situation. Ils décidèrent que le lendemain, pendant la troisième heure de cours, Theodora et Bliss se débrouilleraient pour aller affronter Charles Force. Olivier trouverait une excuse pour justifier leur absence auprès de la prof d'arts plastiques.

Elles prirent Mr Force en embuscade devant le *Four Seasons*, où tout le monde savait qu'il déjeunait chaque jour. Situé dans la tour Seagram, sur Park Avenue, le restaurant devenait entre midi et quatorze heures le nombril de Manhattan. Magnats des médias, nababs de la finance, éditeurs, auteurs célèbres et personnalités en avaient fait leur cantine personnelle.

– Le voilà, dit Bliss quand elle aperçut sa crinière argentée émergeant d'une berline noire.

Elle le reconnaissait bien, car les Force les avaient hébergés une semaine lors de leur arrivée à Manhattan. Charles Force lui avait fait un peu peur à l'époque. Il la regardait droit dans les yeux, comme s'il savait tout sur elle, tous ses souhaits secrets, tous ses désirs cachés. Sa poignée de main énergique lui avait fait forte impression. Il était intimidant, mais elle n'allait pas s'arrêter à cela : l'important était d'aider Dylan.

Theodora l'observa attentivement. Elle aurait pu jurer l'avoir déjà vu. Mais où ? Sa silhouette lui disait quelque chose, comme sa manière de pencher la tête en avant. Elle connaissait cet homme, elle en était sûre.

– Mr Force ! Mr Force ! s'écria Bliss.

Charles Force posa un regard curieux sur les deux jeunes filles qui se tenaient devant lui.

– Excusez-moi, dit-il à l'homme qui l'accompagnait pour déjeuner.

– Mr Force, pardon de vous déranger, dit Bliss, mais on nous a dit d'aller vous voir, que vous étiez le seul à pouvoir nous aider.

– Vous êtes bien la fille de Forsyth ? répondit Charles abruptement. Que faites-vous ici en pleine journée ? N'est-il pas interdit de sortir entre les cours à Duchesne ? Ou bien cette règle a-t-elle disparu en même temps que l'uniforme ?

Il se tourna vers Theodora.

– Et vous.

Il ne prononça pas son nom, mais haussa les sourcils.

– Si je ne m'abuse, vous aussi êtes à Duchesne. Eh bien, je vous écoute. Que puis-je faire pour vous ?

Theodora soutint son regard sans ciller. Elle le fixa de ses yeux bleus, si vifs... et ce fut lui qui détourna les siens en premier.

– Notre ami Dylan est accusé d'un meurtre qu'il n'a pas

commis. Vous seul pouvez nous aider. Vous êtes le *Rex*. Ma grand-mère m'a dit...

– Cordelia Van Alen est un vrai danger public, marmonna-t-il. Elle ne m'a jamais pardonné d'avoir pris la tête du Conclave.

Il fit un signe à son partenaire, qui l'attendait toujours patiemment en tenant la porte du restaurant ouverte.

– Allez-y, je vous rejoins dans une minute.

– Nous ne partirons pas tant que vous ne nous aurez pas aidées, dit Bliss d'une voix tremblotante, même si elle souhaitait par-dessus tout partir en courant pour se cacher de cet homme.

Les voix qui hurlaient dans sa tête l'exhortaient à garder ses distances avec lui. *Assassin...*, chuchotait l'une d'elles. *Assassin...* Elle se sentit profondément et intensément révulsée. Elle avait envie de vomir, de se jeter sous un taxi, de s'enfuir, de prendre ses jambes à son cou : tout pour échapper à ce regard pénétrant. Elle crut qu'elle allait devenir folle de peur. Cet homme avait quelque chose de terrible, un pouvoir sauvage et dangereux dont elle devait s'éloigner en courant.

– Nous nous occupons de Dylan Ward. Il n'y a plus à s'inquiéter pour lui, dit-il avec un petit geste dédaigneux de la main. Il est parfaitement en sécurité. Il ne va rien lui arriver. La police a commis une regrettable erreur. Il est libre. Votre père aurait pu vous le dire, ajouta-t-il avec une moue méprisante. Il est intervenu dans des démarches administratives relatives à sa libération.

Le choc réduisit un instant Bliss au silence. Elle n'aurait jamais imaginé que ce serait si facile.

– Comment ça ?

– C'est exactement ce que je vous dis, le problème est résolu, dit-il froidement. Vous n'avez aucun souci à vous faire, je vous assure. À présent, s'il vous plaît, je suis en retard pour mon déjeuner.

Bliss et Theodora échangèrent un regard malaisé.

– Et les sang-d'argent, alors ? Et ce qu'ils nous font ? Nous savons tout sur Croatan ! l'accusa Theodora.

– Je vous prie de ne pas m'importuner avec les fables pitoyables de Cordelia Van Alen. Je refuse ne serait-ce que d'aborder ce sujet. Je l'ai déjà dit et je le redis : Croatan n'existe pas, conclut-il d'un ton sans réplique. Maintenant, je vous conseille de retourner à votre place, c'est-à-dire à l'école.

TRENTE-HUIT

Le *Carlyle* était un hôtel discret et élégant situé sur Madison Avenue, décoré dans le style d'un grand manoir anglais. C'était l'un de ces hôtels qui transpirent le luxe avec le sang-froid impressionnant propre aux fortunes anciennes. Même la climatisation diffusait en permanence un air refroidi à dix-neuf degrés. Quand Theodora était petite, sa grand-mère l'emmenait toujours boire des Shirley Temples au bar, le *Bemelmans*. Cordelia s'installait pour fumer et enchaîner les verres de sazerac tandis que Theodora, sagement assise, contemplait les animaux batifolant sur les fresques et comptait les belles dames qui entraient avec leurs grands chapeaux et leurs fleurs au corsage. Ensuite, elles gagnaient la grande salle à manger pour s'attaquer à un repas français de cinq plats. Les jours où Cordelia déclarait qu'elle « en avait assez » de la maison de Riverside Drive, elles prenaient une suite de deux chambres au *Carlyle* pour le week-end. Theodora remplissait le bain à remous, se faisait monter des fraises à la crème dans sa chambre et dégustait ce dîner d'une valeur nutritionnelle discutable au milieu des bulles.

En pénétrant dans le hall de marbre ce soir-là, Theodora se sentit chez elle dans cet environnement feutré. Elle chassa de son esprit ses pensées douloureuses au sujet de Jack Force et la rencontre humiliante avec son père. Bliss avait demandé à Oliver et à elle-même de la retrouver là, sans leur expliquer pourquoi. Oliver attendait déjà, retranché dans un coin du bar.

– Manhattan ? lui demanda-t-il en montrant son verre.

– Bien sûr, acquiesça-t-elle.

Un serveur discret apporta son cocktail sur un plateau d'argent. Il posa sur leur table un bol d'amandes d'Espagne encore chaudes.

Theodora en prit une et la mâcha d'un air concentré.

– Bon Dieu, ils ont les meilleures amandes du monde ici ou quoi ?

– Rien ne vaut les hôtels de l'Upper East Side, dit Oliver en hochant la tête comme un vieux sage et en en reprenant une poignée. On devrait faire la tournée des cacahuètes des hôtels de New York. Comparer celles du *Regency* avec celles du *Carlyle* et du *St. Regis*.

– Hmmmm... La sélection du *Regency* est formidable. Ils te préparent un petit apéritif avec trois sortes différentes de trucs à grignoter : des pois wasabi, des amandes grillées et des petits biscuits croustillants au poivre, dit Theodora.

Le *Regency* comptait aussi au nombre des repaires préférés de Cordelia.

Ils vidèrent leurs verres et commandèrent la même chose. Quelques minutes plus tard, Bliss entra dans le bar en courant, les cheveux mouillés par une averse. Elle prit place à côté de Theodora et en face d'Oliver.

– Salut, vous deux. Merci d'être venus au rendez-vous.

– Un manhattan ?

– Bien sûr.

Ils trinquèrent tous ensemble.

– Hmm... Elles sont bonnes, ces amandes, dit Bliss en s'en envoyant quelques-unes dans la bouche.

Oliver et Theodora éclatèrent de rire.

– Qu'est-ce qu'il y a de drôle ?

– Rien. On te racontera plus tard, ce n'est pas important, dit Theodora.

Bliss haussa le sourcil. C'était toujours comme ça, avec eux. Des blagues privées, des souvenirs de leur amitié qu'elle ne partageait pas. C'était étonnant que Dylan ait pu le supporter.

– Alors, qu'est-ce qui s'est passé ? Pourquoi tu as voulu qu'on se voie ici ? lui demanda Theodora.

– Il est là.

– Qui ? demanda Oliver.

– À ton avis ? Dylan ! rétorqua Bliss.

Elle leur raconta ce qu'elle avait appris de son père : que Dylan avait été relâché, mais qu'il n'était pas tout à fait aussi libre que Charles Force le leur avait dit. En fait, il était placé sous surveillance, pour sa protection, dans une suite de l'hôtel *Carlyle*. Le juge avait permis à Charles Force de le faire sortir sous caution, à la condition expresse que Dylan ne soit relâché que sous sa responsabilité. Son père avait dit qu'il s'agissait d'un vaste malentendu, et que les charges seraient abandonnées sous peu. Mais ils ne comprenaient toujours pas pourquoi Dylan était détenu quand même, surtout par Charles Force.

– Et j'ai entendu discuter mon père et Charles à leur insu ; ils disaient qu'ils « s'occupaient de leurs affaires » et qu'il ne fallait pas « laisser la situation dégénérer ».

– Tu ne vois pas ce qu'ils voulaient dire ? dit Theodora en reprenant une amande dans le bol.

Bliss prit une longue gorgée de son cocktail.

– Quoi qu'il en soit, ce que j'en dis, c'est qu'on va faire exactement ce qu'a dit Oliver. On le fait évader. Ça ne peut pas rater. On se sert du contrôle mental pour aplatir les gardiens – Theodora m'a dit qu'elle l'avait déjà fait – et on le sort de là en vitesse pendant qu'Oliver monte la garde. Ils l'ont enfermé dans la chambre 1001.

– On y va là, comme ça ? demanda Oliver.

– Ouais, et pourquoi pas ? C'est toi qui nous a dit de raisonner comme des sang-bleu.

– Mais comment on va réussir à monter, déjà ? Il ne faut pas être client de l'hôtel ? objecta Oliver.

– En fait, intervint Theodora, c'est le plus facile. Cordelia et moi, on venait tout le temps ici avant. Je connais les liftiers.

– Bon, eh bien, allons-y alors, dit Oliver en levant la main pour demander l'addition.

Ils traversèrent le hall principal en direction des ascenseurs gardés.

– Salut, Marty ! dit Theodora en souriant au liftier dans sa rutilante veste rouge à boutons de cuivre.

– Bonjour, miss Theodora, ça fait longtemps qu'on ne vous a pas vue, dit-il en touchant son chapeau.

– Je sais, trop longtemps, dit Theodora avec douceur, en faisant entrer ses amis dans l'ascenseur garni de miroirs.

– Douzième étage ? demanda cordialement Marty.

– Non, euh... On nous a mis au dixième, cette fois. L'hôtel doit être plein.

– C'est le mois d'octobre, expliqua-t-il. Beaucoup de touristes. Une expo au Met ou quelque chose comme ça.

Il pressa le bouton DIX et recula d'un pas en souriant à Theodora et à ses camarades.

– Merci, Marty. À bientôt ! dit Theodora lorsque les portes s'ouvrirent.

Ils longèrent le couloir, mais en arrivant à la chambre 1001 ils ne virent pas le moindre garde devant la porte.

– C'est bizarre, dit Bliss. J'ai entendu mon père dire qu'ils lui avaient collé des tas de flics sur le dos en permanence.

Theodora était sur le point de pulvériser la serrure lorsqu'elle remarqua quelque chose. La porte était entrouverte. Elle l'ouvrit d'une poussée. Jetant un œil par-dessus son épaule, elle vit Bliss et Oliver la regarder d'un air perplexe. Ils s'était préparés à livrer bataille, et voilà que rien ne s'opposait à leur progression.

Theodora pénétra dans la pièce, Bliss sur ses talons.

– Dylan ? appela Bliss.

Ils entrèrent dans la chambre somptueuse, aux tapis épais, où la télé était encore allumée à plein volume. Il y avait un plateau de service avec les reliefs d'un steak sur l'assiette, les couverts en argent entassés n'importe comment sur le côté. Un lit défait, des serviettes de bain par terre.

– Ils ont bien dit 1001, tu es sûre ? lui demanda Theodora.

– Certaine, fit Bliss avec un hochement du menton.

– Qu'est-ce qui est arrivé, à votre avis ? demanda Olivier en regardant autour de lui.

Il s'empara de la télécommande et éteignit la télévision.

– Dylan a disparu, dit Bliss, impassible.

Elle se rappela ce que Charles Force lui avait dit : on s'occupait de lui, quoi que cela pût vouloir dire. Elle eut un frisson. Étaient-ils arrivés trop tard pour le sauver ?

– Il s'est échappé.

Olivier hocha la tête.

– À moins que quelqu'un, ou quelque chose, ne l'ait libéré, dit Theodora.

Bliss garda le silence, le visage impénétrable, en fixant le repas à moitié terminé. Theodora, compatissante, lui mit la main sur l'épaule.

– Où qu'il soit, je suis sûre qu'il va bien. C'est un dur, Dylan, dit-elle à son amie. Allons-y maintenant, on ferait mieux de déguerpir avant que quelqu'un pense que c'est *nous* qui l'avons fait sortir.

Trente-neuf

Cela lui tomba dessus sans prévenir. Theodora maudit son orgueil. Tout était sa faute. Oliver avait proposé de la mettre dans un taxi, mais elle lui devait déjà tellement d'argent qu'elle avait décliné. Intermédiaire ou pas, elle ne voulait pas profiter de sa générosité. Bliss et lui habitaient à quelques blocs du *Carlyle*, et elle leur avait dit que ça ne la dérangeait pas du tout de prendre le bus. Le M72 la déposa à l'angle de la 72e Rue et de Broadway, et elle décida de faire le reste du chemin à pied. Il y avait plus d'une vingtaine de blocs à parcourir, mais elle se disait qu'un peu d'exercice lui ferait du bien.

Au coin de la 95e Rue, elle quitta l'avenue bien éclairée pour prendre une rue sombre qui devait la rapprocher de Riverside, et c'est là qu'elle le sentit.

En l'espace de quelques secondes, elle fut sous son emprise. Elle sentit les crocs aiguisés lui percer la peau et commencer à aspirer lentement le sang qui était sa vie. Elle vacilla, le souffle coupé. Elle avait quinze ans, c'est à peine si elle avait vécu, et déjà elle allait mourir. Elle se raidit contre la poigne d'acier. Pire : d'après ce que lui avait dit sa grand-mère, elle survivrait. Elle vivrait dans la mémoire de cette bête ignoble, prisonnière pour toujours de sa conscience démente.

Beauty. Où était Beauty ? La chienne de race arriverait trop tard pour la sauver, cette fois-ci.

La douleur était profonde ; la perte de sang lui donnait le vertige. Mais avant qu'elle eût succombé, il y eut un cri.

Une lutte.

Quelqu'un combattait le monstre. Le sang-d'argent desserrait son étreinte. Elle se retourna, en tenant son cou pour arrêter le flot de sang, pour voir qui l'avait sauvée.

Jack Force était engagé dans une lutte sans merci, pris dans un combat homérique avec la féroce créature. Grande et massive, le poil gris et brillant, elle avait forme humaine. Et Jack se battait contre elle.

Il rendait coup pour coup au sang-d'argent, mais ce dernier finit par le jeter à terre, frappant le corps de Jack contre le béton.

– Jack ! hurla Theodora.

Elle leva les yeux et, alors que le monstre tendait les crocs pour trouver sa gorge, Theodora se souvint des paroles de sa grand-mère. Selon les lois célestes, toute créature était esclave de la langue sacrée.

Elle le repoussa d'un puissant commandement : « *Aperio oris !* » « Révèle-toi ! »

Le sang-d'argent ricana et d'une voix terrible, rendue rauque par l'agonie de mille âmes hurlantes, il siffla :

– Tu ne peux me commander, fille de la Terre !

La bête reprit son assaut, menaçante.

« *Aperio oris !* » cria de nouveau Theodora, avec plus de force cette fois.

Jack tituba en arrière, car dans le bref instant où Theodora avait invoqué l'incantation, les mots sacrés qu'elle avait appris, le monstre leur avait montré son vrai visage.

Un visage que Jack n'oublierait jamais.

La bête, au désespoir, hurla à la mort, poussa un grincement terrible, misérable, et disparut dans la nuit.

– Ça va ? demanda Theodora en se précipitant vers lui. Tu saignes.

– C'est juste une coupure, dit-il en essuyant le sang qui avait coulé rouge, mais était bleu à la lumière. Je vais bien. Et toi ?

Elle toucha le côté de son cou. Le saignement avait cessé.

– Comment as-tu su ? lui demanda-t-elle.

– Qu'il allait t'attaquer ? Parce qu'il l'avait déjà fait, donc je savais qu'il recommencerait. Les tueurs ont tendance à revenir finir ce qu'ils ont commencé. Je venais chez toi, j'avais un mauvais pressentiment.

– Mais pourquoi...

– Je ne voulais pas qu'il t'arrive du mal à cause de moi, expliqua Jack avec brusquerie.

C'est tout ? se demanda Theodora.

– Merci, dit-elle doucement.

– Tu l'as vu ? demanda Jack. Hein ?

– Oui, dit-elle en hochant la tête. Je l'ai vu.

– Ça ne peut pas être vrai, dit Jack. C'est un piège. (Il secoua la tête.) Je n'y crois pas.

– Si, c'est vrai. Il est obligé de suivre les lois, dit Theodora avec une grande douceur.

– Je connais la langue sacrée, répondit sèchement Jack. Mais c'est forcément une erreur.

– Pas d'erreur. Ce sont les lois de la Création.

Jack eut un regard noir.

– Non.

Le monstre s'était dévoilé pendant un court instant, quand il n'avait pas eu d'autre choix que d'obéir aux paroles de Theodora. Il avait montré sa forme véritable. Et c'était le visage de l'autorité qui régissait New York, le visage de l'homme qui à lui seul changeait la ville pour la plier à sa volonté.

Le visage de Charles Force.

Son propre père.

Quarante

Theodora raconta à Jack ce qu'elle avait reconstitué de l'histoire tout en espérant que ce n'était pas vrai.

– C'est lui. Il était là le soir où Aggie est morte. Je l'ai vu au rez-de-chaussée du *Bank*. Il sortait du Sanctuaire. Je m'en souviens maintenant. Ça le met sur la scène du crime. C'est lui, Jack.

Jack secoua la tête

– Tu ne peux pas nier ce que tu as vu. C'était le visage de ton père.

– Tu te trompes. C'est un jeu de lumière, ou autre chose.

Il secouait la tête sans cesse en fixant du regard le sang sur le trottoir.

– Écoute-moi bien, Jack. Il faut qu'on le trouve. Ma grand-mère m'a dit que les sang-d'argent ne savaient pas qui ils étaient. Ton père n'est peut-être même pas conscient d'être possédé.

Jack ne protesta pas, cette fois.

Elle posa la main sur son bras.

– Où est-il ?

– Là où il est toujours. À l'hôpital.

– Comment ça ? Quel hôpital ?

– Columbia, mais je ne sais pas quelle chambre. J'ignore ce qu'il fabrique là-bas. Je sais seulement qu'il va souvent y voir quelqu'un. Pourquoi ?

– Quelque chose me dit que je sais où on peut le trouver, dit Theodora.

Dans le taxi qu'ils partagèrent pour se rendre à l'hôpital, elle était morte d'inquiétude, mais elle s'efforça de faire taire son angoisse. Lorsqu'ils arrivèrent au complexe, les vigiles plaisantèrent sur son « fiancé » en donnant à Jack son badge de visiteur.

– Qui est là ? Où va-t-on ? demanda-t-il en la suivant rapidement dans les couloirs.

– Ma mère, dit Theodora. Tu verras.

– Ta mère ? Je croyais que ta mère était morte.

– C'est tout comme, dit Theodora tristement.

Elle le guida dans les couloirs vides jusqu'à la chambre de l'angle. Elle regarda par la petite vitre et fit signe à Jack de faire de même.

Un homme était là, agenouillé au pied du lit. Le visiteur mystérieux que Theodora avait vu plus d'une fois dans la chambre de sa mère. C'était donc pour cela qu'elle avait eu l'impression de connaître Charles Force aux obsèques d'Aggie ! Elle reconnaissait à présent ses épaules. C'était l'homme du sous-sol du *Bank* et la bête qui venait de l'attaquer. Le sombre inconnu n'était pas son père, finalement, mais un sang-d'argent. Un monstre. Elle eut une bouffée de rage furieuse : et si Charles Force avait quelque chose à voir dans l'état de santé de sa mère ? *Que lui avait-il fait ?*

– Père, dit Jack en entrant dans la chambre.

Il s'arrêta net, le regard fixe, quand il vit le visage de la femme couchée dans le lit. La femme de ses rêves. Allegra Van Alen.

Charles leva les yeux et vit Theodora et Jack debout devant lui.

– Je croyais que nous avions mis un terme à ceci, dit-il en fronçant les sourcils.

– Où étiez-vous il y a une demi-heure ? lui demanda fermement Theodora.

– Ici.

– Menteur, l'accusa Theodora. CROATAN !

Charles haussa les sourcils.

– Vous osez m'insulter ? Baissez la voix, je vous prie. Un peu de respect pour votre entourage. Nous sommes dans un hôpital, pas à un match de catch.

– C'est toi, père. On t'a vu, dit Jack.

Il n'arrivait toujours pas à croire qu'Allegra était toujours en vie. Mais que faisait-elle à l'hôpital ?

– De quoi m'accusez-vous exactement, tous les deux ?

– Où est-ce que tu t'es fait ça ? lui demanda Jack en remarquant des coupures sur son visage.

– Le persan imbécile de ta mère, grogna Charles.

– Ça m'étonnerait, railla Theodora.

– Mais enfin, de quoi s'agit-il ? s'énerva Charles. Que faites-vous ici tous les deux ?

– Tu as attaqué Theodora. Je me suis interposé. C'était toi, je t'ai vu... Theodora a prononcé les paroles, et mon adversaire a révélé son visage. C'était le tien.

– C'est vraiment ce que tu crois ?

– Oui.

– Votre grand-mère a raison, Theodora, dit Charles d'un ton perplexe. Les temps changent en effet, si mon propre fils croit que je suis l'Abomination. C'est ainsi que tu m'appelles, n'est-ce pas, Jack ? demanda-t-il en remontant son poignet de chemise pour leur montrer une marque sous son poignet droit.

C'était une épée, une épée dorée qui transperçait un nuage.

– Qu'est-ce que c'est ? Pourquoi vous nous montrez ça ? demanda Theodora.

– C'est la marque de l'Archange, lui expliqua Jack d'une voix empreinte de respect.

Oubliant ses questions au sujet d'Allegra Van Alen, il tomba à genoux pour se prosterner aux pieds de son père.

– Précisément, dit Charles avec un fin sourire.

– Qu'est-ce que ça veut dire ? demanda Theodora.

– Cela signifie que mon père n'est pas plus un sang-d'argent que toi ou moi, répondit Jack d'une voix de plus en plus forte. La marque de l'Archange. On ne peut ni la dupliquer ni la falsifier. Mon père est Michel, le Cœur pur, qui accompagna volontairement les bannis sur Terre pour nous guider dans notre voyage d'Immortels. (Il s'inclina devant son père.) Pardonne-moi, je me suis égaré mais je me suis retrouvé.

– Relève-toi, mon fils. Il n'y a rien à pardonner.

Les yeux interrogateurs de Theodora allèrent du fils au père.

– Mais j'ai employé la langue sacrée. Les incantations pour révéler sa vraie nature.

– Les sang-d'argent se métamorphosent avec agilité, lui expliqua Charles. La bête a certainement suivi votre ordre, mais non sans vous avoir auparavant montré quelque chose qui, elle le savait, la débarrasserait de vous. Quelque chose qui vous choquerait. Ensuite seulement, elle aurait montré sa véritable identité. Mais pas plus d'un bref instant.

– Mais si ton père n'est pas le sang-d'argent, alors qui est-ce ? demanda Theodora d'un ton soupçonneux. Et où est Dylan ?

– Il est en sécurité. Pour le moment. Caché. Il ne fera plus de mal à personne, dit Charles. Demain, il sera loin.

– Comment ça, « faire du mal » ? demanda Theodora.

– Il avait les marques sur le cou. Il était manipulé. Transformé.

– En quoi ? De quoi parlez-vous ?

– Dylan est un sang-bleu, dit Charles sèchement. Du moins il l'était. Je pensais que vous saviez ça.

Theodora secoua la tête. Dylan, un vampire ? Mais alors cela voulait dire... Cela voulait dire qu'il pouvait avoir tué Aggie... Cela voulait dire que tout ce qu'ils croyaient, tout ce qu'ils supposaient ne pouvait plus être vrai. Dylan n'était pas humain. Ce qui signifiait qu'il y avait une chance pour qu'il ne soit pas innocent.

– Mais il ne venait jamais aux réunions, dit Theodora faiblement.

Charles sourit.

– Elles ne sont pas obligatoires. On peut apprendre son histoire ou choisir de l'ignorer. À son détriment. Les sang-d'argent s'attaquent uniquement aux esprits faibles. Ils sont attirés par les êtres brisés, abîmés d'une manière ou d'une autre. Ils ont senti la faiblesse de Dylan et se sont mis en chasse. Dylan, à son tour, s'est mis à chasser les autres.

– Donc c'était bien lui ! C'est lui qui a tué Aggie ?

– Regrettable, ce qui est arrivé à Aggie, oui. D'après ce que nous savons, Dylan a été vidé de presque tout son sang lors de l'attaque originelle, mais le sang-d'argent a décidé de ne pas le consommer complètement. Au contraire, il en a fait l'un des leurs. Pour survivre, il devait choisir une victime parmi ses semblables, expliqua Charles. Je suis navré.

Theodora fut incapable d'articuler un mot pendant un moment. Depuis le début, tout ce temps, ils l'avaient pris pour leur ami. Dylan, un vampire... Pire, le jouet d'un sang-d'argent ! Elle était horrifiée.

– Donc les sang-d'argent existent bien. Vous reconnaissez qu'ils sont de retour.

– Je ne reconnais rien du tout, déclara Charles avec hauteur. Ses actes pourraient s'expliquer autrement. Dylan peut encore agir de son propre chef. Cela arrive de temps à autre. Un cas de démence. Les années du Crépuscule sont instables pour les nôtres. Il a pu se faire de fausses marques dans le cou. Nous devons mener l'enquête par les canaux appropriés. S'il a été corrompu, il y a encore une chance de sauver son âme. En attendant, nous l'avons placé, ainsi que ses parents, en lieu sûr.

– Mais vous ne pouvez pas faire cela. Étouffer l'affaire. Vous devez avertir tout le monde. Il le faut !

– Vous êtes bien comme votre grand-mère, dit Charles. Quel dommage. Votre mère n'était pas une hystérique. (Il posa tendrement les yeux sur Allegra et baissa la voix.) Le Conclave s'en occupera. Nous agirons en temps voulu.

– Pourtant, à Plymouth, vous n'avez rien fait, l'accusa Theodora. Roanoke... Ils se sont tous fait prendre, et pourtant vous n'avez rien fait.

– Et les morts ont cessé, dit froidement Charles. Si nous

avions effrayé tout le monde, si nous avions continué à courir, comme le conseillaient vos grands-parents, nous ne serions pas ici à l'heure actuelle. Nous serions en train de nous terrer pour l'éternité, terrorisés par une ombre qui peut-être n'existe même pas.

– Mais Aggie... et la fille du Connecticut, et le garçon de Choate, objecta Theodora. Que faites-vous d'eux ?

Charles soupira.

– Des pertes regrettables, toutes, oui.

Theodora n'arrivait pas à croire à ce qu'elle entendait. Parler de gens comme si leur vie n'avait aucune importance.

– Nous réglerons tout cela en temps voulu, je puis vous l'assurer, dit Charles. Nous avons gagné la bataille à Rome. Les sang-d'argent sont tout à fait finis.

– Ma grand-mère m'a dit que l'un d'entre eux vivait, que l'un d'entre eux était capable de se cacher parmi nous... que le plus puissant des sang-d'argent était peut-être encore en vie, dit Theodora en contournant le lit de sa mère pour parler à Charles bien en face.

– C'est ce qu'a toujours prétendu Cordelia. Elle persiste à le dire. Elle est dans l'erreur. J'y étais. J'étais à la bataille du temple. Écoutez-moi attentivement, tous les deux, parce que je ne veux pas avoir à répéter ceci : j'ai envoyé moi-même Lucifer dans les feux de l'enfer.

Theodora, prudente, garda le silence.

– À présent, laissons votre mère en paix, ordonna Charles.

Il mit à nouveau un genou à terre et embrassa la main froide d'Allegra.

– Mais il y a une chose, se rappela soudain Theodora. Dylan.

– Oui ? demanda Charles.

– Où est-il ?

– À l'hôtel *Carlyle*. Je vous l'ai dit, il est en sécurité.

– Non, il n'est plus au *Carlyle*. J'en viens. Il est parti.

Theodora leur raconta ce qu'ils avaient trouvé : la télévision allumée, le dîner à moitié terminé.

– Je crois que c'est lui qui m'a attaquée.

Pendant un long moment, pas une parole ne fut échangée. Charles regarda Theodora d'un air courroucé.

– Si ce que vous dites est vrai, il faut le retrouver. Immédiatement.

Quarante et un

Elle hurlait, elle hurlait tellement fort... comme si elle savait que jamais personne ne l'entendrait. C'était encore ce cauchemar... Quelque chose s'emparait d'elle... la serrait à lui couper le souffle... et elle ne pouvait rien pour l'arrêter... Elle suffoquait... Elle se noyait... et puis... luttant contre la force qui la clouait au sol, elle se battait pour se réveiller, se forçait à se hisser hors du lit... Il fallait qu'elle ouvre les yeux... Il fallait qu'elle voie... Elle vit.

Elle les vit tous les deux en train de la regarder. Ses parents. Son père avec sa robe de chambre en flanelle par-dessus son pyjama, sa belle-mère en peignoir et chemise de nuit.

– Bliss, ma chérie, tout va bien ? lui demanda son père, qui était rentré de Washington pour la semaine.

– J'ai fait un cauchemar, dit Bliss en se redressant et en repoussant les couvertures.

Elle mit une main sur son front pour sentir la chaleur qui émanait de sa peau. Elle était brûlante et fiévreuse.

– Encore ? lui demanda sa belle-mère.

– Horrible.

– C'est complètement normal, Bliss. Il ne faut pas t'inquiéter, lui dit gaiement son père. Je me rappelle, quand j'avais ton âge. J'en faisais de terribles. Cela fait partie du lot. Les trous noirs aussi : à quinze ans, il m'arrivait souvent de me réveiller quelque part sans savoir du tout comment j'avais atterri là ni ce qui s'était passé. (Il haussa les épaules.) Ça va avec la transformation.

Bliss hocha la tête et accepta le verre d'eau froide que lui tendait sa belle-mère. Elle l'avala à grandes gorgées avides. Son père lui avait déjà raconté cela les premières fois où elle lui avait parlé de ses sauts dans le temps, de ses trous noirs.

– Ça va, leur dit-elle, bien qu'elle fût épuisée comme si chaque muscle de son corps était courbaturé, comme si on l'avait rouée de coups des pieds à la tête.

Elle poussa un grognement. Ses parents se penchèrent sur elle avec inquiétude.

– Je vais bien, je vous assure ! (Elle réussit à sourire et reprit une gorgée d'eau.) Retournez vous coucher. Tout va bien.

Son père l'embrassa sur le front, sa mère lui tapota le bras, puis tous deux quittèrent sa chambre.

Elle posa le verre sur sa table de chevet. Soudain, elle se rappela : Dylan.

Après avoir dit au revoir à Oliver et à Theodora au *Carlyle*, elle avait retrouvé sa famille au bistro *DB* pour un dîner rapide. De retour chez elle, en ouvrant la porte de sa chambre, elle avait trouvé le garçon assis sur son lit, comme si c'était la chose la plus normale du monde. Il était entré avec la clé qu'elle lui avait prêtée.

– Dylan !

Il était pâle et fiévreux. Il avait enlevé son blouson et elle vit que son tee-shirt et son jean étaient déchirés. Ses cheveux bruns étaient collés sur son front. Il semblait effrayé. Terrifié. Le regard hanté. Il lui raconta ce qui s'était passé : l'interrogatoire, la détention sans toutefois qu'il y ait plainte officielle, la manière dont Charles Force l'avait emmené dans la suite de l'hôtel, et combien elle lui avait manqué pendant tout ce temps, car il n'avait fait que penser à elle.

– Mais le problème, c'est que je crois que j'ai fait quelque chose, dit-il, les mains tremblantes. Je crois qu'ils avaient raison. Je crois que j'ai tué Aggie. Je n'en suis pas sûr, mais il me semble que quelque chose en moi ne tourne pas rond.

– Dylan... Non. Impossible. Tu n'aurais pas pu faire ça, dit Bliss.

– Tu ne comprends pas, s'écria Dylan. Je suis un vampire. Un sang-bleu, comme toi.

Bliss le regarda, les yeux ronds. Soudain, tout s'expliquait. Évidemment, il était des leurs ; elle l'avait compris inconsciemment, c'est pour cela qu'il l'attirait depuis le début. Parce qu'il était comme elle.

– Mais il m'arrive quelque chose... Je n'en suis pas certain, mais je crois que je viens d'essayer de tuer Theodora... Je l'ai vue quitter l'hôtel, et je l'ai suivie. Je ne sais pas comment ça m'a pris. Je l'ai vue dans la rue et je... Je ne crois pas que ce soit la première fois, non plus.

– Non ! dit Bliss, refusant d'entendre ce qu'il avait à dire. Arrête, tu dérailles.

Pourquoi s'en prendrait-il à Theodora ? À moins qu'il soit... À moins qu'il soit devenu... qu'il se soit transformé en... Elle se remémora le soir après la séance photo. Theodora, titubant sur le trottoir, serrant le côté de son cou dans sa main...

– Écoute, lui dit-il en se levant du lit et en remettant son blouson. Il faut que tu sortes d'ici. Ils m'ont eu, et ils t'auront aussi. Ils nous veulent tous. Je ne suis revenu que pour t'avertir, mais je ne peux pas rester. Je ne pense pas que tu sois en sécurité avec moi. Mais je voulais te dire de faire attention. Je ne veux pas qu'ils t'attrapent. Il faut que tu te protèges. Crois-moi. *Ils arrivent...*

Après, elle ne se souvenait plus de rien. Elle avait eu un trou noir. Elle était dans sa peau sans l'être. Elle avait traversé le temps pour se rendre ailleurs. Lorsqu'elle s'était réveillée, elle hurlait et ses parents étaient penchés au-dessus de son lit.

Dylan était venu la prévenir... et à présent, il était parti.

Elle éprouvait une sourde sensation de vide, une douleur, loin dans ses os, comme si elle avait survécu à une bastonnade. Elle se rendit à sa salle de bains et alluma la lumière. En se voyant dans le miroir, elle suffoqua. Il y avait une marque sous le col de son tee-shirt. Ses parents n'avaient-ils pas remarqué ? Elle tira sur le tissu pour mieux voir. C'était un vilain hématome. Un œdème violacé, comme si on avait tenté de l'étrangler. La peau était molle au toucher. Que lui était-il arrivé ? Où était passé Dylan ?

Elle ouvrit le robinet pour se passer de l'eau sur le visage, et c'est alors qu'elle remarqua des débris de verre sur le sol de la salle de bains. Il faisait froid dans la pièce. Elle se tourna vers la fenêtre. Les rideaux se gonflaient dans le courant d'air. Le haut de la vitre était brisé – pourtant, c'était du verre à l'épreuve des balles : son père l'avait fait installer quand ils avaient emménagé, même s'ils étaient au dernier étage de l'immeuble, qui en comptait trente.

Bliss avança avec précaution entre les morceaux de verre et

remarqua alors quelque chose d'étrange. À côté du radiateur, quelque chose de sombre et de froissé. Elle tendit le bras et ramassa le blouson de moto de Dylan. Ce dernier n'allait jamais nulle part sans son blouson. C'était comme une seconde peau. Il avait son odeur : un mélange un peu âcre de cigarette et d'after-shave.

Pourtant, il avait quelque chose d'inhabituel. Elle tourna la veste vers la lumière, et c'est là qu'elle le vit. La doublure était imbibée de sang. Épaisse et mouillée. Lourde. Il y avait tant de sang ! Oh, Seigneur !

Elle tenait encore le blouson lorsqu'elle remarqua Jordan à la porte de la salle de bains. Petite silhouette muette dans son pyjama de coton.

– Tu m'as fait peur ! Ça te dérangerait de frapper ? Tu sais que tu n'as pas le droit de venir dans ma chambre !

Sa petite sœur la regardait comme si elle avait vu un fantôme.

– Tu vas bien ?

– Bien sûr que je vais bien, répliqua sèchement Bliss.

– J'ai entendu quelque chose... J'ai entendu... une voix grave...

– Dylan. Mon amoureux. Il était ici avec moi tout à l'heure.

– Non, pas le garçon... Une autre voix, dit Jordan.

Elle tremblait violemment, et Bliss fut étonnée de la voir au bord des larmes. Elle n'avait jamais vu Jordan se comporter de la sorte.

Bliss, le blouson toujours à la main, s'approcha d'elle et la serra contre elle.

– Qu'est-ce que tu as entendu ? lui demanda-t-elle en s'efforçant d'apaiser les frissons de sa sœur

– Il y a eu un boum… Comme… comme quelque chose de lourd qui tombe par terre… et puis des bruits de pas qui venaient de ta chambre… qui traînaient quelque chose… Et puis tu as crié… Je… je ne savais pas quoi faire… alors j'ai appelé papa et maman…

Tout s'expliquait donc.

La vitre cassée.

Quelqu'un était entré.

Quelqu'un d'autre.

Ou, plus probablement, *quelque chose*.

Et cette chose avait… Oh non, Dylan… Tout ce sang… Il y en avait tellement sur le blouson, comment pouvait-on survivre après en avoir tant perdu ? Elle fut envahie par un profond chagrin. Il était mort, ou tout comme. La créature l'avait emporté. Elle était revenue pour terminer le travail – pour la prendre, elle… Le gonflement dans son cou… Elle avait tenté de lutter… Si Jordan n'avait pas entendu, si ses parents n'étaient pas venus… Elle frissonna violemment. Les poils de ses bras se hérissèrent.

Ce n'était pas un cauchemar : elle s'était battue, le monstre avait été là, en vrai. Il avait tenté de la tuer. Ce contre quoi Dylan était venu la prévenir, ce qu'Oliver, Theodora et elle avaient découvert au Sanctuaire. Croatan. Une créature qui se nourrissait de vampires.

Un sang-d'argent.

QUARANTE-DEUX

Les Force la déposèrent devant sa porte. Theodora était terriblement gênée d'avoir accusé le père de Jack d'être un sang-d'argent, même si elle était encore troublée par sa désinvolture au sujet de leur retour – presque comme si cela ne le dérangeait pas, comme s'il s'y était attendu. Mais ça ne pouvait être vrai. Il était le *Rex*, leur chef, un vampire par choix et non par péché. En principe, elle pouvait quand même lui faire confiance pour savoir comment agir.

– Ne t'en fais pas, lui dit Jack en prenant congé.

Elle le remercia d'un hochement de tête et sortit de la voiture. Puis elle se souvint qu'elle avait complètement oublié de demander à Charles pourquoi il rendait visite à sa mère, d'abord. Peut-être sa grand-mère le saurait-elle.

En entrant dans la maison, Theodora sentit quelque chose d'étrange dans l'air. Le salon était sombre et voilé comme d'habitude, mais l'atmosphère était menaçante. Le porte-parapluie était renversé comme si quelqu'un avait descendu l'escalier à la hâte. Le silence était inquiétant. Hattie était en congé pour la semaine, et sa grand-mère devait être seule dans la maison. Theodora monta en pressant le pas. Elle remarqua que l'un des tableaux accrochés dans l'escalier était de travers. Décidément, quelqu'un était entré dans la maison. Quelqu'un qui n'avait rien à faire là.

Dylan ! Et si Dylan était venu ? Venu la chercher ? Pour finir ce qu'il avait commencé ? Elle fut prise d'une violente panique. La chambre de sa grand-mère était au bout du deuxième palier. Elle ouvrit les portes à toute volée et entra vivement en l'appelant.

– Cordelia ! Cordelia !

Un gémissement s'éleva de derrière le lit.

Theodora courut vers le bruit, redoutant ce qu'elle allait trouver. Mais elle ne cria pas en voyant Cordelia couchée par terre dans une flaque de son propre sang, auréolée d'un épais liquide bleu : c'était presque comme si elle avait su que cela allait arriver.

– Me suis battue... Mais... tellement puissant..., murmura Cordelia en ouvrant les yeux sur Theodora, qui se penchait au-dessus d'elle.

– Qui ? Qui t'a fait ça ? demanda Theodora en l'aidant à s'asseoir. Il faut qu'on t'emmène à l'hôpital.

– Non, pas le temps, objecta Cordelia d'une voix à peine plus forte qu'un gémissement. Venu me chercher. Croatan.

Elle cracha du sang.

– Qui ? C'était Dylan ? Tu l'as vu ?

Cordelia secoua la tête.

– Je n'ai rien vu. J'étais momentanément aveuglée. Mais il était jeune, puissant. Je n'ai pas vu son visage. J'ai résisté, et il n'a pas pu me prendre ni prendre mes souvenirs. Toutefois la fin de mon cycle est venue. Il faut que tu m'emmènes chez le Dr Pat. Pour qu'on prenne mon sang. Pour la prochaine Expression. Très important.

Theodora hocha la tête, les larmes aux yeux.

– Mais... et toi ?

– Ce cycle est terminé pour moi. C'est notre dernière occasion de nous parler avant longtemps.

Theodora lui relata rapidement ce qui s'était produit au *Carlyle* et ce qu'elle avait appris de Charles Force au sujet de Dylan : comment il s'était fait mordre, et retourner, par un sang-d'argent. Comment il avait tué Aggie.

– Mais il est introuvable. Il s'est évadé de la chambre d'hôtel. Personne ne sait où il est.

– Il est très probablement mort à l'heure qu'il est. Ils le tueront avant qu'il puisse révéler leurs secrets. Avant que les sang-bleu puissent le reprendre. Tout se passe comme je l'ai toujours redouté, murmura Cordelia. Les sang-d'argent sont de retour... Tu es la seule à pouvoir les battre... Ta mère était la plus forte d'entre nous, et tu es sa fille...

– Ma mère ?

– Ta mère était Gabrielle. Gabriel. L'un des sept archanges. Seuls deux d'entre eux ont volontairement suivi les déchus sur Terre. Pour nous sauver. Elle était la plus forte. C'était la jumelle de Michel – c'est-à-dire de Charles Force. Son seul amour. C'était leur sacrifice originel. Il ne l'avait suivie que par amour. Il a renoncé au paradis pour rester avec elle.

C'était donc pour cela que Charles rendait visite à sa mère. Pour lui, Allegra était sa sœur. Donc, il était... son oncle ? L'histoire familiale embrouillée des sang-bleu était trop compliquée pour que Theodora s'y retrouve sur le moment. Cordelia continua de parler.

– Ils ont régné ensemble pendant des millénaires. En Égypte, les pharaons épousaient couramment leur sœur. Mais dans le monde moderne, cette pratique étant de plus en plus souvent proscrite, c'est devenu un secret bien gardé. Les jumeaux naissaient toujours dans les mêmes familles, liés par le sang comme je l'étais avec ton grand-père ; après un échange, un jumeau endossait le rôle du conjoint, et les sang-rouge ne remarquaient pas la transition. Ainsi, les fortunes restaient dans la même famille sur des générations.

Theodora pensa à Mimi et à Jack, au lien étrange et intime qui les unissait.

– Charles et Allegra étaient unis par le sang pour l'éternité. Jusqu'à ce qu'elle rencontre ton père, en tout cas. Ta mère est tombée amoureuse de Stephen. Pour sa perte. Elle a répudié Charles. De rage, Charles a quitté la famille. Il a changé de nom et abandonné l'héritage des Van Alen. Quand ton père est mort, Allegra a juré de ne plus jamais reprendre de familier humain afin de préserver leur amour. Voilà pourquoi elle ne se réveille pas. Elle existe entre la vie et la mort. Elle refuse de prendre du sang rouge pour rester en vie. Charles aurait pu l'aider, mais il a choisi de ne pas le faire.

– Mon père était humain ?

– Oui. Tu es la seule. Tu es une sang-mêlé. *Dimidium cognatus.* Tu dois être prudente. Je t'ai protégée aussi longtemps que je l'ai pu. Il y aura beaucoup de gens pour chercher à te détruire.

– Qui ? Pourquoi ?

– Il est dit que la fille de Gabrielle nous apportera le salut auquel nous aspirons.

– Moi ? Comment ?

Cordelia toussa. Elle agrippa le bras de Theodora et le serra.

– Il faut que tu trouves ton grand-père... mon mari... Teddy... Un Immortel, un vampire qui a conservé la même enveloppe physique pendant des siècles. Lui et moi, nous nous sommes séparés il y a longtemps. Après notre bannissement du Conclave, nous sommes convenus qu'il était plus prudent de nous séparer... Nous n'avions pas confiance dans les Sentinelles... Nous pensions que l'une d'elles abritait Croatan... Teddy est introuvable depuis des siècles... Tu dois chercher au Sanctuaire pour savoir où il a été vu pour la dernière fois... Il peut t'aider. Essaie Venise, je pense. Il aimait l'Italie. Il pourrait bien être parti là-bas. Lui seul sait comment battre les sang-d'argent. Tu dois le trouver et lui dire ce qui s'est passé.

– Comment le reconnaîtrai-je ?

Cordelia sourit faiblement.

– Il a écrit beaucoup de livres. La plupart de ceux de la bibliothèque viennent de sa collection ou ont été écrits par lui.

– Qui était-ce ? Comment s'appelait-il ?

– Il a beaucoup de noms. Il en faut, tu sais, quand on vit si longtemps. Mais dans les derniers temps que nous avons passés ensemble, il se faisait appeler Lawrence Winslow Van Alen. Passe au peigne fin la place Saint-Marc. Et l'Académie. Attends... Le plus probable, c'est l'hôtel *Cipriani*. Ça, il aimait y boire des bellinis. Dis-lui, dis-lui que c'est Cordelia qui t'envoie.

Theodora hocha la tête. Elle pleurait à chaudes larmes, à présent. Elle avait encore tellement de choses à comprendre : Charles-Michel, Allegra-Gabriel, son père humain, son grand-père immortel... On pouvait dire qu'elle avait un arbre généalogique étrange et varié. Son statut de sang-mêlé... Qui d'autre était au courant ? Oliver ? Jack ? Et qu'est-ce que cela voulait dire ? Qu'est-ce que cela signifiait, que la fille de Gabrielle apporterait le salut aux sang-bleu ? C'était trop. C'était un fardeau trop lourd à porter. Tout ce qu'elle voulait, c'était que Cordelia cesse de saigner. Comment continuer sans elle ?

Même si elle savait que sa grand-mère ne mourrait jamais vraiment, elle quittait tout de même ce monde pour l'instant.

– Grand-mère, la supplia-t-elle. Reste.

– Prends soin de toi, ma petite-fille, dit-elle en lui prenant la main. *Facio valiturus fortis.* Sois forte et courageuse.

Et sur cette dernière bénédiction, l'esprit de Cordelia Van Alen retourna à l'état passif.

Quarante-trois

Il n'y avait pas de places assises aux funérailles. C'était incroyable de voir combien de gens connaissaient Cordelia Van Alen. L'église Saint-Barthélemy était noire de monde et, au septième soir de veillée funèbre, il y avait toujours des centaines de personnes pour venir lui rendre un dernier hommage. Le gouverneur, le maire, les deux sénateurs de New York et bien d'autres étaient là. Il y avait presque autant de monde que pour les obsèques de Jackie O., se dit Mimi.

Contrairement à ce qui s'était passé pour l'enterrement d'Aggie Carondolet, presque tout le monde dans l'assistance était en blanc. Même son père avait insisté pour que la famille endossât des vêtements ivoire pour l'occasion. Mimi avait choisi une robe Behnaz Sarafpour couleur nuage. Elle remarqua Theodora Van Alen en tête de la file de personnes accueillant les arrivants, saluant tout le monde dans une étroite robe blanche, les cheveux retenus en arrière par deux gardénias blancs.

– Merci d'être venus, dit-elle aux Force en leur serrant la main.

– Nous partageons votre peine. Elle reviendra, lui répondit Charles Force avec solennité.

Il portait un costume crème. Theodora avait gardé pour elle les circonstances de la mort de sa grand-mère. S'il y avait bien un sang-d'argent au Conclave, elle jugeait préférable de garder un profil bas pour le moment. À la place, elle avait raconté à tout le monde que Cordelia s'était fatiguée de son Expression et avait hâte de reposer avant son prochain cycle.

– Nous attendons d'heureuses nouvelles.

Theodora lui répondait par la formule traditionnelle. Elle avait beaucoup appris ces deux derniers mois.

– *Vos vadum reverto*, murmura Jack en s'inclinant devant le cercueil. Tu reviendras.

Mimi adressa à Theodora un bref signe du menton. Elle vit arriver Bliss et sa famille par la porte latérale. La Texane était vêtue d'une ample robe Sarafpour identique à la sienne. Elle apprenait vite, elle aussi.

– Dis, Bliss, après l'enterrement on pourrait aller dans un Spa. J'ai des courbatures partout à cause du power yoga, dit Mimi à son amie.

– Bien sûr, dit Bliss. Je t'attendrai après la cérémonie.

Elle s'approcha de Theodora, qui se tenait toute seule à côté du superbe cercueil de platine.

– Désolée pour ta grand-mère, dit Bliss.

– Merci, répondit Theodora, les yeux baissés.

– Qu'est-ce que tu vas faire, maintenant ?

Theodora haussa les épaules. Dans son testament, Cordelia avait déclaré Theodora comme mineure émancipée, avec Hattie et Julius pour tuteurs provisoires.

– Ça va aller.

– Bonne chance.

Theodora la regarda s'éloigner, blottie contre Mimi. La veille, Bliss lui avait raconté tout ce qui s'était passé à son retour du *Carlyle* l'autre soir : comment elle avait trouvé Dylan dans sa chambre, comment il lui avait tout avoué ; comment elle avait perdu connaissance et découvert à son réveil le verre brisé, le blouson imbibé de sang.

– C'était un vampire, et maintenant il est mort, Theodora, lui avait-elle dit, les larmes aux yeux.

Non, pas mort. Pire que mort, avait pensé Theodora. Un sang-d'argent lui avait pris son âme, ses souvenirs, et l'avait fait prisonnier à jamais de sa conscience immortelle.

– Ils l'ont pris, lui, mais ils me voulaient aussi, avait sangloté Bliss. Il était revenu pour m'avertir. Ils en ont fait l'un des leurs, mais il résistait. Maintenant il a disparu, et je ne le reverrai plus jamais.

Theodora l'avait serrée fort dans ses bras.

– Au moins, tu es hors de danger.

Elle avait le cœur brisé pour Bliss. Elle voulait lui faire savoir qu'elle serait toujours là pour elle. Mais, dès le lendemain, la Texane semblait être redevenue complètement comme avant. Elle avait refusé de parler avec Theodora et Oliver des derniers événements, et était revenue à son ancienne bande... c'est-à-dire à l'entourage de Mimi Force.

Theodora espérait qu'elles auraient une chance de renouer amitié. Dans son cœur, elle comprenait la faiblesse de Bliss, mais un jour elle l'aiderait à devenir forte. *Valiturus. Fortis.*

Oliver s'approcha et déposa une gerbe de lys calla blancs sur le cercueil. Il portait un éblouissant costume trois pièces blanc. Ses cheveux châtain foncé bouclaient sur le col.

– Elle nous manquera, dit-il en se signant.

– Merci, répondit Theodora tandis qu'il l'embrassait sur la joue.

L'office commença et le chœur entonna le cantique favori de Cordelia, « Sur les ailes de l'aigle ». Theodora était sur le premier banc, les bras repliés sur les genoux. Cordelia n'était plus. C'était la seule famille qu'elle eût jamais vraiment connue. Elle était seule au monde. Sa mère était piégée dans un sommeil de mort, et son grand-père, perdu, caché quelque part.

Oliver, assis à côté d'elle, lui pressa la main avec compassion.

Après les funérailles, Jack Force s'approcha de Theodora. Lui aussi portait un costume blanc, qui brillait dans le soleil. Ils sortirent de l'église et se retrouvèrent sur Park Avenue. C'était un dimanche comme les autres à New York. Des mères et des nounous se dirigeaient vers le parc derrière des poussettes à huit cents dollars, des habitants bien habillés sortaient faire une rapide promenade automnale ou passer l'après-midi dans un musée.

– Theodora, je peux te parler une seconde ?

– Bien sûr, dit-elle en haussant les épaules.

Avec ses cheveux clairs et ses yeux verts, Jack Force avait une allure princière dans ses atours étincelants. Il avait le visage d'un ange. Un visage qui n'était pas sans rappeler celui de son père.

– Vas-y, lui dit-elle.

– Je suis désolé que les choses aient tourné si bizarrement entre nous..., lui dit-il. Je... ma vie ne m'appartient pas... J'ai des responsabilités envers ma famille qui... qui excluent le genre de relations que...

– Jack, tu n'as pas à t'expliquer, le coupa Theodora.

Elle devinait pour lui et Mimi. Ils étaient liés par le sang depuis le jour de leur conception.

– Non ?

– Tu dois faire ce que tu dois faire, et je dois faire ce que je dois faire.

Il eut l'air troublé.

– Et c'est quoi, ce que tu dois faire ?

Elle pensa à Dylan, ce garçon au visage triste, à l'humour grinçant et à la mauvaise réputation. Son ami. On l'avait transformé en monstre. Utilisé, et puis tué. Elle pensa à ce que lui avait dit sa grand-mère sur les sang-d'argent : qu'ils étaient rusés, fourbes et sournois, et qu'elle pensait que le plus puissant d'entre eux se cachait sous l'apparence d'un sang-bleu. Mais que personne ne voulait croire à leur existence, à leur éventuel retour. Même si la mort d'Aggie était bien réelle. Et, à présent, celle de Dylan aussi, sans doute. Charles Force était bien décidé à observer, à attendre et à ne rien faire. Mais Theodora ne pouvait pas attendre. Elle ne pouvait plus rien pour Aggie, mais il fallait qu'elle trouve qui avait enlevé Dylan. Elle traquerait les sang-d'argent. Et vengerait son ami.

– Ne te rends pas la vie encore plus difficile, Theodora, l'avertit Jack.

Theodora se contenta de sourire.

– Au revoir, Jack.

Oliver fut soudain à côté d'elle. C'était étonnant, ce don pour apparaître tout d'un coup, pile au moment où elle avait le plus besoin de lui.

– Theodora ? La voiture nous attend, dit-il.

Elle passa le bras sous le sien et se laissa entraîner vers la voiture. Elle avait Oliver. Elle ne serait jamais seule.

Quarante-quatre

Le panneau de pub pour Civilisation Couture se dressait en plein Times Square. C'était le plus grand que la ville eût jamais vu. La photo sortait de l'ordinaire : elle montrait deux corps féminins entremêlés, vêtus uniquement des jeans, mais seul un visage était visible et regardait l'objectif. Theodora. Le visage de Bliss était caché par la masse de ses cheveux roux.

Theodora leva la tête pour se regarder et éclata de rire.

Avec son téléphone portable, Oliver prit une photo de Theodora, qui désignait le panneau en riant.

– Tu fais bien vingt-cinq mètres de haut, dit-il.

Theodora regarda le visage sur l'affiche. La tête de sa mère. Non, c'était bien la sienne. Elle ressemblait à sa mère, mais elle avait les yeux de son père. Elle était vampire, mais en partie humaine aussi. Elle était fière de la photo. Puis elle vit l'affiche qui lui faisait face.

C'était une pub pour Force News Network, FNN, et la photo représentait Mimi Force en tee-shirt moulant blanc portant le logo de la chaine. « FORCE NEWS. VRAI, JUSTE, RAPIDE. »

– Regarde ! dit-elle en le montrant du doigt.

Mimi avait donc bien entendu parler de la campagne Civilisation Couture. Et elle avait tout fait pour l'éclipser en se faisant faire elle aussi un panneau de pub. Personne d'autre qu'elle ne régnerait sur Times Square !

Ils passèrent devant un kiosque à journaux et Oliver acheta le *Post*.

« UN LYCÉEN TROUVÉ MORT LORS D'UNE FÊTE », claironnait la une.

Theodora lut attentivement l'article. Elle connaissait le garçon pour l'avoir vu au Comité. Landon Schlessinger était un sang-bleu. Elle n'avait plus beaucoup de temps. Les sang-d'argent était de retour. Ils étaient là, à New York, cachés sous de fausses identités de sang-bleu, transgressant les règles de leur communauté, s'attaquant aux jeunes pendant la période où ils étaient le plus vulnérables. Et les sang-bleu laissaient simplement faire.

Mais plus maintenant. Elle plia le journal et le coinça sous son bras.

– Ollie, demanda-t-elle. Ça te dirait, un week-end à Venise ?

Note

Ceci est une œuvre de fiction, mais située dans un lieu réel : New York. Toutefois, j'ai pris quelques libertés. Le manoir de l'American Society est inspiré du manoir de l'Americas Society, à l'angle de Park Avenue et de la 68ᵉ Rue Est. L'Americas Society est vouée à la promotion de la compréhension de la culture et de la politique du continent américain (Amérique du Sud comprise), tandis que mon American Society fictive se consacre à l'histoire des débuts de la colonisation des États-Unis d'Amérique.

Histoire vraie : la colonie perdue de Roanoke fut fondée en 1587 ; en 1590 fut constatée sa disparition complète, à l'exception du mot *Croatan* gravé sur un poteau.

Découvrez un extrait du roman

Bleu cauchemar
de Laurie Faria Stolarz

Un

C'est toujours la même chose. Toujours la nuit, dans la forêt, à la recherche de Drea. Le bruit de son corps à lui, aux aguets, quelque part derrière moi. Des branches qui craquent. Des feuilles qui se froissent. Le vent qui me gronde aux oreilles et me met les larmes aux yeux. Et la douleur dans mon ventre : aiguë, âpre, cinglante. Réelle.

À cause de mes cauchemars, je redoute le sommeil.

Je pince entre trois doigts le bout non coupant de la lame de rasoir. Je saisis la bougie neuve et grave les initiales *D. O. E. S.* sur sa surface incurvée. Chaque incision, chaque trait de la lame lui arrache de petits flocons de cire bleue scintillante.

Les initiales sont celles de Drea, mais elle ne se doute de rien, elle écrit dans son journal intime comme tous les soirs, assise sur son lit, tout près de moi.

Une fois terminée la dernière courbe du *S*, je pose le rasoir et sors du tiroir un rameau de sauge. Il est bien sec, tout prêt à être brûlé : les feuilles sont grises, racornies, rabougries. J'entortille un bout de ficelle autour pour qu'il se consume bien, sans trop fumer, de manière à ne pas m'attirer d'ennuis. Puis je le jette dans le pot de terre orange, au pied de mon lit.

– Tu te couches ? me demande Drea.

– Dans une minute.

Je dévisse la capsule de la bouteille d'huile d'olive et m'en verse quelques gouttes sur le doigt.

Elle hoche la tête et bâille, recapuchonne son stylo plume et ferme son journal.

– Sois sympa, évite de mettre le feu à tout le dortoir. J'ai un exposé d'histoire important, demain.

– Raison de plus, dis-je pour plaisanter.

Drea et moi partageons une chambre depuis un peu plus de deux ans ; elle est habituée aux rituels de ce genre.

Elle se couche sur le côté et remonte ses couvertures jusqu'au menton.

– Tu ne devrais pas te coucher trop tard. T'as pas une interro de français demain matin ?

– Merci, maman.

Je la regarde fermer les yeux ; ses lèvres se détendent pour dormir et les muscles de ses tempes se délient. C'est écœurant. Même passé minuit, sans une once de maquillage, sans un soupçon de poudre, les cheveux attachés avec un banal élastique, elle est encore parfaite : pommettes saillantes, lèvres boudeuses d'un rose saumoné, boucles blondes ; et des yeux de chat, avec des cils recourbés d'un noir de jais. Pas étonnant que tous les garçons de Hillcrest lui courent après et que toutes les filles la détestent... Pas étonnant que Chad lui revienne inlassablement, même après trois ruptures.

Je touche le haut de la bougie du bout de mon doigt huilé. Je chuchote : « Au-dessus. » Puis je touche le bas. « Comme en dessous. » Je reprends de l'huile et touche le milieu. Je glisse le doigt vers le haut, reviens au centre, puis je descends, en veillant à garder les lettres gravées de mon côté pour qu'elle ne les voie pas.

– Ce ne serait pas plus simple de tout mouiller d'un coup ? me demande Drea, qui a rouvert les yeux et m'observe.

Je fais tourner la bougie dans le sens inverse des aiguilles d'une montre tout en cachant les lettres sous ma paume, et je continue d'humidifier toute la circonférence de la même manière.

– Sûrement, mais ça brouillerait les énergies.

– Ah oui, bien sûr, où avais-je la tête ? fait-elle en se retournant.

Une fois la bougie entièrement huilée, je l'allume à l'aide d'une longue allumette en bois et la fixe sur le bougeoir en argent que ma grand-mère m'a donné avant de décéder. C'est mon bougeoir préféré, d'abord parce qu'il était à elle, et ensuite parce qu'il est en forme de soucoupe, avec une anse recourbée qui s'enroule autour de la base.

Je ferme les yeux et me concentre sur la lune décroissante, sur le fait que c'est une nuit favorable pour faire disparaître les choses, sur l'aide que vont m'apporter la sauge et la bougie gravée. J'allume la brindille et la regarde s'embraser ; les feuilles se recroquevillent et dansent dans la flamme jaune orangé, puis noircissent et s'évanouissent, tout comme je prie pour que mes cauchemars disparaissent.

Une fois la sauge réduite en cendres, je porte le pot de terre jusqu'à l'évier dans le coin et le remplis d'eau en regardant la fumée bleu-gris s'élever en longues volutes jusqu'au plafond.

Je regagne mon lit et place la bougie sur la table de chevet, les initiales de Drea tournées vers moi. Enfin, je prends un feutre noir dans le tiroir et je dessine un *G* majuscule dans la paume de ma main : *G* comme « grand-mère », afin de rêver d'elle cette nuit, afin de ne rêver de rien d'autre.

Je me glisse sous les couvertures et je regarde la bougie avaler les lettres : le *D* majuscule de Drea a déjà à moitié disparu.

Puis je ferme les yeux et rassemble mes forces pour dormir.

Deux

Je suis assise en face de ma grand-mère à la table de la cuisine, en train d'engloutir l'un de ses fameux sandwichs grillés à l'œuf avec un sachet de chips ramollies. J'observe sa main qui s'arrondit autour du petit pain anglais et j'admire la bague en améthyste passée à son annulaire : une grosse pierre violette qui lui couvre toute la phalange.

– Tiens.

Elle a remarqué que je la regardais et s'efforce de l'arracher de son doigt. Impossible. Elle va à l'évier et trempe les mains dans de l'eau savonneuse pour lubrifier la peau.

– Ce n'est pas grave, grand-mère. Tu n'es pas obligée.

– Mais je le veux, dit-elle en la faisant enfin glisser et en me la tendant. Essaie-la.

Ce que je fais ; elle me va parfaitement.

– Cette bague est à toi, je l'ai achetée pour toi à ta naissance. Je te l'ai simplement gardée jusqu'à ce que j'estime que tu étais assez grande. Regarde les initiales à l'intérieur.

Je l'enlève et jette un coup d'œil. Les lettres L. A. B. sont gravées dans l'or : Lucy Ann Brown.

– Elle est magnifique, dis-je en la lui rendant.

– Non, dit-elle. Je veux que tu la gardes. Je pense que le moment est venu. En plus, elle est plus à ta taille qu'à la mienne.

Je remets la bague et l'embrasse sur la joue.

– Merci, grand-mère.

Je demande à sortir de table pour aller prendre l'air. Il fait déjà nuit, le ciel est une toile noire comme l'encre, piquée de minuscules points de lumière. Un long nuage de vapeur s'échappe d'entre mes lèvres et je commence à claquer des dents.

J'entends quelqu'un pleurer derrière le jardin. Je dirige mes pas vers le bruit, et j'ai tôt fait de franchir la barrière et d'entrer dans les bois. À chacun de mes pas, les pleurs se font plus distincts, plus insistants.

– Drea ? C'est toi ?

On dirait bien que c'est elle. À coup sûr, elle s'est disputée une fois de plus avec Chad et elle essaie de venir me trouver chez grand-mère.

Les bras tendus, je cours dans la direction des gémissements. Mais je suis obligée de m'arrêter. Une douleur me brûle juste en dessous de l'estomac. Je pose les mains sur mon ventre, j'inspire et j'expire. Il faut que je fasse pipi.

Je jette un regard en arrière sur la maison, mais je n'arrive plus à la voir à cause des arbres et des fourrés. Tout est noir. Même les points de lumière que j'ai vus sont masqués par les branches.

Quelque part derrière moi, une brindille craque. Puis une autre.

– Drea ?

Je me retiens, une main entre les jambes, et clopine de mon mieux vers cette voix lointaine, écartant branchages et buissons de mon autre main tendue. Je sens le sol devenir spongieux sous mes pieds. Cela me ralentit, jusqu'à ce que je m'arrête complètement pour essayer de reprendre mon souffle.

J'entends toujours la voix de Drea, mais elle s'est éloignée plus avant dans la forêt. Je tends l'oreille pour entendre autre chose, n'importe quel son qui puisse m'indiquer si je suis encore suivie. Mais il n'y a que le vent qui arrache les fragiles feuilles de novembre et me siffle aux oreilles.

Je fais un petit pas et sens le sol s'enfoncer, avaler mon pied dans un puits sans fond de boue épaisse. Des brindilles craquent de nouveau derrière moi.

J'essaie de me sortir de là, d'extirper mon pied de la gadoue, mais quand il émerge enfin ma chaussure a disparu.

La douleur me brûle le ventre comme un fer rouge. Je me débats pour m'enfuir ; j'agrippe une grosse branche pour me retenir mais glisse et atterris sur le derrière. La boue s'infiltre dans mon pantalon.

Je compte lentement jusqu'à douze – la méthode « un, Mississippi, deux, Mississippi », etc. – en serrant les cuisses, mais je ne tiendrai pas plus de quelques minutes.

– Lucy, chuchote une voix masculine quelque part dans l'obscurité.

Je ferme les yeux et enfouis la tête entre mes genoux. Les pleurs lointains de Drea ne sont plus qu'un faible gémissement. Elle m'appelle maintenant, par mon nom.

– Tu ne peux pas te cacher, Lucy, souffle la voix.

Il ne faut pas abandonner. Je tâtonne sur le sol à la recherche d'un caillou ou d'un bâton pour me protéger. Je trouve une pierre. Elle n'est pas bien grosse, mais elle a une arête bien pointue.

Je cambre le dos en arrière pour regarder le ciel, car je sais me guider sur l'étoile Polaire. Je plisse les yeux et bats des paupières pour la trouver, mais en vain. Toute trace de lumière est obturée par la cime des arbres.

Je me dégage complètement de la boue en rampant, me relève avec effort, serre le caillou dans ma paume, et je me traîne péniblement pendant plusieurs secondes, les bras tendus en avant, les branches m'égratignant le visage comme des griffes, jusqu'à atteindre une clairière circulaire. Je lève les yeux vers l'endroit où les arbres se séparent et je distingue le fin croissant de la lune, qui est presque à son premier quartier.

Un bruissement dans les fourrés attire mon attention. Je regarde dans sa direction, cligne des yeux plusieurs fois, et vois une silhouette d'homme debout entre deux arbres, à quelques pas de moi. Il ne bouge pas plus que moi, se contente de tendre le bras, comme pour me montrer ce qu'il tient à la main. C'est une sorte de bouquet.

J'écarquille les yeux pour mieux voir, avec la lune pour seul éclairage. Et soudain tout devient clair : la taille, la couleur, la manière dont les pétales retombent en cloche. Ce sont des lys.

Je sais ce que les lys veulent dire.

Je cours le plus vite possible ; sur les feuilles et les brindilles, mes pieds me font l'effet de deux patins à glace dépareillés.

Puis je m'arrête, je ferme les yeux de toutes mes forces, et j'entends un véritable hurlement me déchirer la gorge. Mon pied nu. Je me baisse pour le toucher... Une fine brindille est enfoncée au maximum dans la voûte plantaire.

« Pour l'éditeur, le principe est d'utiliser des papiers composés de fibres naturelles, renouvelables, recyclables et fabriquées à partir de bois issus de forêts qui adoptent un système d'aménagement durable. En outre, l'éditeur attend de ses fournisseurs de papier qu'ils s'inscrivent dans une démarche de certification environnementale reconnue. »

Composition Nord Compo
Achevé d'imprimer en Italie par G. Canale et C. S.p.A.
32.03.2956.4/01 ISNB : 978-2-01-322956-2
Loi n° 49-956 du 16 juillet 1949 sur les publications destinées à la jeunesse
Dépôt légal : janvier 2011